T0321337

La vida
en un minuto

La vida
en un minuto

JOSÉ ANTONIO LUCERO

B

Papel certificado por el Forest Stewardship Council®

Primera edición: febrero de 2021

© 2021, José Antonio Lucero
www.joseantoniolucero.com
Publicado por acuerdo con Sandra Bruna Agencia Literaria, S. L.
© 2021, Penguin Random House Grupo Editorial, S. A. U.
Travessera de Gràcia, 47-49. 08021 Barcelona

Printed in Spain – Impreso en España

ISBN: 978-84-666-6791-3
Depósito legal: B-6.299-2020

Compuesto en Fotocomposición gama, sl

Impreso en Rodesa
Villatuerta (Navarra)

BS 67913

A mi madre, mi ángel.

Por todo el amor que nos dio, que aún palpita

ACCIDENTE FERROVIARIO EN LA LÍNEA DE MADRID A LA CORUÑA

Un tren correo, al no poder frenar, choca dentro de un túnel con una máquina de maniobras. Un tren carbonero chocó minutos después en el mismo punto.

Madrid, 4 de enero de 1944. Noticias recibidas de León dan cuenta de haberse producido un importante accidente ferroviario a las trece y veinte de ayer en la estación de Torre, de la línea de Madrid a La Coruña. El tren correo número 421, que salió de León por la mañana, a causa de no poder funcionar los frenos sobre la fuerte pendiente existente entre Brañuelas y Ponferrada, no pudo parar a su paso por el apeadero de Albares, ni tampoco de la estación de Torre, por lo que pasó a elevada marcha y chocó a la salida de dicha estación en el interior del túnel número 20 —kilómetro 223,600— con la máquina de maniobras número 4.421, que se apartaba, haciendo maniobra, con dos vagones para dejar paso al tren carbonero número 1.442, que subía de la de Bembibre, remolcado por una máquina Santa Fe. – CIFRA.

PRIMERA PARTE

LA HUIDA

1

El perro sigue un rastro. Serpentea por la maleza y hunde el hocico entre unos arbustos para llevarse algo a la boca, quién sabe qué.

—Suerte la tuya.

Se llama Cipión y es un auténtico sabueso. Daniel Baldomero, su dueño, camina a unos metros; cruza la madrileña calle Marqués de Urquijo y se dirige hacia el parque del Oeste. El perro revolotea a su alrededor. Le pide juego. El muchacho se agacha, coge una china y se la tira hacia la oscuridad nocturna del parque. Y luego el estallido. Y tres, cuatro segundos hasta que Cipión vuelve, meneando el rabo.

Cinco años después de la victoria franquista, el parque del Oeste es todavía la viva imagen de la guerra. Este fue uno de los más cruentos campos de batalla de Madrid. Aquí tuvo su bautismo de fuego la XI Brigada Internacional, protegiendo el puente de los Franceses, y aquí atacaron las columnas nacionales en su objetivo de entrar al corazón de la capital por la plaza de España. Tal es el estado de ruina en que continúa, con sus trincheras y sus búnkeres y sus casamatas, que parece que la guerra no ha terminado sino que se ha dado una tregua.

—Venga, pero la última vez, ¿vale?

Vuelve a tirarle una piedra. El muchacho vive aquí, en el parque, desde hace tres años, arrendado en una ruina de guerra. Duerme en la casamata del fondo, y camina hacia ella junto a una larga línea de trincheras y unos búnkeres cuyos habitantes han decorado con guirnaldas y farolillos, por las fechas navideñas. Es la calle de la XI Brigada. Es curioso cómo este paisaje de provisionalidad de las construcciones de guerra que se reparten por todo Madrid ha echado incluso raíces; sus habitantes han puesto nombre a sus calles, y afirman residir en la de la Paz, de la Tranquilidad, de la Esperanza, nombres todos ellos dados por los soldados de uno u otro bando. Incluso aún se conservan los carteles que indicaban a los combatientes que POR AQUÍ SE VA AL PUENTE DE LOS FRANCESES, o POR AQUÍ A LA CANTINA DE LA XI BRIGADA, y los vecinos han puesto número a sus casas para que los carteros puedan incluso identificarlas.

Cipión se ha quedado atrás. Tal vez no haya encontrado la piedra. Lo llama.

—¡Vamos, no vas a encontrarla! ¡Vente!

Luego acelera el paso ante la cercanía de su hogar; la casamata del fondo, protegida por esa arboleda. Todo ese conjunto de búnkeres, de hecho, se encuentra rodeado de pinos, castaños y algún que otro roble. Árboles entre los que se construyeron los fortines y las trincheras y que los protegían del fuego enemigo. Abre la puerta de la casamata y, antes de entrar, contempla el perfil de este Madrid oscuro, casi negro, tiznado por el carbón y el hollín. Luego vuelve a arengar a su perro que, rezagado, ha comenzado a seguir otro rastro.

—¡Cipión, joder, que te quedas fuera!

Por vivir en esta casamata paga una peseta y media a la semana. Su casera es doña Paquita, cuya familia se adueñó de esta ruina de guerra durante los primeros días de abril de 1939. Entre estas cuatro paredes de hormigón armado Daniel Baldomero subsiste con un viejo catre, una mesita, un candil y un agujero en el suelo en el que hace sus necesidades. Nada más. Como ventanas tiene un par de angostas aberturas por las que los combatientes debían disparar su arsenal de artillería. Cuando quiere leer por la noche, se ilumina con la tenue luz del candil.

El muchacho se sienta sobre el catre y abre una lata de sardinas. Luego parte un chusco de pan rancio y se lo tira a Cipión, que se ha recostado sobre la manta que le sirve de cama. Lo mira, tiritando de frío.

—Qué suerte tienes de no pasar frío como las personas.

Durante el invierno, Daniel Baldomero duerme bajo dos mantas y vestido con la poca ropa que posee. A veces hasta duerme con el sombrero puesto, para que no se le escape el calor de la cabeza.

—¿Quieres los restos de las sardinas?

Esta es su cena de Navidad. La de ambos. Y se la terminan en apenas unos minutos y en completo silencio. Mientras tanto, en la casamata de al lado han comenzado a cantar villancicos. «Pero ¡mira cómo beben...!», «Hacia Belén va...», y así, uno tras otro. Son las voces de los tres niños del matrimonio de don Marcial y doña Juani, sus vecinos. Don Marcial colaboró en la guerra con la defensa de Madrid, asistiendo a las milicias republicanas, y ahora malvive en una fría casamata por miedo a volver a un barrio residencial y que alguien lo acuse de rojo. No obstante, ello no quita que la familia no disfrute de la Nochebuena: ha decorado su casamata con adornos navideños y ya van por el tercer villancico. Incluso quisieron compartir con Daniel una noche tan especial, pero el muchacho reusó con una retahíla de excusas. «No, no quisiera molestar, de verdad. Y yo no soy mucho de celebraciones». Y así.

—Mira que eres puerco, Cipión. Ahora me toca a mí limpiar todo esto.

El perro ha expurgado los restos de las sardinas hasta dejar solo las pequeñas espinas y el tronco. Las sobras las ha diseminado por todo el perímetro de su manta. Daniel las limpia y se echa sobre el catre, mientras suenan más villancicos. Por suerte, piensa, la nieve no ha hecho acto de presencia este invierno. El de 1940 sí que fue duro. Muy duro. Por aquel entonces tuvo la suerte de encontrar a su casera y entrar a vivir en esta casamata. Piensa en ella. Ahora doña Paquita debe estar celebrando la Navidad con sus cuatro hijos y pensando en su marido, José Manuel, preso en la cárcel de Porlier. La peseta y media que Daniel Baldomero les paga supone uno de los pocos sustentos económicos de esta familia, que ya habría muerto de hambre de no ser por el Auxilio Social y por el estraperlo.

—Buenas noches, Cipión.

Daniel Baldomero se prepara para otra fría noche. Se pone su sombrero y se mete bajo las mantas. Todo se sume en oscuridad cuando apaga la luz del candil. Siguen sonando los villancicos en la casamata de al lado, pero ello no le impide quedarse poco a poco dormido. Solo es libre al cerrar los ojos y dormir. Entonces sueña con los montes de El Bierzo, su tierra. Y así termina para él este 24 de diciembre de 1943, soñando con su infancia. Como cada noche.

Un pequeño chochín. Daniel Baldomero lo reconoce por la gran densidad de rayas de su plumaje, su altanera mirada, la rapidez con que mueve pico y cola, y por cómo arquea su pequeño cuello buscando con el pico la parte más inaccesible de su ala derecha. Ver a un chochín así de quieto en la rama más baja de esta encina resultó siempre una tarea imposible. Este es uno de los pajarillos más tímidos, piensa. Le asusta el balido de las ovejas y el ladrido de los perros. Y sobre todo la voz del hombre. El chochín coletea de una rama a otra de la encina, mira al pequeño Daniel y alza el vuelo hacia el monte.

Luego se atraviesa un petirrojo. Sabe que es un petirrojo y no un colirrojo por cómo canta. Daniel es experto en el canto de los pájaros: en el gorrión y su gorjeo, en el titeo de la perdiz, tan fina ella, o en el chillido del águila y del azor, o del alimoche, siempre oteando presa. A todos ellos disfruta viendo y escuchando en los largos veranos en que no hay más que hacer que tirarse bajo la encina. El niño se despereza y observa a lo lejos a su hermano Adif Manuel, cinco años mayor que él, que guarda el rebaño. Alto, corpulento, en su cara se advierte ya la recia mirada del hombre del monte. Esa altanería, ese ceño casi siempre fruncido y esa ambición tan temprana para tomar las riendas del negocio de la lana o para cortejar a las mocitas de los alrededores. De pequeño siempre era el rey de los juegos. El ganador. Y nunca se paró a oír el canto de los pájaros, como Daniel, su debilucho hermano, a quien recrimina que esté todo el día en Babia y que aún no tenga la destreza para guardar el rebaño o para domar a las ovejas encabritadas. «Yo, a tu edad, ya ayudaba a padre como un pastor más», le reprocha Adif Manuel. Pero Daniel solo quiere jugar. Y leer libros. Es lo único que parece interesarle.

—Padre, ¿podría traerme un libro la próxima vez que vaya a Villafranca? —pregunta cada semana.

—¿Otro? ¿Ya te terminaste el anterior?

Asiente. Y luego corre hacia su hermano.

—Adif, ¿a qué vamos a jugar hoy?

Adif Manuel golpea con su garrote a una oveja descarriada mientras intenta ignorar al pequeño. Al fondo, el viento del monte berciano acaricia los robles y los mece en un vaivén casi hipnótico.

—¿Jugamos al pillapilla?

Una oveja se desvía y el joven pastor corre hacia ella.

—¿Padre no te mandó a dar de comer a los perros? —se excusa.

Daniel no contesta. Agacha la cabeza y camina, cabizbajo, hacia la cuadra. Allí, Jacob y Baruch holgazanean rodeados de moscas.

—Se supone que sois perros pastores —les dice el niño—, y no sois más que dos perezosos.

Luego aparece el Sefardí. Pero cuando Daniel sueña con El Bierzo y con su casa y su pasado, jamás puede verle la cara a su padre. El sueño se desvanece cuando el niño se gira, sobresaltado, y solo ve un espectro delante de él, con los brazos en jarra, sin cara y sin alma. Luego despierta.

El alba en el parque del Oeste es punzante como la escarcha. A Daniel Baldomero lo suelen despertar los ruiseñores y los jilgueros, y a veces una rapaz milana cuyo canto siempre le ha fascinado: suena con un iiiii iii muy característico, cantado de forma muy altanera en la copa del árbol, ojo avizor, por si hubiese algún bicho para comer.

—Buenos días, Cipión.

Abre la puerta de la casamata y Cipión sale corriendo hacia el fondo del parque, zigzagueando por entre la hierba en busca del lugar idóneo para excretar. Huele al rocío de la mañana. Da algunos pasos sobre la hierba y mira hacia el horizonte de Madrid. De pronto, de entre unos arbustos, surge Manolito, el hijo pequeño de sus vecinos, que se atraviesa delante de él dándole patadas a una pelota de trapo. Parece no importarle el frío.

—¡Mira, Daniel, es nuevo!

Su hermano mayor lo sigue. Se llama Santiago.

—¡Feliz Navidad, Daniel!

De la puerta de la casamata vecina, que se mantiene entreabierta, aparece la pequeña María, la benjamina, luciendo, como un tesoro, una muñeca que su madre le ha confeccionado con ropa vieja y algodón. O eso mismo le dice don Marcial, que aparece detrás de la niña para, con un efusivo saludo, felicitarle la Navidad a Daniel.

—No podíamos esperar a Reyes para dárselos. Todo lo ha hecho mi mujer; el balón y la muñeca. ¿Te lo puedes creer? Es una artista.

—Increíble. Parecen de escaparate.

—Seguro que los niños de los ricos no juegan hoy así de felices.

—Tenlo por seguro.

Don Marcial es un hombre enjuto, apenas cincuenta años, carpintero y sindicalista durante la República. Su mujer, doña Juani, aparece detrás de él. Siempre con una sonrisa.

—Toma, Daniel, muchacho. Aquí tienes nuestro regalito de Navidad.

La mujer sostiene entre sus manos una bolsita de tela. Se la ofrece.

—Mujer, no teníais que haberos molestado.

Hace ademán de rechazarlo, pero el matrimonio insiste. Daniel Baldomero abre la bolsita de tela con el cuidado con que el relojero compone un reloj. Y encuentra picadura de tabaco.

—Ahí tendrás para cuatro o cinco cigarrillos.

—Muchas gracias. —Sonríe, agradecido—. De verdad, no teníais necesidad.

—No es nada, muchacho. Me dieron ese poco de picadura por un trabajo de remiendo que hice, y ya sabes que mi Marcial apenas fuma.

Se oye cómo juegan los niños. Sus risas, sus gritos inocentes. La niña hace caminar a su muñeca por la corteza de un árbol caído, imaginándola sobre una pasarela de moda, y Manolito y Santiago corretean tras el balón emulando a Zarra, a César o a Escolar.

Daniel Baldomero se va durante unos instantes a El Bierzo, adonde tanto había jugado. De la ensoñación lo despierta don Marcial, que se ha apoyado en su hombro para hablarle de cerca, en confidencia.

—Aún no lo saben, y no sé cómo vamos a decírselo. Con lo felices que están aquí.

El muchacho arruga la frente.

—¿Decirles? ¿El qué?

—¿No te has enterado?

—Pues... no, no sé de qué hablas —titubea.

—Se dice por ahí que nos echan.

—¿Cómo?

Cipión aparece de entre unos arbustos y corretea tras los chiquillos.

—Pues que se comenta que don Cecilio Rodríguez va a tirarnos las casas.

—¿Don Cecilio Rodríguez?

—Ay, muchacho, ¿en qué ciudad vives? Don Cecilio Rodríguez es... ¿cómo le dicen? Ah, sí, el Jardinero Mayor del Reino. Franco le ha confiado la reconstrucción de los parques y jardines de la ciudad, y se rumorea que ya le han apretado las tuercas con el parque del Oeste, que tras haber terminado con El Retiro, el de Arganzuela y los viveros, este debe acabarlo ya.

Daniel Baldomero mira hacia su casamata y a los pinos y castaños que la circundan. Unos gorriones pían, saltan de árbol en árbol, meciéndose en las ramas desnudas. La amenaza de la reconstrucción lleva rondando al parque del Oeste desde que terminó la guerra, porque este parque fue línea de frente. Pero hasta ahora nadie ha osado molestar a sus improvisados habitantes.

—¿Que nos tiran todo esto abajo?

—Sí, eso parece.

Los niños juegan a que Cipión no coja la pelota. Cuando el perro la intercepta, se le escapa porque no puede retenerla entre sus fauces. Los chiquillos ríen y el juego vuelve a empezar.

—¡Ay, señor! —se lamenta doña Juani, a quien se le ha borrado la sonrisa—. ¿Adónde vamos a ir ahora?

2

El tranvía baja por la calle San Bernardo y toma una ligera curva a la derecha. Chirría. Cuando Daniel Baldomero va con prisas, no tiene más que agarrarse al tope y viajar sin pagar el importe del billete, haciendo un arriesgado ejercicio de equilibrio. No pocos accidentes han ocurrido cuando un frenazo del tranvía ha cogido desprevenidos a quienes se encontraban agarrados a sus topes. Cuando el tren hace su parada en la calle Sagasta, Daniel Baldomero se apea con un salto y, con un gesto, se despide de los muchachos que iban junto a él.

Se dirige al barrio de Chamberí. Con su ropa tendida, sus vendedores ambulantes, sus chatarreros y las voces de vecinas, este barrio parece una ciudad ajena. Aquí vive doña Paquita en un corral de vecinos, donde sus hijos juegan y se divierten entre casas aún levantadas y casas a medio levantar. El barrio necesitó de un fatigoso esfuerzo para que volviese a la vida tras la guerra.

Cruza unos charcos. Luego aparta a unos chiquillos que corretean y llama a la puerta de doña Paquita. Tras unos segundos, esta abre un resquicio de la puerta y asoma un ojo.

—Buenas tardes. Vengo a pagarle el semanal.

Doña Paquita le recibe con una sonrisa. Luego se limpia las manos en su delantal e invita a Daniel a pasar. Adentro huele a caldo de puchero.

—No quisiera molestar.

—Qué vas a molestar, muchacho. Pasa.

Entra en un piso con dos habitaciones y una pequeña cocina, baño y salón. En el salón se sientan en torno a una estufa de serrín, que da bastante calor y a un precio muy económico. Daniel Baldomero deja el semanal sobre una mesita.

—¿Has comido ya? ¿Quieres un poco de caldo?

—No, mujer, no se preocupe.

—Venga, no seas tonto, que está muy calentito.

Doña Paquita se interna por la cocina. Mientras tanto, el pequeño Juanito aparece correteando. Alza en lo alto, como si volase a metro y medio del suelo, un muñeco con un trozo de tela atado al cuello, como una capa.

—¡Es un superhéroe!

Sonríe cuando repara en la presencia de Daniel Baldomero.

—¿Y el perrito? ¿Dónde está el perrito?

—Lo siento, Juanito. Cipión se ha quedado en el parque. Hoy no le apetecía salir.

A veces tiene la sensación de que la relación entre su perro y él no es la de dueño y mascota, sino la de compañeros de cuarto.

—Aquí tienes, recién hecho.

El cazo vaha como una chimenea. Daniel Baldomero sopla y, mientras se lleva a la boca la primera cucharada, doña Paquita vuelve a sus labores culinarias y Juanito al vuelo de su superhéroe. Los tres o cuatro garbanzos del caldo flotan como náufragos de un mar con sabor a hueso de cerdo. Cuando termina de comer, Daniel Baldomero se dirige a la pequeña cocina, donde doña Paquita friega unos platos bajo un caño de agua fría.

—¿Cómo va todo? —le pregunta a la mujer.

Daniel Baldomero conoció a doña Paquita hace cuatro años gracias al tabernero Rafael el Cojo. Por aquel entonces, el muchacho llevaba varios meses vagando por la ciudad, subsistiendo de la caridad y de la rapiña.

—Pues como siempre, muchacho. Con el racionamiento cada vez nos toca a menos. Suerte que don Mateo no ha subido sus precios, como sí han hecho en otros barrios.

Don Mateo es el estraperlista de este corral de vecinos. Cuando toca inspección, todas las vecinas se compenetran para evitar el requisamiento pasando la mercancía de ventana en ventana.

—Ya.

—Y además tengo que llevarle de comer a mi José Manuel.

El marido de Paquita, José Manuel, está internado en la cárcel de Porlier por afiliación a la CNT, el sindicato anarquista. El semanal que Daniel Baldomero paga a doña Paquita se va íntegro para su marido, para que no muera de hambre y de frío en prisión. Y para que pueda lavarse y fumar algún cigarrillo a la semana.

—¿Pues sabe usted la noticia sobre el parque?

—No, ¿qué ocurre?

—Que nos echan. Que van a tirar todas las casamatas, los fortines y las trincheras.

—Eso se lleva diciendo desde que terminó la guerra.

—Pues esta vez parece que va en serio. Por lo visto, ya han terminado con El Retiro y ahora le toca al parque del Oeste.

Juanito pasa entre ambos con su superhéroe en alto.

—Aún quedará tiempo. No te preocupes, que ya encontraremos algo.

Doña Paquita se despide de Daniel Baldomero con tres sonoros besos en las mejillas, besos que suenan como un chasquido. Daniel Baldomero piensa en qué va a hacer ahora esta familia si tiran abajo la casamata.

—Usted tranquila, que yo me las avío.

—Deberías encontrar un trabajo —le recrimina, como cada semana—. Un muchacho como tú no debería estar todo el día en la calle.

—Ya sabe, doña Paquita, que yo sobrevivo con muy poco.

Daniel Baldomero se desenvuelve en trabajos de todo tipo: desde ayudar a los estraperlistas a pasar el género en el mercado negro hasta asistir a don Marcial en alguna labor de carpintería. En ocasiones ha llegado a pedir limosna en templos o bulevares, pero solo cuando pasa por una mala racha.

—Ve con Dios.

¿Dios? ¿Y dónde está ese?, se pregunta mientras comienza a dejar atrás el corral de vecinos. En la calle, a pesar del resplandeciente sol del mediodía, el frío apremia. Se ajusta las solapas de su abrigo y toma camino del parque del Oeste por Meléndez Valdés, dejando atrás Chamberí. Piensa en el parque.

Quién sabe cuánto tiempo le queda a su casamata y a todas las demás. Y es que, poco a poco, la ciudad va desmarcándose de la guerra; la Complutense ya tiene estudiantes, El Retiro ya tiene paseantes, y el Ritz y el Palace ya tienen huéspedes de renombre. Pero aún quedan las ruinas de barrios como Argüelles o Chamberí, las miles de chabolas suburbiales de la periferia y la enorme Casa de Campo y el pequeño parque del Oeste. La mayor parte de este paisaje de suburbios se ha ido esfumando tras el final de la guerra, pero aún hay quienes no pueden aspirar a nada más, como Daniel Baldomero, o quienes no pueden integrarse en el Plan de Vivienda del municipio por su pasado rojo, como don Marcial, y no tienen otra salida.

—¡Cipión! —grita.

Varios segundos después, el perro aparece tras unos matorrales, meneando el rabo con energía. Da un rodeo en torno a su dueño, salta y le pide juego, hasta que este se agacha y hunde sus dedos en su caluroso pelaje, para acariciarlo. Luego, Daniel Baldomero abre la puerta de su hogar y, aún con la puerta entreabierta, Cipión entra para acomodarse sobre su manta. Ya dentro, su dueño le tira un chusco de pan rancio, de anoche.

—Para que no te quejes de que te tengo muerto de hambre.

El uniforme es el mayor exponente del respeto en el Madrid de la posguerra. A cualquier individuo uniformado se le hace un pasillo para entrar a un espectáculo o se le hace pasar delante de una cola en las tiendas. Hasta ahora nunca se habían visto tantos uniformes caminando por las aceras: los falangistas con su camisa azul, los militares con todas sus graduaciones de guerra, los religiosos regulares y seculares, la Policía Armada, los guardias municipales y la Guardia Civil, la Brigada de Costumbres, los ordenanzas de los ministerios o del Ayuntamiento y los guardias jurados de los espacios públicos. Nadie entre quienes ganaron la guerra se quita el uniforme, pues garantiza su privilegio sobre quienes visten de civil. El uniforme es el símbolo de la victoria.

Ya solo por su andar infunden respeto. Dos hombres uniformados se adentran en el parque del Oeste y llaman a la puerta de la casamata del fondo. Llevan sahariana color pardo sobre la guerrera típica, tirantes y correajes, gorra de plato y tercerola al hombro. Llaman con dos sonoros golpes, toc toc.

—Abran a la Policía Armada.

Dentro de su búnker de hormigón armado, Daniel Baldomero lee una vieja y deshojada edición de *La montaña mágica* que compró hace meses en una librería de viejo, y cuya lectura se le enquista. No avanza porque Thomas Mann se le hace muy pesado, a pesar de que el librero lo tenga en su particular olimpo literario.

—¡Un momento!

El cañón de las tercerolas brilla. Es lo primero en que se ha fijado. Luego en sus insignias; las de uno dicen que es oficial y las del otro un héroe de guerra. Cuando Madrid cayó, centenares de combatientes se unieron a la Policía Armada. Muchos se creen aún en guerra. Siempre está latente el riesgo del indiscriminado y arbitrario registro; un libro con aspecto peligroso, un panfleto o una foto sospechosa.

—Buenas tardes —saluda el oficial—. ¿Vive usted aquí?

—Sí. Así es.

Cipión se asoma y eriza el lomo ante la presencia de los policías. Su dueño lo tranquiliza con un gesto.

—¿Me permite ver su identificación?

—Un momento.

Daniel Baldomero encaja la puerta, hasta casi cerrarla, en un valeroso gesto de desafío. Vuelve a los pocos segundos.

—Aquí tienen.

Sostiene su cédula personal expedida en el año 40, donde dice que su nombre es Daniel Baldomero Fuentes Sánchez, natural de Burgos, que nació el 6 de junio de 1918, que es soltero y habitante de Madrid. El oficial la mira con detenimiento y habla algo al oído con su compañero.

—¿Sabes, muchacho? Las cédulas personales de identificación están a punto de ser retiradas, pues, como bien se ha anunciado durante estos meses, a partir del año que viene comenzarán a sustituirse por un carnet de identidad con fotografía y hasta con huellas dactilares. ¿Y a que no sabes cuál es la razón? Para luchar sobre todo contra la falsificación.

Daniel no responde. El oficial saca una libreta del bolsillo de su sahariana y apunta algo sin quitar ojo a la cédula personal. Con el temblor de la escritura se le mueve la tercerola al hombro.

—Bueno, ¿querían algo? —se impacienta el muchacho.

—Ah, sí, claro. No sabemos si estará al tanto de las noticias sobre este parque.

Le devuelve el documento de identificación.

—Algo he oído.

—El Ayuntamiento ha ordenado tirar todos estos búnkeres, blocaos y casamatas para terminar con la reconstrucción.

Por un momento, los tres miran en derredor. Cuatro años después del alto el fuego, el parque del Oeste aún deja una imagen espectral, funesta, de la guerra y de la barbarie. Tal es el tiempo pasado que incluso ya se advierte como la naturaleza ha empezado a comerse a la ruina; los árboles talados poco a poco han comenzado a crecer, el verde ha vuelto a salir bajo las trincheras y las plantas trepadoras a avanzar por las paredes de hormigón y ladrillo.

—¿Y cuándo tendré que irme?

—En una semana, para el inicio de las obras. Y da gracias de que os estemos avisando con tiempo. Tómatelo como un regalo de Navidad. El alcalde ha sido muy cuidadoso con vosotros, ¿sabes? Nos ha ordenado delicadeza para echaros.

El oficial ofrece una sonrisa de superioridad.

—Recuerda, una semana para irse. Las máquinas no repararán si hay alguien aquí dentro cuando lo tiren todo abajo.

—Descuide, no habrá ni rastro de mí. Buenas tardes.

Luego cierra la puerta. Se echa en el catre y abre *La montaña mágica* por una de sus páginas centrales, aunque ya no puede leer. Oye otro toc toc a lo lejos. El universo paralelo de este parque está a punto de venirse abajo como un castillo de naipes. Y una terrible intranquilidad acaba de sobrevenirle. Se lo hace ver a Cipión, su confidente.

—Creo que los policías se han dado cuenta de que mi cédula personal es falsa.

Traga saliva. Ni se apellida Fuentes Sánchez ni nació en Burgos en el año 18. Lo único cierto en la cédula personal es su nombre. Daniel.

3

El aire es tan denso que casi se le ve entrar por los orificios de la nariz, viciado con olor de humanidad y cigarrillo, de vino y aguardiente. El local apenas está iluminado, lo que provoca un ambiente sombrío. Lo habitan unos hombres aletargados, anestesiados por el alcohol y el tabaco, buscando paliar su amargura a cuenta de escuchar la amargura ajena, en un trágico juego de quién da más. Este es el panorama de la taberna de Rafael el Cojo, un pequeño reducto libertario del barrio obrero de Delicias donde con el suficiente alcohol, y en la comandita selecta y confidente, se dan vivas a la República y mueras a Franco, y se arreglan negocios del mercado negro entre algunos de los más importantes estraperlistas de la ciudad.

—Dime, Daniel, qué va a ser, ¿lo de siempre? ¿O te pongo algo especial por la Nochevieja?

En tabernas como la de Rafael el Cojo no suele entrar ningún despistado. Solo hay parroquianos asiduos. Porque en esta ciudad en que nadie confía en nadie, y donde nadie conoce a nadie, todo el mundo rehúsa entrar en lugar ajeno. Esta taberna no es como los modernos cafés que proliferan por la ciudad, que atraen a la nueva juventud madrileña con su decoración parisina, sus grandes espejos, columnas romanas y lámparas de araña. Las tabernas de barrio, por el contrario, aún sobreviven a costa de sus fieles y a pesar de su recia decoración, nada que ver con los cafés; una larga barra de madera abarrotada de vinos y alcoholes baratos, cuando no adulterados, carteles de flamencas y toreros que cantaron y torearon hace mucho tiempo, y mesas y sillas de mimbre que han soportado décadas de menús a peseta y chatos de vino.

—Lo de siempre, Rafael. Ya sabes que yo no soy de muchas celebraciones. Ponme un chatito.

Daniel Baldomero saluda a los parroquianos. Esta tarde apenas hay charla. Todos fuman y la mayoría medita en un espeso silencio, a la espera de volver con sus familias a celebrar la cena de Nochevieja. Solo cuando el silencio se hace lo suficientemente largo aparece el fútbol. También los toros, cómo no: Manolete, Belmonte, Dominguín o Pepe Bienvenida. Las grandes figuras del toreo suscitan acalorados debates.

—Este año la liga se la lleva el Valencia.

—Está por ver si aguanta el ritmo del Bilbao.

—Mejor el Valencia que los catalanes o los vascos.

—Lo que está claro es que al Madrid le pueden dar por culo —se pronuncia Rafael el Cojo, hincha del Atlético de Madrid. Antes del parón navideño, el Valencia había vencido uno a cero al Madrid, con lo que el equipo de la capital había perdido toda aspiración al título.

Cuando la conversación se disipa, Rafael el Cojo se acerca a Daniel.

—¿Cómo lo llevas, canijo? Lo del parque, me refiero. Ya sabes que puedes pedirme ayuda cuando quieras.

Lo llama así, «canijo», desde que se conocieron.

—Estoy buscando algo por ahí, no te apures. Aunque tampoco tengo problemas por dormir en la calle durante unos días. Ya sabes que a mí no...

Rafael pone un mohín de preocupación.

—¿La calle? Está cada vez más peligrosa, canijo —responde.

La barriga de Rafael el Cojo sobresale por encima de la barra cuando se apoya para hablar con sus parroquianos. Orondo, de larga y rala barba, pelo canoso y grasiento, tiene una cicatriz que le cruza la mejilla derecha —por una riña a navajazos— y la pierna izquierda más corta que la otra, porque, según cuenta, su madre tuvo complicaciones en el parto. Se llamaba Gertrudis. A los ocho meses de embarazo, y mientras ordeñaba a una vaca en el establo, una burra impetuosa le dio una coz y la tumbó al suelo. Ello hizo que se le adelantase el nacimiento de su cuarto hijo y provocó, aludía ella, «que su pobre niño le saliese cojito». Rafael es natural de Extremadura, de un pueblecito de la sierra llamado Montánchez, y con trece años se fue a vivir a Madrid huyendo de las penurias y de los caciques. Desde entonces trabajó de bar en bar, hasta que se casó con una madrileña y montó el suyo propio. Hace cuatro años, Daniel Baldomero entró por primera vez en su taberna y pidió un poco de leche para su perrito. «¿Y tú de dónde vienes, canijo?», le preguntó Rafael el Cojo. «De ningún sitio», contestó el chiquillo, cortante. Y tras una imprevista mirada de ternura, el tabernero: «¿Quieres ganarte unas perrillas? Solo tienes que llevar estos paquetes de arroz y de garbanzos donde yo te diga».

Sí, la calle está cada vez más peligrosa, piensa Daniel. Pero él sabe apañárselas. Siempre lo hizo. No obstante, esta vez está más preocupado que de costumbre. Por ello, mira a su alrededor, comprobando que nadie los oye, y le habla a Rafael en confidencia.

—Es que creo que voy a tener que estar una temporada fuera de Madrid.

El Cojo arquea una ceja.

—¿Y eso?

—Me da a mí que los policías sospechan que mi identificación es falsa. Han venido una pareja hoy al parque y me la han pedido. Y me ha dado mala impresión.

Esa cédula de identificación se la arregló Rafael el Cojo en cuanto el muchacho comenzó a trabajar en el estraperlo. Y nunca le ha dado problemas.

—¿Estás seguro? Mira que es complicado distinguir a una falsa. ¿Y quiénes eran esa pareja? ¿Los reconociste?

—No, creo que eran nuevos. Por las guerreras, creo que uno era oficial de este año y el otro un héroe de guerra.

Se termina su chato de vino de un último trago.

—*Cagüendiós*. Cada vez hay más policías en las calles y menos comida en las casas.

Un parroquiano se acerca tambaleante hacia la barra y pide otra cerveza. Rafael el Cojo disimula.

—¿Y el perro? ¿Dónde lo has dejado? Ya sabes que para mí es como si fuese otro más de mis clientes. —Ríe.

—En la casamata se ha quedado. Le tiene mucho cariño al parque, pobrecito. Lo echará de menos.

Por la puerta aparece Bernarda, la mujer de Rafael. El bamboleo de la puerta deja entrar una ráfaga de viento que casi hiela el aire de la taberna.

—La leche, qué frío hace —exclama.

La mujer da un rodeo a la barra para entrar en la cocina. Deja colgado su abrigo en un perchero y se pone el delantal de todos los días. Con un efusivo «¡buenas tardes!» se dirige a los presentes; no así a su marido, a quien apenas hace un gesto de saludo. Bernarda es varios años menor que Rafael. Atractiva, morena, de carnes prietas; pretendida de muy joven por muchos mocitos hasta que llegó este prenda y la encandiló con algunas palabras bonitas.

—¿Hay mucho trajín hoy? —se dirige a Rafael.

—Para ser víspera de Nochevieja, no está mal.

—¿Se quedará alguno de estos para la cena?

—Qué va. Todos vuelven a casa con su familia. Aunque ya quisieran algunos de estos librarse de cenar esta noche con sus cuñados o con la suegra. —Ríe.

Algunos parroquianos asienten entre risas. «¡De mi suegra no me libro ni con agua caliente, Rafael!», se oye.

Bernarda, apoyada sobre la barra, se dirige a Daniel.

—Y tú, canijo, ¿tienes plan para la cena?

—¿Yo? Qué va. Por mí no os preocupéis. Pasaré la noche con Cipión y con mis libros —se excusa.

—¡Pues te perderás el menú que prepararé para la noche!

—Y seguro que estará riquísimo, Bernarda. Como siempre —le sonríe.

Bernarda es la que se encarga de cocinar en la taberna. Su mano con la cazuela es famosa en todo el barrio. Pocos lugares tan sórdidos como este ofrecen al cliente una ración de cocido o un plato de alubias como los suyos. Y a los mejores precios: a peseta el menú popular y a dos pesetas los demás platos.

La mujer se dirige a la pequeña cocina de la taberna y enciende un fuego. Desde allí, regaña a Rafael por no haber puesto los garbanzos aún en remojo, «¡para algo que te pido!», le recrimina. Este elude responder soltando un chascarrillo que hace reír a sus parroquianos. Daniel Baldomero contempla a ambos, cada uno por su lado. Es el matrimonio más extraño que ha conocido en su vida. Siempre que los observa trabajando, en casi total ausencia de cariño, piensa si es cierto aquello que dicen: que en el año 33, con la República, se divorciaron, pero que en el 39 tuvieron que volver a juntarse porque Franco había ilegalizado todos aquellos divorcios republicanos. Y que ambos, que vivían por separado —ella con su nueva pareja—, hubieron de compartir cama de nuevo; cama, trabajo y destino, porque lo que Dios había unido no podía separarlo el hombre. O eso decían.

Tras varios minutos de silencio, Daniel Baldomero decide marcharse.

—Ya vendré por aquí mañana — se despide—. Que tengáis todos una feliz entrada de año.

—¡Feliz año, canijo! —le felicita Rafael—. Ya sabes que puedes contar con mi ayuda, como siempre.

Se apoya en la barra para estrecharle la mano. Bernarda, al escuchar que Daniel Baldomero se va, le grita «¡Feliz año!» desde la cocina mientras templa el aceite para freír unas patatas.

—¡Gracias, Bernarda!

Pero, antes de salir del local, Daniel se dirige al servicio. Siempre aprovecha para orinar y asearse un poco en la taberna. Entra, se mira al espejo y se acicala un poco el pelo. Este es, de largo, el baño más limpio de todo el barrio, pues Bernarda lo cuida a fondo a pesar de que a veces sus clientes no demuestren tener mucha puntería. Cuando eso ocurre, sale del baño hecha un basilisco, gritando: «¡Mañana vais a limpiarlo vosotros, so guarros!», pero siempre vuelve al día siguiente con su bayeta y su fregona. Mientras se baja la bragueta, Daniel oye cómo alguien entra en la taberna y se dirige a Rafael el Cojo.

—Buscamos a un muchacho al que llaman Daniel Baldomero.

La voz suena firme y grave, como la de un fumador empedernido. No es la primera vez que Daniel la oye.

Traga saliva.

—No sé quién es ese.

Daniel asoma el ojo por el resquicio de la puerta y comprueba como todo se ha detenido de pronto. Nadie en la taberna habla una palabra o mueve un músculo. Frente a la barra, tres falangistas, con su irreconocible uniforme azul, miran desafiantes a Rafael el Cojo.

A ellos nunca ha podido sobornarlos.

—No te hagas el tonto, Cojo, que sabemos que esa sabandija frecuenta tu asquerosa taberna. Dinos quién es.

A este se le ha notado más que al primero. Que han bebido. La voz se le ha trabado un poco en la palabra *sabandija*. Tal vez se hayan pasado la tarde bebiendo para celebrar la entrada de año como se merece. Y quieren terminarlo con gresca, como tantas veces.

—Os he dicho que no conozco a ningún Daniel Baldomero. Si no queréis sentaros y tomar algo para celebrar el año nuevo con nosotros, aquí no tenéis nada que hacer.

Dan un rodeo con la mirada. Son hombres corpulentos, treintipocos, de patillas largas y de mirada recia y dura. El tercero de ellos, que aún no ha abierto la boca, tiene un vendaje que le cubre todo el antebrazo.

Vuelven a mirar en derredor.

—Gracias por la invitación, Rafael —responde el del vendaje—, pero tenemos que encontrar a ese traidor.

Los falangistas ríen. Y mientras sus carcajadas se oyen, los presentes agachan la vista o la hunden, disimulando, en un vaso de vino. Todos tienen algo que esconder, por poco que sea. Román, que antes era un respetado barbero, ahora malvive sacando muelas rojas en la clandestinidad, pues dejó su barbería ante el rumor de que durante la guerra ayudó como sanitario a los soldados republicanos. O Antonio el frutero, sentado frente a Pepito, que antes tenía una frutería y ahora se dedica al estraperlo, y del que se cuenta que daba frutas y hortalizas a las milicias anarquistas del frente de Ciudad Universitaria.

—Es un muchacho de veintipocos años, alto, delgaducho y de pelo oscuro.

Casi nadie en la taberna da el perfil del susodicho. La mayoría son hombres maduros, de baja estatura y curvados por los años y el alcohol. Solo uno sí lo cumple, el joven Manuel el tartaja, mecánico, a quien miran con detenimiento y piden la identificación. Este rebusca en el bolsillo de su viejo gabán y se la ofrece a uno de ellos. Cuando comprueban que no es aquel al que buscan, continúan con su rodeo.

—Dicen que suele venir aquí, que es amigo del dueño.

Rafael mira hacia la puerta del baño. Sus ojos coinciden con los de Bernarda, que también mira hacia allí, visiblemente nerviosa. El Cojo decide actuar; sale de detrás de la barra, sin intentar disimular su cojera, y se dirige a los falangistas.

—Yo tengo muchos amigos, ya me conocéis, pero ninguno se llama Daniel Baldomero. Os lo aseguro.

Ya ha tenido varios roces con tipos como estos. Hace un par de semanas varios irrumpieron en la taberna con el aviso de que se estaban dando vivas a la República. Entonces también supo disimular, como ahora, aguantándoles la mirada a aquellos chicos de uniforme azul.

Los falangistas titubean, mirándose entre ellos. Rafael podría mirar a la cara al mismísimo demonio y mentirle. Ha sobrevivido a la guerra y a la posguerra gracias al ilustre arte de la mentira. Y cuando dice que ninguno de sus amigos se llama Daniel Baldomero, suena veraz, a pesar de que Daniel Baldomero se esconda en el estrecho aseo de la taberna muriéndose de miedo. Ceden, al fin.

—Está bien. Pero si por casualidad apareciese por aquí ese perro judío sefardí... —se echa la mano al bolsillo trasero de su pantalón y saca un raído collar de perro—, dale esto.

Se lo tira al tabernero, quien, a pesar de ser un experto mentiroso, a pesar de que ya nada apenas le sorprende, casi no puede disimular al verlo.

Ese collar, ahí en el suelo. El collar de Cipión.

4

Un coche que cruza la calle impulsado por un viejo gasógeno casi lo atropella. Luego, el conductor del tranvía tiene que hacer sonar el silbato ante la proximidad de ese muchacho que corre. Unos metros más adelante casi arrolla a una mujer, pero no atiende a sus gritos de grosero o de maleducado. «Corre, corre Daniel, corre», se dice. Va como un toro desbocado, con toda la velocidad que puede darle su espigado cuerpo. Las sienes le queman y la garganta se le agarrota. «Buscamos a Daniel Baldomero», reverbera en su mente. «Ese perro judío sefardí.»

Sube a toda prisa por la calle Bailén y atraviesa la plaza de Oriente, decorada con motivos navideños. Luego cruza la Cuesta de San Vicente y pasa junto a la plaza de España. Las piernas, por momentos, le flaquean. Las ideas se le agolpan y se atropellan en su cabeza, pero hace un esfuerzo por no pensar en nada. ¿Cómo han dado con él?, se pregunta. ¿Acaso han descubierto lo que ocurrió antes de la guerra? Y pien-

sa, de pronto, en todo lo malo. En los montes. En El Bierzo.
Y cuando atisba la entrada al parque del Oeste, un pensamiento, más fuerte que ninguno, nubla los anteriores.

La oveja Navit acaba de visitarle y, de repente, ha acallado todo lo demás con sus balidos.

Sentado bajo la sombra de la encina, al Sefardí le gustaba quedarse dormido mirando a aquellos robles del fondo que, en fila, marcaban el final de sus tierras. Coronando sus posesiones bercianas había un hermoso pazo gallego rehecho y bautizado como la Casa Ladina; la más bonita de todo El Bierzo. Cuando compró las tierras y el pazo, como ruina de un siglo atrás, reforzó con adobes la vieja y ruinosa estructura, tejó la techumbre, pavimentó el piso con terrazo y encaló todas las paredes. Tenía estancias para todos los miembros de la familia; biblioteca y habitación de juegos para sus cuatro hijos, costurero para su mujer Alexandra, establo y cuadra, un salón para sus reuniones y varias hectáreas de profundo vergel.

El Sefardí solía quedarse dormido, además, oyendo los juegos de sus hijos. Cómo Adif Manuel perseguía al pequeño Daniel esgrimiendo una espada y gritando «¡No podrás conmigo, malvado dragón, salvaré a mis princesas»!, mientras las princesas raptadas, las mellizas Myriam y Eva, esperaban en lo alto de una rama. Aquí eran felices, y no había día que el Sefardí no se alegrase de aquella drástica decisión que había tomado años atrás: viajar a España, volver, en definitiva, a la tierra de sus ancestros, porque él era un sefardí —todavía hablaba ladino, la lengua muerta de sus antepasados—, y descendía de aquellos judíos expulsados de España por los Reyes Católicos que emigraron en su mayoría al Imperio otomano. Cuentan que esas familias sefardíes mantuvieron, de generación en generación, la llave de sus casas y de sus guetos, porque algún día volverían a España. Pero la vuelta de los judíos españoles no comenzó a producirse hasta finales del siglo XIX, en un goteo intermitente. Hasta 1924 no hubo el primer decreto para la vuelta de los sefardíes, promulgado por Miguel Primo de Rivera, por el que miles de sefardíes regresaron, huyendo muchos de ellos de aquel incendio que arrasó Salónica unos años atrás y que devastó el gueto judeoespañol. Así vino Elián Azai Nahman a España, junto a su mujer Alexandra —judía, aunque no sefardí— y sus cuatro hijos.

Los niños pasaban la infancia entre el estudio de la historia, las ciencias y la Torá, que alternaban con largas tardes de juego y ratos de descanso escuchando al abejaruco, a la alondra o al ruiseñor. Ese equilibrio entre los hermanos se mantuvo hasta que Adif Manuel se hizo mayor y tuvo que aprender el oficio de su padre. Hasta entonces no hubo tarde en que Daniel y su hermano no corrieran detrás de las ovejas del Sefardí para hacerlas rabiar, ni tampoco que no jugasen con Jacob y Baruch, los perros pastores, ni ideasen una nueva travesura. Pero el pequeño Daniel tenía además una afición que no compartía con el resto de sus hermanos: la lectura, que cultivaba durante las noches, consumiendo su vista bajo la luz de una vela, o en la sobremesa, cuando los demás se tiraban bajo la encina. Desde que aprendió a leer, devoró centenares de libros que antes pasaban por el estricto filtro del Sefardí, y cuya lectura debía intercalar con la de las vidas de los profetas, que, según su padre, siempre iban primero: hasta que el Sefardí no se aseguraba de que el muchacho había aprendido sobre Isaías, Jeremías o Ezequiel, no le dejaba leer alguna novela de Julio Verne o de Agatha Christie o de Poe.

Adif Manuel, en cambio, odiaba leer. A él le gustaba más el monte, y los regalos que recibía eran bicicletas, saltadores o pelotas de fútbol. A las hermanas les regalaban montones de muñecas, que el mayor y el pequeño escondían a menudo, llevándose luego la enésima reprimenda del Sefardí.

Tras ese rato atemporal en que se sentaba bajo la encina y miraba a los robles del fondo, el Sefardí se levantaba y se dirigía a su extenso rebaño de ovejas. Le gustaba pasear entre ellas, controlaba que ninguna tuviese algún mal o herida, comprobaba la hierba que comían, acariciaba sus lomos, la lana que crecía en ellas, sus ubres, las llamaba por su nombre. De entre esos centenares de ovejas que casi tenía por hijas, había una a la que su Daniel más quería; la oveja Navit, la que, según decían, era la más feúcha. Su lana grisácea y seca no brillaba ni tampoco era muy suave, y se enfadaba con todo el que quisiera acercarse, menos con el Sefardí y con Daniel Baldomero. Cuando el niño aparecía de entre las demás ovejas, Navit comenzaba a dar saltos y parecía esgrimir una sonrisa mientras se dejaba acariciar por el chico.

Una noche de verano, Daniel terminó de leer a altas horas de la madrugada. Cerró el ejemplar de *20 mil leguas de viaje submarino*, que estaba a punto de acabar, y apagó la vela con la yema de sus dedos humedecidos. Solo tenía once años. Su habitación era una pequeña estancia cuya ventana daba a la rama de la encina que más pájaros cobijaba. Había un escritorio siempre con un libro a medio leer y algunos por empezar, una vela casi consumida y algunas sin prender. También había una estantería con juguetes y algunos otros libros, donde Daniel guardaba, como un tesoro, una copia de la foto familiar frente a la puerta de la casa que les hizo aquel hombre de la ciudad que llegó a El Bierzo preguntando por la familia sefardí que aún hablaba en ladino. Esa noche, antes de quedarse dormido, oyó el quejido de una oveja, un quejido ahogado, como dando un aviso, a lo que luego acompañó el balido de decenas de sus compañeras. Lo supo enseguida. El niño salió corriendo a la habitación de sus padres al grito de «¡Navit!, ¡a Navit le ha pasado algo!», y el Sefardí, que era de sueño ligero, arrancó hacia el redil con su rifle. No hacía poco tiempo que unos bandoleros les habían robado varias ovejas y por ello siempre dormía con un solo ojo cerrado.

Afuera, la luna y unas sombras. El Sefardí apuntó y disparó. El estruendo fue tal que atravesó el monte y se perdió camino de los pueblos con un eco interminable. Del redil huyó entonces aquella sombra, que, presta, indómita, se perdió en lo oscuro del monte. Era un lobo. El mayor enemigo del Sefardí, más aún que los bandoleros. Cada mes bajaban del monte dos o tres y le mataban alguna oveja sin que hubiese forma de evitarlo. Los chicos corrieron junto a su padre y, al llegar al redil y ver qué había ocurrido, el Sefardí ordenó a Adif Manuel que contuviese a su hermano pequeño. La oveja Navit yacía mutilada en un reguero de sangre que había salpicado a las ovejas de alrededor. Era la única oveja a la que el lobo había atacado. Y Daniel, que ya lo sabía —porque Navit se lo había dicho con aquel balido—, se escabulló de entre los brazos de su hermano y corrió hacia el rebaño. El Sefardí tampoco pudo atraparlo.

Y ahí estaba. Tendida. Sin vida.

Asomado detrás de un pino de frondosas ramas, Daniel Baldomero contempla su casamata. En medio de este frío invernal, siente cómo su cuerpo desprende un calor sofocante que casi no le deja respirar. Escupe con fuerza al suelo. Todos sus vecinos del parque, dentro de sus búnkeres y casamatas, cenan y festejan la Nochevieja. Camina por las ramas caídas y los arbustos del parque con la vista puesta ahí, al fondo, en su casamata y su alrededor. Mira hacia un búnker en el que vive otra familia. Se oyen voces y cánticos. Cuando llega a la altura de la casamata de don Marcial y doña Juani, mira hacia el pequeño ventanal y ve la luz de los farolillos navideños encendida.

De pronto, la puerta se abre y don Marcial corre hacia él para frenarlo. Parecía que lo esperaba.

—¡No entres, Daniel! ¡Espera, por el amor de Dios!

Pero Daniel Baldomero se escabulle de su vecino, da unos pasos y abre, de un golpe, la puerta de su casamata.

Y lo ve. A Cipión, recostado sobre el suelo.

—No pudimos pararlos, te lo juro. Estaban borrachos. Gritaban y maldecían a todos los que vivían aquí. Rojos, asesinos, y todo eso. Y te buscaban. Te buscaban, Daniel. «Perro sefardí traidor», te llamaban. Intentaron forzar tu casamata, pero apareció Cipión de entre unos arbustos y se enganchó al brazo de uno. Solo la muerte lo separó.

Luego un largo silencio. Y un par de lágrimas que le brotan.

—Hijos de puta —exclama el muchacho, conteniendo la rabia en los puños.

Daniel Baldomero llegó a Madrid cuando terminó la guerra, en abril de 1939. Durante los primeros meses durmió en un túnel de metro derruido donde se hacinaban centenares de personas. Después ocupó durante unas semanas unas trincheras de la Ciudad Universitaria, rodeado de explosivos a medio estallar. Cuando comenzaron las obras de reconstrucción de la zona tuvo que dormir al raso.

—¿Lo han visto los niños?

—No. Cuando oí que llegaban esos cabrones, les pedí que se quedasen dentro y que no salieran. Luego han hecho preguntas, pero hemos evitado responder, esperándote.

Una de esas noches en que durmió a la intemperie, arrecido de frío, Daniel Baldomero oyó el quejido de un perrito que apenas tendría un par de meses. Estaba entre unos arbustos, flaco y rodeado de moscas, a punto de desfallecer. Era un precioso cachorro de pelo blanco con manchitas color crema y el hocico rosado. Parecía un labrador.

—¿Le hicieron mucho daño?

Lo cogió entre sus brazos, lo arropó con su abrigo y buscó un lugar en el que poder darle un poco de leche. Así fue como entró por primera vez en la taberna de Rafael el Cojo.

—Se defendió como un campeón. A uno de ellos casi le arranca un brazo.

Cuando Bernarda le dio de beber la leche al cachorro, la vida volvió a su cuerpo malherido. Fue entonces cuando Daniel Baldomero le puso nombre; de pequeño había leído una vieja edición del *Coloquio de los perros* de Cervantes, y en la cubierta aparecía un Cipión color blanco, de aspecto de perro sabelotodo, el más sabio de la extraña pareja perruna cervantina. «Cipión, se llamará Cipión», dijo. Y, entonces, el cachorro emitió un gruñido, gorgoteando la leche que le daban, como un gruñido de conformidad.

El interior de la casamata se encuentra, entero, patas arriba. El armario volcado, las ropas por el suelo, los cajones de su mesita removidos, las sábanas revueltas y el colchón acuchillado. Aun así, a Daniel le es imposible advertir nada más allá de Cipión, tirado en el suelo y rodeado de un charco de sangre. Sin vida. Se arrodilla ante el perro y lo acaricia. Luego besa su cabeza muerta. Cierra esos ojos inexpresivos y palpa esa profunda cuchillada a la altura del tórax y que le atraviesa todo el pecho. Don Marcial se le acerca.

—Cipión valía más que todas las vidas de esos hijos de puta.

Lo ve, ahí corriendo. Saltando en el prado del cielo, como sus padres le dijeron ante la muerte de la oveja Navit, a quien vuelve a recordar, de pronto. Pero, a fuerza de golpes y de envites, dejó de creer en el cielo. Lo único cierto, piensa, es la existencia del infierno. Este infierno.

—Te ayudaré a enterrarlo, Daniel.

—No, por Dios, no quisiera...

Pero don Marcial hace caso omiso y, servicial, da media vuelta para coger una pala de su casamata. Se oye como sus hijos preguntan dentro, «¿Qué ocurre, papá?», pero es doña Juani a quien se le oye responder: «No preguntéis, os he dicho». Mientras, Daniel Baldomero coge en peso el cuerpo sin vida de su perro y sale afuera cargando con él. Recuerda, de pronto, el día en que se lo encontró, hecho un cachorrito, a punto de desfallecer. Mira a su alrededor. Sí, ahí será el lugar idóneo, aquel pequeño vergel de arbustos y ramas secas donde a Cipión le gustaba tumbarse. Don Marcial aparece con la pala.

Palada a palada, el perro comienza a ser parte ya de la tierra. Daniel Baldomero podría rezar alguna de las oraciones que el Sefardí le hizo aprender, podría rezar el *kadish*, la oración judía a los difuntos, pero ya apenas la recuerda. La olvidó a base de intentar olvidar toda su educación judía. Se abraza con don Marcial, y luego otro largo y triste silencio.

Doña Juani se asoma detrás de la puerta de su casa y se dirige a Daniel. Extiende sus brazos y se funde con el muchacho.

—Saca agua y un trapo para limpiar —pide don Marcial a su mujer.

—No, ni hablar, dejad que lo haga yo. Que ya bastante habéis hecho por mí.

Doña Juani acalla a Daniel.

—Ha sido una pérdida de todo el parque, muchacho. No se hable más.

Tras la trabajadora mano de doña Juani y la ayuda de su marido, la casamata vuelve a tener el aspecto de hace unas horas. Ya en soledad, Daniel Baldomero se tumba en la cama y pierde la mirada sobre el techo de hormigón. Recuerda algo de repente. Salta de la cama y va hacia una de las esquinas de la casamata. La falsa baldosa, aquella entre el armario y el agujero por donde orina, sigue todavía intacta. Durante la guerra hubo de instalarla algún soldado para guardar cartas de amor o fotografías de su familia. «Aquí puedes guardar cualquier cosa que no quieras que vean, como una caja fuerte», le dijo doña Paquita. Daniel empuja la baldosa haciendo palanca con la contigua. Mira a su interior con los ojos humedecidos. Hay un pequeño cuaderno de cubiertas de piel con centenares de páginas manuscritas. También un fotografía familiar. En solo un par de segundos se le aparece el recuerdo de cuando los seis miembros de la familia posaron para aquel hombre que llegó a El Bierzo intentando aprender el ladino. En la fotografía, tomada con la encina y la puerta de la Casa Ladina al fondo, el Sefardí está en el centro, y con sus brazos parece no solo abarcar a toda su familia, sino todas sus tierras por completo. Su porte es enhiesto, cabeza alta, viste su talit blanco de gala y la kipá sobre su cabeza. A su izquierda está la bella Alexandra, la mujer por la que no pasan los años ni los embarazos, y a su derecha el fuerte y rudo Adif Manuel. Abajo, las hermosas hermanas mellizas, Myriam y Eva, y el flacucho Daniel. Junto a él tumbados sobre el césped, Jacob y Baruch, los perros pastores.

Por último, debajo del cuaderno, Daniel Baldomero guardó en la baldosa la llave de la Casa Ladina, una preciosa llave que le dio el Sefardí; rematada con la menorá, el candelabro de siete brazos. Recuerda aquello que su padre siempre contaba, que las familias sefardíes habían guardado durante siglos la llave de las casas y de los barrios en que vivieron antes de la expulsión. Pero aunque el Sefardí, un hombre de tradiciones, hubiese querido guardarla, la supuesta llave de la casa de sus ancestros debió de perderse en el paso de alguna generación, pues él nunca la tuvo. Ahora Daniel sostiene en su mano la llave de la casa que dejó para huir de la guerra. Una llave que abre una casa que aún se mantiene en pie, o eso cree. Y es entonces cuando experimenta sin previo aviso una epifanía: tiene que volver a la Casa Ladina, a El Bierzo, pues hace muchos años se lo prometió a su padre cuando le dio esta llave. Y como si Madrid lo festejase con él, oye unas campanadas y luego un estallido de júbilo que se repite de Chamberí a Moncloa, y de Moncloa a Argüelles, y que en su barrio de construcciones de guerra también se oye, con matasuegras y gritos de «¡Feliz Año Nuevo!».

Ha dado comienzo 1944.

5

Ya baja el enorme carrillón que da inicio a los cuartos. Para que nadie se equivoque y se tome las uvas a destiempo. Din don, din don, din don, din don. Y un griterío de nervios, pues ahí viene el primer tolón tras el que centenares de personas arrecidas de frío repiten la misma acción: la primera uva en la boca en una Puerta del Sol abarrotada por quienes reciben deseosos a 1944 delante del reloj de Gobernación del edificio de Correos, sede de la Dirección General de Seguridad del Estado. La Puerta del Sol no ha dejado de ser uno de los epicentros de la ciudad una vez finalizada la guerra. Incluso con cartillas de racionamiento, escasez, sequía y estraperlo, Madrid vive con un poderoso impulso vital por levantar el ánimo, disfrazar la miseria y convertir su centro en una guirnalda rutilante, salpicándolo de grandes almacenes, comercios y tiendas con estilo, coliseos para el teatro y el cine, cafés, bares y salas de espectáculo. En cuestión de meses, los grandes centros comerciales de Sol volvieron a abrir sus puertas, y los quioscos y vendedores de loterías, limpiabotas y cigarreras volvieron a recorrer la plaza. Pero esta noche, la plaza no huele a castañas ni canta la lotería, sino que se muestra como un hervidero de centenares de madrileños dispuestos a celebrar el Año Nuevo.

De entre todas esas personas que abarrotan la plaza, una joven muchacha rubia tirita y apenas puede apretar más su abrigo contra sí. Bailotea con los pies para ahuyentar el frío, ríe nerviosamente y busca el calor de su grupo de amigos, todos jóvenes madrileños de buena cuna. Su nombre es Julia María Schmidt de Martínez-Touriño, aunque todos la llaman Julita desde pequeña. Ha comenzado a estudiar en la universidad y aspira a ser maestra. A pesar de la temperatura, tiene el rostro iluminado ante la proximidad de la última campanada. Su novio Jorge, estudiante de Derecho y dos años mayor que ella, la agarra de la cintura.

Aquí viene el último tolón. Julita traga con rapidez el amasijo de las once uvas y se mete la última en la boca.

—¡Feliz Año Nuevo, cariño! —la felicita Jorge.

La plaza entera grita. Parece que gritan incluso las paredes del hotel París y el Tío Pepe arriba, saludando a los presentes, o las del edificio de Correos, las de la Mallorquina, el rótulo de Pañerías y Sederías Sol. Gritan los suelos de la plaza, los raíles del tranvía o las farolas. Gritan Jorge y Julita, llenos de júbilo, antes de que él le robe un beso a ella, aunque la joven se aparta con rapidez porque la incomoda que su novio haga eso en público.

—¡No seas pegajoso, Jorge, hombre!

A pesar de ello, no ha podido evitar el contacto de sus labios, que huelen a uva y a champán. Tampoco su mano lujuriosa, tocando el trasero de la joven por debajo del abrigo para luego camuflarse entre las manos que van de arriba abajo por la alegría del momento, las manos de sus amigos presentes, Maripili, Paquito, Isa, Lolete y Cuqui, hijos de abogados o empresarios, jóvenes que fuman tabaco rubio, se reúnen en cafeterías de Serrano y bailan el swing y el buguibugui en las salas de fiesta más exclusivas de la ciudad.

—¡Feliz Año Nuevo, Julita!

Cuqui la felicita. Esta estuvo enamorada siempre de Jorge y no soporta que se lo haya arrebatado. «¿Qué habrá visto en esa chiquilla mojigata? Si yo soy mucho más guapa», dijo cuando se formalizó la pareja.

—¡Que todo te vaya tan bien como hasta ahora, guapa!

—¡Igualmente, feliz año!

Julita le sonríe, aunque sin ganas. Se aparta de Cuqui y abraza a Isa, a quien sí considera su amiga.

Ambas se felicitan el año cariñosamente, recordando aquellas Nocheviejas de cuando eran niñas. Luego Julita abraza a los demás: a Paquito, a Lolete —novio de Cuqui— y por último a Maripili, a quien, vestida de Pertegaz y peinada, como se vanagloria en contar, «por un peluquero de la escuela de Alexandre de París», apenas se la puede tocar. Quizá por ello ríe ahora Julita, porque tras darle los dos besos de rigor y felicitarle el Año Nuevo, un par de muchachos eufóricos, que atravesaban la plaza dando saltos, han empujado a Maripili, que enseguida ha corrido hacia Cuqui preocupada por su pelo.

Julita ríe viéndolas. Jorge aparece por detrás e intenta besarla de nuevo. Pero esta vez ella no se aparta y el beso se consuma.

—¡Eh, dejad los besos para luego! —reacciona Cuqui enseguida.

A veces Julita agradece que esta se interponga entre ambos, pues a Jorge no hay quien lo pare. Nunca quiere solo un beso. Nunca su mano está lo suficientemente abajo ni nunca están lo suficientemente pegados el uno al otro. Además, teme a la Brigada de Costumbres. La noche de Fin de Año suele ser noche de excesos y la policía lo sabe, así que están ojo avizor para que ninguna pareja se ponga demasiado cariñosa. Los agentes deben de estar en la plaza, camuflados entre la multitud. Aun así, a alguien como Jorge de Vicente Sierra, hijo de Jorge de Vicente Llague, fundador de De Vicente Abogados, la Brigada de Costumbres no le causa el mismo miedo que a los madrileños humildes.

Después de las felicitaciones y los besos pertinentes, Isa se acerca a Julita y le pregunta por la Nochevieja.

—Como siempre, querida. Mi madre sigue acordándose de mi padre. Y la abuela aún se cree capaz de servir a todos los comensales a pesar de los temblores. Y mi tío Manuel Alejandro contando sus batallitas. Y mi abuela respondiéndole que cuándo va a encontrar una mujer. Vamos, como todas las Navidades.

Los Martínez-Touriño son una familia de origen gallego cuya boyante economía se vino abajo durante la guerra. Hoy apenas les queda la apariencia. Julita es huérfana de padre, un alemán llamado Frank Schmidt del que heredó el cabello rubio y que murió cuando ella tenía seis años. La viuda, Trinidad Martínez-Touriño Picavía —hija del empresario Tristán Martínez-Touriño, que falleció hace diez años—, aún mantiene el luto y cada noche le reza a Dios por el alma de su marido. No hay fecha señalada en la que no se acuerde de Frank.

—¿Y en la universidad, cómo sigues?

—Muy bien, estudiando y trabajando muy duro. No sabía que esto era así. Ahora estoy muy liada, ¿sabes?

Julita estudia en la facultad de Filosofía y Letras de la Complutense de Madrid. La facultad volvió a inaugurarse el año pasado, tras cuatro años de reconstrucción. Julita aprobó el bachiller y entró en la universidad este mismo curso.

—¿Y eso? ¿Tanto cuesta?

—No sabes cuánto. Ahora estoy haciendo un trabajo de literatura que me tiene absorbida.

La joven lleva semanas enquistada en un trabajo sobre poesía. Debe entregarlo el mes que viene y aún no sabe cómo abordarlo. Por ello, no deja de leer y frecuentar los ambientes de aquellos poetas discípulos de quienes estudia. Hace solo una semana asistió a una lectura de poemas de Gerardo Diego, Leopoldo Panero y Luis Rosales, e incluso se atrevió, a pesar de los nervios, a intercambiar unas palabras con Manuel Machado sobre su nuevo libro, *Cadencia de cadencias*, que publicó hace unos meses. Hasta que entró en la facultad de Filosofía y Letras, Julita pensaba que la poesía solo era la forma en que el hombre podía acceder al corazón de una mujer. Que los grandes poetas no eran más que grandes seductores, hombres que sabían hechizar a las mujeres para enamorarlas. Pero cuando comenzó a estudiar literatura se dio cuenta de que la poesía era mucho más que aquello. También era desamor, soledad, amargura, el arraigo y el desarraigo de la palabra. Por ello, también lee a los del 98, a los del 27, a Juan Ramón Jiménez, Lorca, Machado, Salinas, Alberti, poetas muchos censurados que se han empezado a leer en clandestinidad en los pasillos y en los jardines de Ciudad Universitaria.

Isa le contesta:

—Pues, qué quieres que te diga, cariño; a lo mejor tenía razón tu madre.

—¿Mi madre? ¿Por qué?

—Ya sabes, aquello de que la universidad no es cosa de chicas.

La madre de Julita se mostró, al principio, muy en contra de que estudiase en la universidad. Hacerlo significaba desviarse de aquella vida que desde hacía tiempo habían dibujado para su hija. Una vez Jorge terminase la carrera y empezase a trabajar en el bufete de su padre, vendría la boda con centenares de invitados, quizá Franco y Carmen Polo entre ellos si se movían los hilos pertinentes. Luego las grandes fiestas de la alta sociedad. Y, por último, los niños con los que fundar una familia, porque una mujer, como le dice su madre, aunque tenga deseos de estudiar y cultivarse, está en el mundo para ser esposa y tener hijos.

—Bueno, es un poco cabezota, pero ya lo está asimilando poco a poco. Aun así, a veces, cuando me ve muy agobiada, me pregunta si no quiero dejarlo e ingresar en la Sección Femenina o colaborar con el Auxilio Social. En fin, ya sabes cómo es.

El único apoyo familiar que encontró Julita fue el de su tío Manuel Alejandro. Él sabía que quería ser maestra. Su tío es solo doce años mayor que ella. Es periodista en el *ABC* y, para desgracia de su madre, la abuela Martina, aún dice ser muy joven para comprometerse. Cuando Julita manifestó su deseo de estudiar en la universidad, él la defendió. Y alabó lo que la joven podía dar de sí si estudiaba algo que le gustaba y en lo que podía labrarse un futuro por sí misma. Palabras muy modernas que generaron un arduo debate. Hasta que Trinidad, cabezota pero comprensiva, lo zanjó finalmente dando su brazo a torcer. «Está bien, que estudie.»

—¡Eh, se acabó la charla, que es Fin de Año!

Jorge ofrece una copa de champán a las amigas. Aunque Julita la rechaza, la insistencia de su novio hace que finalmente la acepte. Bebe con miedo a que la vean. Su madre siempre le dice que no está bien que una señorita beba en la calle, como un vulgar borracho. En realidad, ni siquiera está bien que beba, pero esta juventud es tan moderna que ya nadie sabe.

—Brindemos por Julita y por mí, porque en unos años ya estemos casados.

De las parejas que hay ahora en este grupo de amigos —la de Maripili y Paquito y la de Lolete y Cuqui, aunque no es secreto para nadie que Cuqui solo juega con Lolete esperando a que Jorge deje a su novia—, la de Julita y Jorge es la más formal, pues ya llevan más de tres años juntos. La pareja se conoció durante el verano de 1940 en una de las animadas verbenas del parque Barceló, aquellas con las que Madrid luchaba por recuperar el ánimo y la buena cara. Jorge y su amigo Paquito iban siempre juntos. Se conocían desde el colegio, aunque no fue hasta la pubertad cuando el uno se compenetró a la perfección con el otro. Dos muchachos guapos y con dinero, la combinación perfecta para una pareja de amigas atractivas y dispuestas, por lo que cada vez que salían de fiesta, Jorge y Paquito no tardaban en otear presa. Cuando esto ocurría, los amigos ponían en práctica todas sus artes de seducción para acabar, minutos después, dándose el lote con la primera que picaba. Pero Julita era diferente. A simple vista no llamaba la atención mucho más que aquellas mozas pimpolludas que meneaban las caderas como el vaivén de un barco a la deriva. Julita no vestía de manera provocativa. Sus carnes no se intuían en un vestido ceñido o en una falda por la rodilla, ni tampoco se le veían grandes pechos por debajo del escote. De hecho, Jorge jamás se habría fijado en ella de no ser por un incidente fortuito: a Julita, que iba con su amiga Isa, se le cayó el bolso, y el galán se agachó para recogérselo. Luego, todo vino rodado. Ella lo miró con su cara de ángel y le regaló una sonrisa. De nada sirvió que Paquito le indicase a los pocos segundos que había una rubia de rompe y rasga a su derecha, porque los únicos ojos a lo que Jorge podía mirar ya estaban yéndose de la fiesta, camino de casa. Jorge corrió hacia ella, reunió toda su sinvergonzonería donjuanesca y le habló:

—¿Cómo es que ya te vas?

Ella apenas pudo contestar.

—Tengo que llegar a las once.

—Si os quedáis para un baile, yo os llevo en coche a casa.

Se quedaron para un baile. Y para dos. Y Julita se prendó al instante de este muchacho alto, guapo y con unos irresistibles hoyuelos, un estudiante de Derecho con una graciosa habilidad para decirle algo bonito sin que pareciera grosero. Y aunque aquella noche Julita llegó a casa a las once y cuarto, la reprimenda de su madre no le importó; se llevó para la cama un romántico beso en la mejilla, muy cerca de la boca, tan cerca que a punto estuvo de tocar sus labios.

—Qué tonterías dices, Jorge. Aún queda mucho para que nos casemos.

6

Algunas de las más interesantes tertulias intelectuales en este Madrid de posguerra tienen lugar en el café Lion de la calle Alcalá. Ya durante la República el Lion era frecuentado, por un lado, por poetas como Federico García Lorca o Miguel Hernández, y, por el otro, José Antonio Primo de Rivera y los falangistas, que hicieron del Lion su sede. Todos se respetaban en una improvisada y curiosa armonía. Ahora no es difícil coincidir con otros literatos o artistas, los que quedan. En una tarde cualquiera se oye hablar al guitarrista Regino Sainz de la Maza, a Manuel Machado o al torero Antonio Bienvenida. Hoy, primer día del año, el Lion no está tan abarrotado como de costumbre, a pesar de ser los pocos cafés abiertos en este día festivo. A lo lejos, junto a la barra, se oye hablar a unos tipos, pero ninguno es escritor o contertulio. En una de las mesas del fondo, Manuel Alejandro Martínez-Touriño y su sobrina Julita piden café y unas pastas a un camarero estrictamente uniformado. Él, estrictamente trajeado, pelo engominado hacia atrás y cara de galán que ahora, frente a su sobrina, mantiene un gesto paternal. Ella, compungida, apenas levanta la vista.

—Aún no me puedo creer lo que vi anoche —extiende su brazo y se encuentra con la mano de Julita. La acaricia—. ¿Cómo te has levantado esta mañana? ¿Cómo estás?

Un cigarrero se acerca a ambos y les ofrece tabaco «del bueno, nada de picadura», aunque ni tío ni sobrina fuman. Manuel Alejandro, por asma, apenas si lo hace en reuniones de amigos o en situaciones de mucho estrés. Julita no ha probado aún el tabaco, aunque no pocas oportunidades ha tenido. La joven comenzó a frecuentar el Lion tras el inicio de sus estudios, al calor de la tertulia literaria.

—Más o menos... —contesta Julita, ojerosa, un poco pálida, como si se le hubiese ido la luz de la hermosura—. Apenas he podido dormir, para serte sincera. Esta mañana me dolía un poco la cabeza, pero bien. Por un momento pensé que todo lo que había ocurrido había sido un sueño. Pero no hubo suerte. Al menos, me libré de ir a misa con la excusa de que estaba muy cansada y había dormido poco.

—Y tu madre, ¿te ha notado algo?

—No hemos hablado mucho esta mañana. Le di dos besos cuando me levanté y bromeó preguntándome si había bebido. En la comida hemos hablado sobre cómo nos fue la noche y poco más. Luego he salido para acá, diciendo que había quedado con Jorge.

—Y a Jorge, ¿lo has visto? ¿Se ha puesto en contacto contigo?

—No.

Una mujer entra en el café y felicita el Año Nuevo a los presentes.

—¿Eres consciente de la gravedad de lo que pasó anoche?

—Sí, pero, por favor, no se lo digas a nadie —le suplica.

Luego vuelve a agachar la cabeza, como un perrillo arrepentido. En su mente miles de pensamientos se golpean. Quisiera salir corriendo. Volar.

—Está bien, quedará entre nosotros —cede el tío—. Pero ahora cuéntame bien cómo llegasteis hasta ahí.

Habían ido a bailar a Pasapoga. Jorge consiguió, gracias a sus contactos, que Julita, a pesar de no haber cumplido aún los veintiuno, pudiese entrar. Bailaron y se animaron. Y bebieron. Ocurrió hacia las tres de la mañana, mientras Jorge y los chicos tonteaban con unas muchachas desinhibidas y las chicas bailaban entre ellas un animado swing. Un joven apareció de entre la multitud y reconoció a Julita.

—¿Julita? ¿Eres tú?

Le llama la atención con un toque en el hombro. Esta no deja de bailar.

—¿Arturo? ¡Hola! ¿Cómo tú por aquí?

Se dan dos besos. Y, ante el silencio incómodo creado, él lanza una broma que consigue hacerla reír. La canción swing se aligera y la invita a bailar con un leve contoneo de caderas. Arturo y Julita son compañeros de la universidad. Estudian en la misma biblioteca y suelen encontrarse en las lecturas o en las presentaciones de libros que se organizan en los cafés de tertulia o en el Ateneo.

—¿Cómo llevas el trabajo de literatura? —le pregunta a Julita, en un intento de comenzar una conversación.

—¡Uf! No me preguntes ahora por eso, ¡que no quiero agobiarme!

La chica lanza una amplia risotada que él imita. Y luego continúan bailando. Solo un par de minutos después, bajo la mirada de sus amigos, Julita se da cuenta de que este baile podría traer a confusión. Sobre todo a su novio, a quien conoce, celoso como es. El simple hecho de compartir clase con algunos chicos ya les ha causado más de alguna discusión. «¿Y quién es ese al que has saludado? ¿Y no hay ninguna chica en ese café al que vais? Déjame que te acompañe, que no me fío.» A sabiendas de todo ello, Julita da un paso atrás y desvía la mirada de los ojos de Arturo. Observa, en el vaivén del baile, la exuberante decoración del Pasapoga, sus columnas y pinturas murales imitando frescos antiguos. Luego mira a la orquesta. A la chica que baila vestida de vedete. Pero Arturo vuelve a tirar ficha.

—Y estas Navidades, ¿has leído mucho?

No contesta. Hace como que no lo ha oído y se limita a sonreír. Incómoda, busca con la mirada a una amiga para que la salve. ¿Dónde está Isa? Y Arturo sigue.

—Yo he leído mucho, ¿sabes? Por cierto, puedo ayudarte con el trabajo, a don Eladio me lo tengo ganado.

Y aparece. Julita sabía que no tardaría en aparecer.

—¡Hola! Te echaba de menos, cariño.

De pronto, Jorge le planta un beso en la boca que coge por sorpresa a su novia. Luego imita algunos pasos de baile, sonriendo hacia Julita. Arturo, finalmente, da un paso atrás y se despide, dejándose perder entre la multitud. Jorge, con tono jactancioso:

—Menudo capullo. Julita, que sea la última vez que...

Pero ella lo interrumpe.

—¿Por qué has hecho eso? Has sido bastante grosero.

—¿El qué? ¿Dejarte ver con otros hombres? ¿Y si alguien te hubiese visto? ¿Qué dirían de mí? Joder, Julita, que pareces tonta...

—¿Tonta? Que sepas que yo puedo hablar con quien quiera.

Lo reta. Dirige la mirada hacia la gente, pero no ve a Arturo. Hace ademán de ir a buscarlo, pero Jorge la frena.

—Ni se te ocurra.

Él le dedica una sonrisa de aquellas irresistibles. Pero ya no lo son tanto para ella.

—Te lo repito, Jorge. Puedo bailar con quien quiera.

Se retan de nuevo. Lolete y Maripili aparecen de pronto. Cogen a la pareja y los mueven en un intento de acabar con la tensión entre ambos.

—¡A bailar! ¡Que la noche es joven!

Jorge la coge de la cintura y la menea. Con un par de sugerentes pasos de baile, y algún que otro chascarrillo, consigue que Julita olvide el asunto. Siempre tuvo esa habilidad. Bailan durante algunos minutos, hasta que él la invita a otra copa. A la segunda de la noche. Luego, de nuevo en el baile, se acerca al oído de su novia y pone voz de galán.

—Es que te quiero tanto que te quiero solo para mí.

Jorge está acostumbrado al alcohol, al whisky y al coñac, como su padre, pero Julita no. La joven no ha bebido mucho, apenas dos copas, no más, pero esta ha sido su primera vez. Su bautismo. Y ahora, por ello, su mirada apenas puede fijar un punto en la calle, ni tampoco mantener la rectitud al andar, a pesar de haberse quitado los tacones y caminar descalza. Había taxis a la entrada de Pasapoga, pero Jorge ha preferido llevarla andando a su casa, para que se despeje. La sostiene del hombro.

La Cibeles, en su carro, observa cómo él le roba un beso. Otro más. Julita parece no inmutarse, pues acaso reúne toda su concentración en no caerse. Dejan atrás la Puerta de Alcalá y se internan por la calle Serrano. Julita vive con su madre y la abuela frente a la Biblioteca Nacional, en la esquina de Serrano con Jorge Juan.

—Ya casi hemos llegado —dice él.

Se paran frente al soportal de la casa de Julita. La joven rebusca las llaves en su bolso. Jorge se las quita y logra abrir la puerta. Entran en el recibidor, en donde no se advierte luz. Julita observa su reflejo en este espejo de caoba en el que casi ni se reconoce. Jorge, a su lado, mantiene el aspecto tal y como empezó la noche. El espejo comienza a dar vueltas y la muchacha deja de mirarlo.

—Llévame al sofá, que me estoy mareando —le pide, palidecida.

Atraviesan el amplio pasillo a la derecha del cual queda el salón. Decorado con una gran cantidad de cuadros, figuritas y objetos pequeños, lo corona un aparato de radio y dos cómodos sofás de estampado verde y florido. Esta casa de dos plantas, ubicada en un edificio señorial de uno de los barrios más caros de la ciudad, es de lo poco que la familia conserva de aquella época de dinero y esplendor que se fue al traste durante la guerra. Aunque aún sigan perteneciendo a la clase alta de la capital, los Martínez-Touriño, como tantas otras familias burguesas, apenas pueden ahora más que conservar la apariencia de antaño; ya no tienen interna, sino una muchacha que viene algunos días a ayudarlos, compran en El Corte Inglés muy de vez en cuando y acuden tan solo a las fiestas más señaladas.

Jorge tiende a Julita en uno de los sofás y se sienta junto a ella. La única luz de la estancia emana del ventanal de la calle.

—¿Qué tal te encuentras?

Julita fija la mirada en la lámpara de araña que cuelga del techo. Sus brazos comienzan a girar y la distancia entre la lámpara y ella se vuelve más corta de repente.

—¿Me traes un poco de agua?

Él le acaricia su pelo rubio antes de volver al pasillo intentando no hacer ruido. Cuando vuelve, Julita se incorpora con dificultad y Jorge la ayuda a beber.

—Ya verás como te encontrarás mejor.

Segundos después, y casi sin que el muchacho se dé cuenta, Julita se ha quedado dormida con el vaso entre las manos. Se lo quita, dejándolo sobre la mesa junto a los sofás. Una gota de agua le rebosa por la comisura de la boca y le atraviesa lentamente el mentón, para bajar por su precioso cuello.

Jorge contempla la gota cruzar la piel de Julita con total impunidad.

El camarero deja los dos cafés y las pastas sobre la mesa de Manuel Alejandro y Julita. Luego se vuelve hacia la mesa de al lado, a la que aborda con una sonrisa impostada. Varias personas más han entrado en el Lion. Una de ellas es el periodista y escritor Serrano Anguita, que ha felicitado el Año Nuevo al tío de Julita antes de sentarse a una mesa y sacar un libro para leer. «A mí me gusta empezar el Año Nuevo así, ¡rodeado de libros!», exclama. Manuel Alejandro asiente y sonríe de forma cortés, pero no se esfuerza por continuar con una conversación que el escritor parece querer comenzar. Aunque es periodista y se dedica a las letras, no suele frecuentar los cafés de tertulia ni los ambientes literarios. No le gustan esas reuniones, a pesar de que, por trabajo, nunca falta a las presentaciones de Cela o a las charlas de Gerardo Diego en el Ateneo.

—Así que te quedaste dormida... Y por eso se aprovechó el muy sinvergüenza, ¿no?

Manuel Alejandro da un sorbo a su café.

—Efectivamente —un suspiro—. Ni siquiera me enteré de cómo empezó.

El cuerpo de Julita. Su mayor deseo durante estos años. Subir la mano desde su rodilla hasta su sexo, bajar de su cuello a su pecho, estrechar sus nalgas por debajo de la vestimenta. Todo ello es posible ahora; no hay nadie que se lo impida. Si acaso solo mirar cómo tiene el vello púbico, si rubio como su cabello o más castaño. O cómo son sus pezones, que los imaginó de mil maneras. Qué daño va a hacerle a ella, que duerme y jamás se enterará.

Su mano derecha comienza a bajar poco a poco, salvando uno a uno todos los preceptos morales que deberían impedírselo. «Nada hasta el matrimonio», le diría el párroco de los domingos. «Ni se te ocurra sobrepasarte con Julita», le diría su padre. El poderoso deseo. Julita nunca accedió como las frescas de las verbenas, nunca quiso probar qué se sentía. Y cuanto mayor era el rechazo, más la deseaba. Ahora, en la única noche del año en que Julita ha podido llegar tarde a casa, Jorge ha conseguido lo que no esperaba, un resquicio, solo mirar, por curiosidad.

Palpa el encaje de su braguita y se recrea en él durante varios segundos. Lo mira. El bordado geométrico rodea la cadera de la joven y se pierde camino de su entrepierna. Luego entra en acción su mano izquierda, que baja hasta uno de sus pechos, hurgando en el espacio entre cuerpo y vestimenta. El pecho de Julita es firme y carnoso. Pretende abarcarlo con su mano, en un intento de que en sus dedos se quede grabado el tacto de este.

Pero es demasiado brusco, y Julita despierta.

—¿Qué haces, Jorge?

La besa para acallar su voz. Aprieta su cabeza contra la de ella y escarba con su lengua el vacío de su boca, buscando quién sabe qué.

—¡Jor...!

Luego aparta sus labios y, antes de que la joven lance un grito, la acalla con su mano izquierda. El beso lo ha encendido como a un candil.

—No te preocupes —le dice al oído—. Esto te va a gustar.

Con la mano derecha se desabotona el pantalón. Luego

serpentea con sus caderas hasta bajárselo a la altura de los tobillos. Intenta hacerse un hueco entre las dos piernas de la joven, pero Julita se revuelve, patalea, comienza a lanzar sacudidas por todo el cuerpo. Hasta que, cuando las fuerzas comienzan a abandonarla, algo lo frena, y todo ocurre muy rápido.

El ruido de la puerta. El tintineo de unas llaves sobre la porcelana de la tarima del recibidor. Y una voz.

—¿Qué está ocurriendo aquí?

A lo que le sigue el grito ahogado de Julita bajo la mano izquierda de Jorge.

—¡Tío!

—¡Manuel Alej...!

Y, con la rapidez de un boxeador, un golpe rudo y seco, a la altura de la coronilla, separa a Jorge de Julita. Y luego un estruendo seco sobre la moqueta del salón.

Jorge se pone en pie. Manuel Alejandro lo contempla, puño en alto. Furioso, el joven da algunos pasos hacia delante, y los hombres bailan en una tensa espera durante varios segundos. Hasta que el periodista ve la oportunidad; esquiva un torpe derechazo y se lanza hacia el chico para aplacarlo, haciendo caer sobre él todo el peso de su cuerpo.

—¡Cómo te atreves!

Lo acalla, temeroso de que sus gritos terminen por despertar a Trinidad y Martina, que duermen arriba. Luego lo lleva en volandas hasta el recibidor. Jorge ya no dice nada.

—Ni se te ocurra volver por aquí, ¿me has oído?

Abre la puerta y lo empuja afuera, al recibidor. Cuando vuelve al salón, Julita lo espera en pie, todavía aterrada.

—No sé cómo ha pasado, de verdad —exclama.

Y luego el llanto. Manuel Alejandro abraza a su sobrina y la acurruca bajo su pecho.

—Ya pasó, tranquila, cariño.

7

Por la mejilla izquierda de Julita corre una lágrima que atraviesa sus dos graciosas pequitas del pómulo y se pierde bajo la caricia de su tío, que intenta frenar su avance.

—Me duché en cuanto se fue, intentando quitarme su olor. Luego no pude dormir. He pasado muy mala noche.

—Lo imagino. Menos mal que aparecí.

—¿Y cómo es que fuiste por casa? —pregunta la joven.

—Casualidades de la vida. Anoche perdí las llaves de mi apartamento y recordé que en casa tenía una copia, así que no tuve más remedio que ir hacia allí.

Manuel Alejandro da un último sorbo a su café. El periodista se mudó de la casa familiar hace solo tres años, tras la guerra, cuando aprovechó las gangas inmobiliarias para comprar su actual piso de Goya.

Alguien enciende una radio. «La noche de Fin de Año ha transcurrido sin ningún tipo de incidentes, en perfecta armonía entre todos los madrileños que salieron a la calle para festejar la Nochevieja», se oye.

El camarero irrumpe entre Manuel Alejandro y Julita para llevarse las dos tazas de café vacías.

—Nunca me gustó ese chico, te lo confieso. Era demasiado arrogante. Demasiado «aquí estoy yo».

—Ya. Pero nunca pensé que Jorge pudiese llegar a eso.

Julita mira hacia la inmensidad del café Lion. Al fondo hay unas escaleras que llevan a una sala subterránea de la cafetería, llamada La Ballena Blanca, donde los falangistas solían hacer sus reuniones cuando no estaban en el poder.

—¿Y qué vas a hacer ahora? ¿Vas a denunciarle?

Manuel Alejandro trocea con nervio una servilleta. E intenta buscar los ojos de su sobrina, pero esta los esconde.

—¿Denunciarle? No sé... ¿Debería? Qué escándalo se armaría. Y nuestras familias están tan unidas... Además, ¿qué diría mi madre? Seguro que le quitaría hierro al asunto, diciendo «Eso no es tan grave, Julita, los chicos son así, eso es lo que quieren de nosotras. Y además, una noche es una noche. Y con alcohol de por medio, esas cosas pasan».

—Pero, Julita, ¿cómo que qué diría tu madre? Anoche Jorge intentó violarte. ¿Sabes qué significa esa palabra, «violar»?

Sí, lo sabe. Pero no había pensado hasta ahora lo que significa esa palabra. O quizá no se había atrevido a pensarlo.

—Lo que ese cabrón se merece es, por lo menos, una noche de calabozo —continúa su tío—. Y luego tu rechazo. Decirle adiós. Despedirte de él.

—Lo de la noche en el calabozo... con el padre que tiene, lo dudo mucho. Y lo de dejarle... no sé si me atrevería, la verdad.

—¿Sabes? Hace un año no te habría creído capaz. Pero ahora sí. Ahora eres otra.

De repente, la mirada del tío se enternece. Piensa en aquella princesita rubia a la que leía cuentos y con la que jugaba a las casitas. En ausencia de Frank, Manuel Alejandro hizo las veces tanto de padre como de hermano mayor.

«Eres otra.» Esas palabras de su tío retumban en su cabeza, unas contra otras, de forma que Julita debe concentrarse para dejarlas salir. «Eres otra.» Y se lo han repetido a menudo. Su madre, o Jorge. Pero hasta ahora la muchacha no le había otorgado la importancia debida a la preocupación de cuantos la rodeaban. Ella no notaba el cambio, pues uno mismo no puede verse crecer.

—Sigo siendo la misma —contesta, con una respuesta casi de autómata, como si fuese la antigua Julita la que hablara e intentase eludir la evidencia.

—Eso no te lo crees ni tú, guapita. ¿Sabes qué? Una vez le pregunté a un poeta en una entrevista por qué escribía poesía. Y me dijo algo que me hizo pensar: «Porque cuando uno lee una poesía, algo, aunque sea minúsculo, se conmueve en sus adentros». Así que tú, al haber comenzado a estudiar, a pensar por ti misma, has cambiado. Quieras o no.

Su mundo, que giraba alrededor de unos cuantos principios y unas cuantas presencias, está ahora volteado. «Sí, quizá tenga razón mi tío», piensa ella. Y al fin, como Lázaro al levantarse, Julita se da cuenta de que ya no es la misma desde que estudia en la universidad, de que sus gustos ya no son los mismos, de que ahora se aburre con lo que antes la entretenía: los paseos por El Retiro con Jorge, oyendo sus batallitas y los cotilleos de la alta alcurnia; los cuchicheos con sus amigas; los libritos románticos o las radionovelas de Pedro Pablo Ayuso.

—Es posible que haya cambiado, sí.

Manuel Alejandro levanta las manos en señal de agradecimiento.

—¡Aleluya! Ahora debes pensar una cosa, pero pensarlo muy bien porque es una decisión importante. ¿Merece Jorge seguir siendo parte de tu vida? Piensa no solo en lo que hizo anoche, sino también en cómo iba vuestra relación. ¿Sigues queriéndolo? Si te atreves a dar el paso, yo estaré contigo. Pero es algo que debes hacer tú sola. Yo, por mucho que te diga, no podré hacerlo por ti.

La joven asiente, abstraída en esas palabras con las que ha terminado la conversación. Piden la cuenta y salen a la calle. Tío y sobrina se despiden con un caluroso abrazo que apenas puede contrarrestar el frío de la calle.

—Muchas gracias por tu ayuda, tito. Seguiré tus consejos.

—Piénsalo muy bien. Y si tienes algún problema, llámame.

Se separan. Aunque cada uno coge para un lado, Manuel Alejandro no puede evitar pararse y contemplar a esa joven caminar calle arriba con un millón de dudas sembradas en su cabeza. Esa muchacha ya no volverá a ser su princesita, ya no volverá a jugar con muñecas ni a pedirle que le lea un cuento. El paso lento e inexorable de la vida se la ha llevado. Ahora es una mujer, y sufre por amor. Por Jorge, por ese niñato hijo de. Los ojos se le encharcan. Aprieta el puño y da media vuelta.

En esta casa suena la radio durante todo el día. Por la mañana, cuando Trinidad y la abuela Martina se levantan, encienden el aparato para escuchar las coplas de Estrellita Castro, la Piquer o Imperio Argentina, que suenan en los programas de música y cante hasta que las noticias radiadas del No-Do acaparan todas las ondas. Por la tarde suenan las radionovelas de Pedro Pablo Ayuso o las charlas religiosas del padre Venancio Marcos, solo interrumpidas por las retransmisiones deportivas de Matías Prats, la voz de las corridas de toros y de los partidos de fútbol. Pero esta tarde, como es festivo, no hay radionovelas ni programa religioso o deportivo, sino música a todas horas. Música como la que suena cuando Julita entra en casa, va hacia el salón y saluda a su madre, que lee una revista sentada sobre el mismo sofá en el que anoche ocurrió el incidente con Jorge. Luego da un beso a la abuela Martina, que hace ganchillo en el otro sofá. Trinidad levanta la vista y mira a su hija por encima de las gafas.

—¿Dónde has estado, Julita?

—Ya te lo dije, madre. —Le oculta la mirada a su madre—. He estado con Jorge.

De repente, la farsa se desvanece.

—¿Estás segura? Jorge llamó hace media hora preguntando por ti. —Julita enmudece—. ¿Ha ocurrido algo, hija?

Un silencio de dos, tres segundos, mientras siente cómo la sangre se le hiela. Como no tiene forma de responder, porque Julita nunca tuvo aptitudes para la mentira, a lo único que acierta es a poner pies en polvorosa, subir hacia su habitación, presa del pánico, y huir de los ojos de su madre, a los que no les puede engañar. Cierra la puerta y se tira sobre su cama.

Su cuarto aún mantiene el mobiliario de cuando era pequeña, con el color rosa palo en sus paredes, las cortinas moradas y alguna que otra muñeca de antaño. Pero desde hace un par de años la habitación ha empezado a ser reflejo de su cambio: los juguetes y las princesas de las estanterías comenzaron a convivir con libros y con apuntes de la facultad, y el pequeño espacio de juegos junto a la ventana se transformó en un escritorio. En esta habitación, Julita creció ajena a las bombas y a las muertes de la guerra, como en una burbuja de cuento de hadas, porque en el barrio de Salamanca apenas cayó un obús, y la clase alta, aun pasando penurias, siguió haciendo su vida todo cuanto pudo, a pesar de las barricadas, de las checas y de las cartillas de racionamiento.

Trinidad llama a la puerta de la habitación con dos tímidos golpes.

—Julita, ¿se puede?

Aunque no recibe contestación, la mujer se interna en el cuarto. La mira. Su hija es la viva imagen de ella salvo por el pelo rubio, herencia paterna.

—¿Qué te ocurre, hija mía?

La joven, tumbada sobre la cama, se esconde en la cueva de sus brazos. Rehúye levantar la vista.

—¡Déjame sola, madre, por favor!

Trinidad avanza despacio, midiendo los movimientos y las palabras. Acaricia el cabello rubio de su hija y se sienta en el borde de la cama.

—Puedes contarme qué te pasa, Julita.

Pero no contesta.

—¿Es por Jorge? ¿Os habéis peleado?

El silencio la delata.

—Si habéis discutido, no te preocupes. Es algo normal en una pareja. Todas las parejas discuten, ¿sabes? Yo discutía mucho con tu padre, ¡como buen alemán, era muy cabezota! —La acaricia de nuevo y sigue—: Las relaciones hay que regarlas, cariño. Son como las plantas. Deben cuidarse todos los días. Una sonrisa, un halago, un detalle... Los hombres son difíciles. Aunque a veces parezcan muy básicos. Tenemos que hacerles creer que son lo más importante para nosotras. Que son lo más especial. Porque el mundo los maltrata. Porque la vida del hombre es muy complicada.

Ahora sí. Deshace su cueva y levanta la vista con un gesto de indignación. Piensa en Jorge. En su jadeo junto a su oído.

—¿Y la nuestra, madre? ¿No es difícil nuestra vida?

—Claro que lo es, cariño. Las mujeres sostenemos a los hombres. Sin nosotras, no serían nada. Por supuesto que nuestra vida es difícil. Una casa es difícil. Sonreír a veces es difícil. Pero para eso estamos aquí. Y ¿sabes qué, tesoro? Eso es algo que tú deberías ir aprendiendo ya. ¿Que habéis discutido? No pasa nada. Tú, fuerte. ¿Que Jorge se ha enfadado por algo? No pasa nada. Le dices que venga y le pones tu mejor sonrisa para pedirle perdón. —La acaricia de nuevo. Se miran a los ojos—. Julita, no faltará mucho para que Jorge te pida matrimonio. Lo presiento. Y tienes que estar preparada para ello.

—¿Matrimonio? Madre, por favor. —Solo de pensarlo, solo de pensar en tener que aguantar ese jadeo en su oído noche tras noche, se siente asqueada—. Antes tengo que vivir un poco más. Terminar la universidad...

Trinidad aparta la mano de su cabellera.

—Ay, la universidad... Aún me acuerdo de aquel día en que tu tío y tú me convencisteis. Y a veces me pregunto si hice bien. ¿No crees, Julita, que estás descuidando a tu novio por culpa de la universidad?

La joven pone un mohín de indignación. Y contiene un taco. Su madre nunca confió del todo en la universidad. Menos aún en la facultad de Filosofía y Letras. Según sus amigos y conocidos, aquello no es más que un nido de comunistas escondidos, poetas y filósofos convertidos de boquilla.

—No te ofendas, cariño. Me gusta que leas y estudies y esas cosas, pero lo que es para chicos, es para chicos. Las peras con las peras y las manzanas con las manzanas. Y la universidad es para hombres, Julita. Que no dejan de decírmelo en la peluquería. Se me cae la cara de vergüenza, ¿sabes?, cuando alguna amiga me habla con ese retintín. «¿Y tu hija, cómo va con las clases? ¿Se ha hecho poeta ya?»

—Por el amor de Dios, madre. Hace veintitrés años tú también hiciste lo que no debías, ¿lo recuerdas?

De pronto, su madre se va al pasado, a aquellos años. Y se llena de recuerdos. Fue en una fiesta de verano, en la embajada alemana. En aquel moderno palacete del paseo de la Castellana, año 1920.

—Ay, hija, no me hables de aquello, que me da el sentimiento.

Diplomáticos, nobles y empresarios charlaban y bromeaban de manera distendida en el jardín de aquel ostentoso palacio. Uno de esos empresarios, un hombre que se vanagloriaba de haberse hecho a sí mismo, Tristán Martínez-Touriño, iba presentándoles a su única hija a los mocitos casaderos españoles, esperando a que esta mostrase interés por alguno.

—Qué guapo era tu padre, hija. Ese porte, ese pelazo.

La joven se prendó de un joven alemán alto y rubio que trabajaba en la embajada, que casi no hablaba español. Se llamaba Frank Schmidt y era auxiliar del embajador alemán en Madrid, un recio diplomático de carrera llamado Ernst Langwerth von Simmern. En aquella fiesta de la embajada, Trinidad se las arregló para separarse de su padre y acercarse a Frank. «Hola, ¿cómo estás? Y luego el curioso acento de él, que hizo reír a la joven.» Y sonrisas nerviosas que viajaron de uno y otro rostro. «Muy bien, ¿y tú?» Y en solo un par de semanas eran ya pareja en la clandestinidad.

Julita se incorpora sobre la cama.

—¿Sabes, madre? Si no hubiese entrado en la universidad, si os hubiese hecho caso a todos, jamás me habría conocido a mí misma.

Conocerse a sí misma. Tal vez nunca le ha hablado a su madre con palabras tan serias. Tan de mujer a mujer.

—No necesitas la universidad para conocerte a ti misma. Para eso está la vida. Para eso está tu pareja, que te ayuda.

—Pues nunca me he sentido más libre.

¿Libre? ¿Ha dicho libre? Trinidad se estremece. En esta ciudad hablar de libertad no está del todo bien visto. El párroco don Antonio la definió en una homilía como el origen del desorden y del libertinaje que llevó a España a la guerra. Y a Trinidad se le quedó grabado. Hoy nadie quiere ser libre —continuaría el cura—, sino vivir bajo la seguridad, el orden y el progreso. Tener un techo y un plato que llevarse a la boca.

—La libertad no trae siempre cosas buenas, hija. Este mundo no está hecho para las mujeres. Necesitamos un hombre que nos ampare. Yo sufrí mucho en busca de libertad, te lo aseguro. Y no quiero eso para ti.

Tristán Martínez-Touriño nunca aceptó la relación de su única hija con un simple auxiliar de la embajada alemana. Y se negó a hacerlo hasta que ambos amenazaron con fugarse a Alemania. Entonces, ante el miedo de perder a su hija en un país hundido por la inflación y la crisis, cedió. Finalmente pagó la boda de la pareja, una discreta ceremonia con muchos menos invitados de lo que la situación social de la familia hubiese requerido por aquel entonces. Julita nació diez meses después.

—Sé que tú sufriste, madre. Pero los tiempos han cambiado, aunque no lo creas. Y me niego. Me niego a ser solo una cara bonita.

—Yo no te estoy diciendo que dejes la universidad, cariño. Solo que quizá deberías tomártela menos en serio. Como una afición, ¿por qué no? A fin de cuentas, cuando Jorge y tú os caséis, no vais a necesitar otro sueldo. Él ganará mucho dinero. Y viviréis felices.

Jorge es, para Trinidad, la tranquilidad de que su hija esté en buenas manos. En una buena familia. Sin penurias. Pero Julita vuelve a torcer el gesto.

—Yo no me veo así, madre.

—Julita, voy a decirte una cosa. —Trinidad tensa el gesto, abandonando la dulzura con la que le hablaba hace algunos segundos—. La vida no es como la pintan en la universidad. La vida no es leer y dialogar sobre poesía. La vida es complicada. Muy complicada. Hemos pasado una guerra.

Madrid está medio en ruinas. Y tienes, tenemos, que pensar en tu bienestar. ¿Te lo digo otra vez? Si habéis discutido, si se ha portado mal contigo y tú mal con él, no pasa nada. Son cosas que ocurren. Una sonrisa y a otra cosa. ¿Lo entiendes?

No contesta. Balbucea.

—Sí, pero...

—Pero nada. No hay peros. Mañana mismo puedo ir a la universidad y cancelar tu matrícula. Con el bienestar no se juega, hija. Le prometí a tu padre que cuidaría de ti. Y a tu abuelo, que Dios los tenga en su gloria. ¡Y Jorge es tan buen muchacho para ti! Es el chico perfecto... ¿Qué problema hay?

Su hija hace silencio. Piensa. Mira hacia el fondo de la habitación. ¿Cómo decírselo? ¿Cómo decirle que Jorge la intentó forzar anoche? Y que, a pesar de ello, lleva ya varios meses pensando que su relación ya no es la misma. Que ya no se siente enamorada como cuando empezaron, como cuando aquellas verbenas del parque Barceló y aquellos primeros besos clandestinos en la oscuridad de El Retiro. Y lo de anoche, ¿cómo pudo hacerlo? Toma aire y reúne fuerzas. Su madre debe saberlo. Debe desenmascararlo.

—Voy a confesarte algo, madre. Anoche...

Se le hace un nudo en la garganta solo con pensar en decirlo. Hasta que, valiente, decide hacerlo verbo.

—Dime, hija...

Suspira. Y aquí viene.

—Anoche Jorge intentó sobrepasarse conmigo.

—¿Cómo sobrepasarse?

—Pues, ya sabes, madre, no hace falta que te dé detalles. Ahí abajo, en el sillón. Me quedé dormida y quiso aprovecharse.

Su madre se lleva la mano a la boca. No dice nada. Busca la mirada de su hija, como preguntándole a sus ojos, como si no se fiase de las palabras.

—Ay, por Dios... ¿Estás segura, hija?

Julita asiente.

—¿No habrías bebido anoche?

—Sí... un poco. Pero eso no quita que...

Chasquea la lengua.

—El alcohol es peligroso para las mujeres, cariño. Ya te lo he dicho muchas veces. Nos desinhibe. El hombre siempre tiene deseos, más aún cuando bebe. Más que nunca. Y si tú también bebiste, entonces, ya sabes quién tiene la culpa.

¿Cómo? ¿Que la culpa es suya? Julita no sabe cómo responder. Masculla, como si masticase un insulto, una maldición hacia su madre.

—No me mires con esa cara, que no estoy diciendo nada del otro mundo. Eso es algo que tenemos que saber todas las mujeres. Además, hija, sois novios, ¿no? Te digo una cosa, a veces lo que el cura dice es un poco anticuado. ¿Que él tiene deseos? Mejor contigo que con otra. Que se desfogue. Lo importante es que te quiera. Que sea bueno contigo. Y Jorge te quiere, se le ve enamoradito. Solo que tú estás algo confundida. Desde que estás en la universidad, hija... a veces pienso que no tendría que haberte dejado. La Sección Femenina, eso sí era para ti.

Otra vez con lo mismo.

—No me puedo creer lo que estoy oyendo, madre...

—Bueno, puede que sea un poco anticuada. Pero ¿y qué vas a hacer? ¿Dejar a Jorge? Julita, la vida está muy mal, cariño. Nosotros no estamos bien. Desde que murió tu abuelo apenas tenemos para vivir. Esta casa y poco más.

La joven vuelve a aquel sofá del salón. Jorge encima de ella, aprisionándole la boca con su mano e intentando forzarla. Le recorre un escalofrío. Su madre tiene que entenderla. Tiene que comprender que ya no es lo mismo. Su relación con Jorge. Los besos que él le ha robado y que ella, desde no sabe cuándo, ha empezado a detestar. Y tantas cosas de las que en realidad no estaba convencida. Su futuro. La boda en la Almudena. Los niños...

—Sí, dejarle...

Le ha costado mucho decirlo. Dejarle. Y esa palabra flota en el aire para llenar el silencio entre ambas.

—¿Estás segura?

—Sí.

—Pero, Julita, por el amor de Dios. Jorge cambiará. Ahora es joven e impetuoso. Hazme caso, cariño. Tú no lo ves porque eres una cría.

Una cría. Al final todo se resume a eso. A que es una cría y que, como tal, no puede tomar sus propias decisiones. Mira a su madre con crudeza. Frunce el ceño. ¿Cómo es posible que no sea capaz de entenderla?

—No me mires así, Julia María —responde Trinidad con gesto serio.

La llama así, Julia María, solo cuando se enfada.

—Pero madre, ¿cómo quieres que continúe con alguien

que no es capaz de respetarme? Y ¿sabes qué? Si lo dejo, al menos Manuel Alejandro me apoya...

—¿Tu tío? ¿Qué tiene que ver con esto?

—Sabe lo que ocurrió. Bueno, siéndote sincera, nos vio. Apareció en el momento justo para evitar que Jorge me forzase. Si no llega a ser por él...

Vuelve al salón. El calor del aliento de Jorge la abrasa. Y el serpenteo de sus caderas abriéndose paso. La asquea.

—¿Y no me ha dicho nada? Yo a tu tío lo mato...

—Le dije que sería yo quien te lo contaría. Que hablaría contigo. Y tú no pareces entrar en razón, madre. Déjame equivocarme ahora. Me toca. Seguro que mi padre me habría dejado. Me habría defendido... ¿a que sí?

Ha jugado su mejor carta. La de Frank. Trinidad hace silencio. Medita. Por primera vez las palabras de Julita parecen conmoverla. Levanta el brazo y acaricia suavemente su cabellera. Suspira.

Y luego:

—¿Sabes qué?, quizá te venga bien un descanso, un cambio de aires por unos días. Pensarlo todo fríamente. Y hasta entonces no tomar decisiones. ¿Qué te parece?

—¿Cómo que un cambio de aires?

De pronto, una sonrisa en la boca de Trinidad. La primera en muchos minutos.

—Se me ha ocurrido una cosa. Tenemos algo ahorrado. Y hace muchos años que no vamos a Galicia a ver a tu bisabuela. Podríamos planear un viaje.

Ulaila, la abuela de Trinidad, tiene más de noventa años y vive todavía en Monterroso, un pueblecito rural de Lugo, de donde la familia es originaria. Su hijo mayor, Tristán, emigró a Madrid con apenas dieciséis años, levantó de la nada una de las más importantes empresas energéticas de la ciudad, se casó con Martina, de familia rica, y tuvo cuatro hijos: Raúl, Fermín, Trinidad y Manuel Alejandro. Todos los años viajaban una semana al pueblo para no olvidar sus raíces, hasta que estalló la guerra. Poco antes había muerto Tristán y la tradición se perdió.

—¿Estás diciendo que vayamos a Monterroso? —pregunta la joven, con el rostro iluminado.

—Sí, así es.

Julita corretea por el monte. El abuelo Tristán va tras ella y le coge la mano para llevarla hacia una bella rosa que ha nacido silvestre. La admiran. Luego la coge en volandas y la coloca sobre sus hombros. Allí al fondo se ve el mar, se le oye rugir.

—¡Sí, vámonos!

Julita tiene nueve años y juega con sus primas en la orilla. El mar las baña con su vaivén. En realidad, son primas segundas, o terceras, pero las trata como si fuesen sus hermanas. De pronto, la pequeña Sabela arranca a correr y las niñas la persiguen. Tristán irrumpe junto a ellas, pero no puede seguirlas. A veces olvida que ya está muy mayor para juguetear con sus nietas.

Y al año siguiente murió. Y poco después vino la guerra.

—¡Sí, vámonos! Pero ¡vámonos ya, mañana mismo!

8

Era primavera. La última antes de la guerra. Y la primavera en la Casa Ladina era la más radiante de todas las estaciones. El invierno, el largo y duro invierno, con su espesa nieve y sus días oscuros, dejaba paso al fin a aquel manto verde del valle, a las flores coloreadas y a la lluvia. Sí, es cierto que el cierzo seguía trayendo el frío de las montañas, pero ya no era lo mismo; los días eran más largos y el sol más ardiente allí arriba.

Era primavera cuando aquel hombre llegó a la Casa Ladina. Daniel, que jugaba con sus hermanas en el valle, rodeados de ovejas, fue el primero en advertir el coche, que trepidaba, más que avanzaba, por el camino de tierra. No solían ver muchos coches por la Casa Ladina. Hasta allí no llegaban los caminos de asfalto de las ciudades y ningún pastor de la zona había decidido hacerse con uno de esos modernos automóviles que venían de Estados Unidos. El coche tardó varios minutos en atravesar el valle y llegar a la encina, junto a la fachada principal de la casa. Cuando el conductor frenó el vehículo y se apeó de él, el Sefardí ya lo esperaba, receloso, como siempre era cuando aparecían visitas inesperadas.

—Buenas tardes, señor, ¿es usted Elián Azai? ¿Aquel al que llaman el Sefardí?

Este asintió. El hombre avanzó unos pasos y le brindó la mano en saludo. Tenía acento francés.

—Me llamo Armand Therrien, encantado.

Como no le vio nada extraño, el Sefardí lo invitó a entrar. Y mientras él y su mujer lo acomodaban dentro de la casa ofreciéndole algo para tomar, Daniel y sus hermanos se quedaron afuera curioseando, de arriba abajo, el coche con el que el hombre francés había llegado hasta allí.

Armand era un estudioso de las lenguas, decía. Un lingüista. Había viajado desde Francia buscando aquellos reductos de la lengua ladina que quedaban entre los sefardíes españoles. El ladino, continuaba, era «una rareza entre las lenguas». Un idioma procedente del castellano medieval que ha recibido aportes culturales, desde hace siglos, del hebreo, del turco y del francés.

—Y ya no quedáis muchos hablantes. Apenas unos cien mil.

Luego le pidió al Sefardí que dijese algo en ladino. Él era el único de la Casa Ladina que lo hablaba con soltura, a pesar de sus afanosos intentos de que sus hijos lo aprendiesen. Solo Daniel, más ducho, chapurreaba algo.

—*El Dio no ajrva kon las dos manos* —dijo el Sefardí—. Lo que quiere decir: «Dios no castiga con las dos manos». Es un refrán judío.

El hombre escribió durante varios segundos en una libreta y le pidió al Sefardí, entusiasmado, que continuase.

—*El Dio es tadrozo ma no olvidazo.* Es otro refrán. «Dios es tardío, pero no olvidadizo.» O este otro: *El Dio no da moneda, pero aze modos i manera.* «Dios no da moneda, pero da el modo y la forma.»

Y siguió con dos o tres refranes más. Uno de ellos hizo reír a todos, en especial a Alexandra: *Pleto entre marido i mujer, la colcha tene de venzer,* que el Sefardí tradujo con algo así como: «el conflicto entre marido y mujer, la colcha lo ha de vencer». Entre aquellas risas, el pequeño Daniel apareció de pronto y pidió permiso para sentarse.

—Daniel, hijo, dile algo en ladino a este señor —le pidió el Sefardí.

Y el chico recitó de corrido varios versículos de la Torá y algunas palabras al azar: *ovéja, trupa de bestia, sielo, komida.*

—¡Muy bien, muchacho! —le felicitó el lingüista.

Hablaron sobre el ladino y sobre la cultura sefardí durante el resto de la tarde. Antes de que anocheciera, el Sefardí le dio una vuelta por el valle y le habló de su periplo desde Grecia hasta España.

—Hubo un gran incendio en Salónica, ¿sabe? Y todo el barrio judeoespañol se destruyó. Es por ello por lo que decidí llevarme a mi familia a España.

Y le preguntó por la Casa Ladina. Por cómo se había hecho con esas tierras.

—Cuando la compré, era una casa en ruinas y una tierra muerta. Reforcé con adobes toda su vieja estructura, tejé la techumbre, pavimenté el suelo y encalé las paredes. Luego sembré y trasplanté las huertas, construí los establos y compré, con todo el dinero que me quedaba, más de cien cabezas de ganado. Con eso fue con lo que empecé.

—¿Y con los demás pastores de la zona, cómo se lleva?

—Fue complicado al principio. Yo no dejaba de ser un extranjero, a pesar de que mis antepasados habían vivido en España. Pero poco a poco me los gané. A los de los montes y a los de Villafranca. Allí tengo varios socios importantes, como Lucrecio Romero.

Lucrecio Romero era el cacique del pueblo y el hombre más rico de la comarca. Aunque en un principio dudó de hacer negocios con el Sefardí, pronto se dio cuenta de que este era un hombre recto. Serio. Y en estos tiempos convulsos, todo el mundo confía en alguien que infunde seriedad.

Se fue el día y el Sefardí le ofreció una cama al lingüista para pasar la noche.

—No, por Dios, no se preocupen. El coche tiene faros y puedo viajar de noche.

Pero el pastor insistió.

—Es usted mi invitado. ¿Qué tipo de anfitrión cree que soy?

A la mañana siguiente, antes de despedirse, el hombre reunió a la familia y a los perros pastores bajo la encina.

—Confiad en mí, estaos quietos. —Fue a su coche y sacó una cámara fotográfica del portamaletas. Luego dio instrucciones a la familia—: Adif, querido, ponte más a la izquierda; chicas, bonitas, juntaos entre vosotras. —Y tiró la foto.

Tras varios minutos repitiendo «Quietos, muchachos, por favor», como les indicó el francés, vino el fogonazo. Luego, los chicos y los perros salieron despavoridos, como huyendo de la quietud, y el francés lingüista se despidió del Sefardí y de su mujer con la promesa de enviarles la foto en cuanto la revelase.

Una semana después, un pastor que traía correo al valle les dio una carta de Armand Therrien. En su interior, junto a un texto de agradecimiento con una pulcra letra en cursiva, había varias copias de aquella fotografía.

Fue la última fotografía de la familia.

Daniel Baldomero deambula meditabundo sin consciencia del lugar ni del tiempo que ha transcurrido. Da algunos pasos perdidos siguiendo el rastro tenue de unas farolas, que apenas alumbran a los viandantes nocturnos. De algunas de las casas se oye el ruido propio de la celebración de Fin de Año. Suenan matasuegras a lo lejos. Pero él no está aquí, sino en todos los lugares en los que ha estado; en Salónica, en el barco de viaje a España, en El Bierzo, en los domingos de Villafranca, en la sierra leonesa y asturiana durante la guerra, en el primer cobijo de Madrid en que se escondió y, sobre todo, en el parque del Oeste. En su cabeza se entremezclan miles de pensamientos y recuerdos.

De pronto, una mala jugada de las sombras. Cree ver a Cipión por su izquierda, correteando. Dos, tres segundos y la sombra se esfuma. Se para y sigue caminando. Callejea sin rumbo fijo, sin ningún lugar al que ir ni maleta en la que guardar equipaje. Apenas si tiene unas pesetas en el bolsillo. Y poco más.

Sigue caminando hasta que descubre, de repente, que su tránsito ha tenido un sentido, que sus piernas aún de autómata le han llevado al único lugar de Madrid en que ha sido alguna vez feliz. A la taberna de Rafael el Cojo, donde hay luz.

Atraviesa el umbral. Dentro, el tabernero y su bodega celebran la Nochevieja. Ni un alma más que la suya y la de sus botellas habita esta taberna hasta que Daniel Baldomero entra, se acerca a la barra y, como una aparición fantasmal, aborda a un atónito Rafael el Cojo que, solo cuando lo tiene a un palmo, repara en su presencia.

—¡Muchacho, qué susto! ¿Cómo tú por aquí?

—No tenía otro sitio adónde ir, supongo.

Se sienta en un taburete y se sirve una copa de vino. Brindan con sus copas y se felicitan el Año Nuevo.

—Me quedé muy preocupado esta tarde. ¿Qué ocurrió al final? No me digas que...

—Sí, han matado a Cipión.

El Cojo no se sorprende. Alarga el brazo hacia Daniel Baldomero y le acaricia el hombro.

—Lo siento, muchacho. Lo siento de veras. Hijos de puta, malnacidos...

Y demás maldiciones. No hablan de nada más en los siguientes minutos. Los dos beben en soledad. Desde la calle, alguien felicita el Año Nuevo con matasuegras o panderetas. Hasta que Rafael rompe el silencio con una repentina confesión tras un largo trago de vino.

—¿Sabes, canijo? Mi mujer debe de estar ahora durmiendo con Picio el Mercero.

—¿Y cómo sabes eso?

—Porque Bernarda y yo no estamos juntos en realidad.

Estamos divorciados... o bueno, lo estuvimos. Es una cosa extraña, ¿sabes? *Cagüendiós*, canijo, qué asco de vida.

Apenas puede articular palabra. Su alocución es lenta y pausada, pero cargada de rabia.

—Cuando el cabrón de Franco ganó la guerra, ilegalizaron las bodas y los divorcios celebrados durante la República. Nos divorciamos en el 33. Era insoportable estar juntos, ¿sabes? Nos queríamos, pero no podíamos vivir. Eso les pasa a muchas parejas aunque nadie haya tenido la valentía de decirlo. En fin, que cuando terminó la guerra, Bernarda tuvo que volver a casa. Llevaba seis años viviendo con Picio el Mercero.

El silencio de Daniel Baldomero manifiesta su incapacidad para saber qué decir. Cómo consolarlo. Se limita a mirar a Rafael con ojos condescendientes, como si con su mirada pudiese decirle aquello que necesita escuchar.

—La vida es así —se limita a expresar.

Rafael intenta espantarse las moscas de su pasado con otro largo sorbo de vino. Las mejillas se le entrevén ya coloreadas, al igual que la nariz, y los ojos los tiene torcidos, porque bizquea cuando bebe.

—Pobre Cipión —se lamenta el Cojo, desviando la conversación—. ¿Qué vas a hacer ahora?

Daniel Baldomero se acaba su copa. El tabernero le sirve otra mientras el joven medita qué contestar. Finalmente opta por decir la verdad.

—Me voy de aquí. Me voy de Madrid para no volver.

El Cojo centra sus ojos en los de Daniel.

—¿Qué dices, canijo?

—Me buscan. —Agacha la mirada—. Me buscan por algo que hice durante la guerra. Me buscan por mi familia y por mi sangre.

—¿Y cuándo tienes pensado irte?

—Mañana mismo. En el primer tren que salga para León.

—¿Qué se te ha perdido a ti en León?

—Volveré a mi tierra, a El Bierzo.

—¿Eres de allí?

—Sí, aunque nací en Grecia, en la ciudad de Salónica. Cuando yo tenía apenas unos años mi familia se trasladó a España. Mi padre compró unas tierras y unas cabezas de ganado en El Bierzo.

—No tenía ni idea. En realidad, no sé nada sobre ti. Nunca me has hablado de tu pasado, canijo. Y mira que hemos charlado durante estos años...

Daniel Baldomero no contesta y esconde la mirada posándola sobre los confines de la taberna. Como parece que no tiene intención de hablar sobre su pasado, Rafael el Cojo no insiste. Siguen bebiendo, en silencio, hasta que, casi despuntando el alba, se quedan dormidos sobre la barra. Bernarda los despierta a gritos varias horas después.

—¡*Iros* a dormir a otra parte! Qué par de borrachos.

Daniel Baldomero nunca había compartido con Rafael el Cojo un espacio que no fuese el de la taberna. Verlo ahora bajo la acción del sol le resulta extraño, pues su pelo, su barba e incluso las facciones de su cara han adquirido una dimensión diferente. Es la mañana del 1 de enero y los dos caminan hacia el pequeño piso que Rafael comparte extrañamente con Bernarda. Este se encuentra a dos calles de la taberna, y lo forman una cocina, el salón, el baño, dos habitaciones y un angosto trastero. Demasiado pequeño para dos personas que no quieren verse en absoluto. Rafael invita a Daniel a entrar y lo insta a que pase al salón, donde no hay más que dos pequeños sillones, un mueble bar con botellas y licores a medio acabar, una vieja radio y una estantería salpicada de libros.

—Querrás darte una ducha.

—No quisiera molestar, Rafael.

—¿Molestia? Por Dios, canijo, qué coño vas a molestar.

Tomar una ducha es uno de los máximos placeres de los que un hombre de la calle puede disfrutar, un privilegio burgués. Mientras unos deben lavarse con palangana y esponja, otros pueden estar bajo la alcachofa haciendo espuma con jabones perfumados mientras cantan la última copla que han oído por la radio. Daniel no puede negarse a este placer que tanto añora desde que vive en Madrid. De hecho, se baña una vez a la semana con agua gélida de pozo.

—Anda, métete ahí y no salgas hasta que estés reluciente. —Lo empuja hacia el cuarto de baño—. El agua sale caliente después de varios minutos. El jabón está en el estante de ahí arriba, junto a la esponja. Y ahí abajo están las toallas.

La pequeña bañera le recuerda a la de la Casa Ladina. La última vez que se duchó bajo una alcachofa de ducha fue precisamente allí. Por ello, porque esta reconfortante ducha le trae un extraño sentimiento de añoranza, no tarda más de lo preciso. Termina en apenas cinco minutos y sale de la bañera envuelto en el húmedo vapor del agua caliente. Se seca y vuelve a vestirse con sus ropas. Rafael el Cojo le espera recostado en el sillón principal, a punto de quedarse dormido.

—Puedes dormir en la habitación junto al baño. Yo dormiré aquí en el salón.

—No, por favor. Yo me quedaré en el sillón.

—Calla, canijo, y vete a dormir. Hay un pijama limpio en el primer cajón del armario.

Daniel accede a regañadientes. Entra en la habitación y se despoja de sus ropas para ponerse el pijama y cobijarse raudo entre las sábanas. Mira a su alrededor y se da cuenta de que esta es la cama donde duerme Rafael. Bernarda debe de dormir en la habitación de matrimonio, al fondo del pasillo. Pobre Rafael. Piensa en él hasta que su perro aparece: «Ay, mi Cipión. Cuánto voy a echarte de menos».

Se queda dormido mientras lo ve corretear por el parque del Oeste.

—Canijo, son las tres de la tarde, despierta.

Rafael el Cojo lo zarandea.

—Vamos, chico, que te he preparado el almuerzo.

El olor a huevo frito lo levanta de la cama. Y, aunque Daniel prefiere quitarse antes el pijama y volver a vestirse, Rafael le obliga a que lo acompañe a la cocina así, tal y como está.

—Huevos del estraperlo. Para celebrar el Año Nuevo, ¿te parece?

El muchacho asiente y, sentado a la mesa, comienza a comer como si fuese la última vez. Tanto que la yema se le escapa por la comisura de los labios.

—Come tranquilo, hombre, que nadie te lo va a quitar.

—Es la costumbre.

Cuando termina el plato, rebañando con un chusco de pan la yema de los huevos, le hace un gesto de agradecimiento a Rafael.

—No me des las gracias aún, canijo, que tengo algo que enseñarte.

Sonríe. Daniel pone cara de sorpresa y lo mira con atención. El Cojo saca su cartera del bolsillo trasero de su pantalón y rebusca hasta encontrar un billete de tren.

—Esta mañana he ido a la estación, mientras dormías. Como no sabía a qué lugar de El Bierzo ibas exactamente, lo he comprado hasta Lugo. La lástima es que para hoy ya no quedaban billetes, así que es para mañana.

Daniel Baldomero balbucea.

—Pe-pero ¿un billete? No sé qué decir. —Sonríe. Las manos comienzan a temblarle, de la emoción.

—No digas nada todavía, que aún tengo otra cosa para ti.

—¿Otra? No, Rafael, por Dios.

—A ver, muchacho, no te vas a ir de viaje así, hecho unos zorros, ¿no?

Se dirige a la habitación donde Daniel ha dormido y vuelve a la cocina portando, sonriente, un traje azul de caballero, con su camisa y su corbata. En la otra mano lleva los zapatos.

—Supongo que te irá bien. Yo de joven estaba tan delgado como tú, aunque no lo parezca.

—¿Es para mí? No, no, ni hablar...

—No seas tonto, canijo. Yo no me lo voy a poner nunca

más hasta mi propio funeral, me figuro. Y ello suponiendo que pudiese meterme en él, cosa que dudo. —Se lleva la mano a la barriga y la frota—. De todas formas, para entonces no me enteraré de mucho. Llévatelo tú, hazme el favor.

Daniel Baldomero no puede contener la sonrisa. Rafael lo conduce hasta el baño, donde le insta a que se lo ponga. El muchacho se viste despacio, como en un ritual. Todo le está como un guante, incluso los zapatos. El Cojo observa, con orgullo, cómo Daniel va dejando de ser ese apátrida de la calle para convertirse, al menos en apariencia, en un hombre de bien. Solo queda Daniel Baldomero de cuello para arriba, en esa cara de recién levantado con barba de tres o cuatro días y pelo desaliñado.

—Habrá que hacer algo con eso.

Lo sienta sobre la taza del váter y saca de un estante un peine de Bernarda.

—Si le molesta, que se joda —dice, mordaz.

Comienza a peinarlo. Y con la cabeza a merced de los tirones del improvisado peluquero, Daniel Baldomero no puede evitar irse a cuando su madre lo peinaba, de pequeño, después de cada ducha. Este recuerdo le trae además el aroma del perfume con que Alexandra lo rociaba tras ducharlo, y el del jabón y el champú natural que usaba tanto con él como con todos sus hermanos. Rafael el Cojo le rescata de su pasado esgrimiendo una navaja de afeitar.

—Hace más de diez años que no uso una de estas. No te muevas, canijo, no te vaya a rebanar el pescuezo.

Cuando termina de apurar el afeitado, Daniel Baldomero se mira al espejo y se sorprende, casi dando un respingo hacia atrás. De repente, el Sefardí está sentado delante de él, con traje y corbata.

—¿Cómo agradecerte todo esto, Rafael?

—No tienes que agradecérmelo.

Se mira, girando la cabeza a un lado y al otro. Sí, es la viva imagen de su padre.

—¿Cómo que no? Por supuesto. Te lo pagaré todo.

—No te preocupes, de verdad. Durante estos años has sido como un hijo para mí, como mi Jesulito, que se me murió de pequeño. Ay, mi chico...

Sus ojos se encuentran a través del espejo.

—Apenas me has hablado de tu hijo, Rafael.

—Es cierto, canijo. Pero hablar de él aún me duele. Ahora tendría tu misma edad. Nació en el 21 y murió con ocho añitos por una pulmonía. Bernarda y yo no pudimos superar el palo. Fue como si hubiésemos muerto los dos, ¿sabes?

Apenas puede mantener la entereza al hablar. La voz le tiembla. Y Daniel Baldomero comprende cuán hondo es su pozo de amargura. Ahora entiende muchas cosas. Muchos silencios, muchas miradas entre aquel matrimonio. Y esa soledad con la que Rafael parecía vivir aun rodeado de gente.

—Después de ello, yo me tiré a la bebida y Bernarda conoció a Picio el Mercero. Nos divorciamos cuando la situación era ya insostenible. Y hasta un par de meses después del final de la guerra no supe nada más de ella. Un día, un funcionario del nuevo régimen entró en la taberna y me dijo que mi divorcio con Bernarda Sáez había quedado invalidado. El *hijoputa*. Y me dio un plazo de quince días para que volviésemos a vivir juntos.

—Pero dejémonos de malos recuerdos, canijo. Mírate, qué porte. Qué guapetón, joder. Pareces otro.

Se sonríen. Daniel Baldomero se pone de pie y se contempla en el espejo, donde observa al calco de su padre. El muchacho intenta encontrar en su mente alguna palabra de ánimo, también de agradecimiento, pero no encuentra la fórmula adecuada, y no dice nada. Solo acierta a extender sus brazos y a buscarle en un abrazo. Hasta que, de pronto, se separa, raudo.

—Espera aquí un momento —le pide.

—¿Qué vas a hacer?

El muchacho se dirige hacia la habitación donde ha dormido y busca algo en su vieja gabardina, colgada sobre la silla. De un bolsillo interior saca el pequeño cuaderno de cubiertas de piel que rescató de entre las entrañas de su casamata. Vuelve al cuarto de baño y se lo ofrece.

—Toma, esta es mi forma de agradecerte toda tu ayuda.

Rafael lo sostiene con gesto de extrañeza.

—¿Qué es?

—Dices que no sabes nada de mí. Pues aquí está todo mi pasado, mis recuerdos y mis vivencias. Aquí está quién soy realmente.

9

Por teléfono, la voz de Jorge pierde todo su matiz seductor.

—No puedes hacerme esto, Julita. No estás hablando en serio. Ya te he dicho que lo siento. Lo de anoche fue culpa del alcohol. Yo no quería. Jamás lo habría hecho. Te respeto, mi amor, de verdad. Fue el alcohol, fue...

Y más excusas, de todos los tipos y con todos los acentos, más comedidas, más lastimeras. Julita reúne fuerzas para continuar al otro lado del aparato. No sabe qué decir porque tampoco sabe qué pensar. Es un mar de dudas. Decidió llamarle, en un alarde de valentía, y ahora no sabe qué más argüir, ni cómo argumentar sus dudas. Ni como decirle todo lo que tiene que decirle.

—No es solo por lo que hiciste. Esto viene de más atrás. Y necesito tiempo. Tiempo para asimilarlo y para recapacitar. Creo que no es difícil de entender, ¿no?

—Julita, amor mío, déjame que vaya a tu casa ahora mismo. Tenemos que hablarlo en persona. Vernos cara a cara.

Y vuelve con la retahíla.

—Yo no quería, de verdad. Fue el alcohol.

Lo último que querría ahora es verlo. Quizá porque sabe que enfrentarse a sus ojos sería exponerse. Jorge la llevaría por todos los derroteros posibles para hacerla cambiar de opinión. Y teme que lo pueda conseguir.

—Lo siento, Jorge. Hablaremos a la vuelta. No estaré muchos días fuera.

—No, no cuelgues Julita. No te atrevas.

—Hasta dentro de unos días.

Aunque su voz suena firme y decidida, por dentro tiembla.

—No puedes dejarme. Sin mí no eres nada. Óyelo bien, sin mí no eres nada.

Pero la muchacha no escucha la última amenaza, pues ya ha colgado el teléfono. Luego levanta la vista para comprobar que aún sigue estando sola en el salón de la casa. Resopla. Le tiembla el pulso. Da algunos pasos perdidos por el salón, canalizando sus nervios. Respira.

Hasta que se da cuenta. Lo ha hecho. Le ha plantado cara, a pesar de que tan solo con descolgar el teléfono y oír su voz sintió que se derretiría como un flan. Que caería presa de sus palabras vacías. Sonríe y mira a la cocina, donde su madre y la abuela Martina preparan la cena. Ha podido mantener la conversación en secreto, mintiéndole a Trinidad. «Es una compañera de clase, madre, que quiere que le pase unos apuntes», se excusó. Y la voz de Jorge tras el auricular.

—¿Quieres cenar ya, cariño? —le pregunta Trinidad.

Julita avanza por la cocina hasta llegar a la encimera, donde su madre trocea unas patatas para añadirlas a la olla del puchero.

—No tengo mucho apetito, madre. Pero vale.

Junto a Trinidad, la abuela Martina, con su proceder lento y oscilante, remueve el caldo dentro de la olla con un cucharón. Martina tiene setenta y cinco años, pelo canoso, arrugas muy bien disimuladas y elegancia aun en batín, a pesar de que va siempre enlutada desde que en 1934 murió Tristán, su marido.

—Déjeme que la ayude, abuela —se ofrece la joven.

Pero la anciana rehúsa. No soporta que le brinden ayuda en cosas que ha podido hacer toda la vida y que, según cree, aún puede seguir haciendo como si nada.

—Tú súbete a hacer la maleta, que a esto le faltan cinco minutos por lo menos.

—Pero, abuela, el tren sale mañana a las ocho y media de la tarde. No me agobie.

—Luego no quiero oír que se te ha olvidado algo.

Trinidad tercia:

—Hazle caso a tu abuela, Julita.

Finalmente, la joven da media vuelta y, tras la mirada cómplice de su madre, accede a subir a preparar su equipaje. Manuel Alejandro les compró el billete de tren justo después de que Julita le anunciase que ella y su madre tenían intención de viajar a Galicia. La chica le suplicó a su tío que las acompañase, pero este no pudo acceder a pesar de cuánto le apetecía el viaje. No puede dejar la redacción ni ahora ni durante las dos próximas semanas ante la avalancha de noticias diarias que la guerra mundial genera.

Arriba, en su habitación, la espera una maleta vacía sobre la cama. Metería ahí a Jorge, sus miedos y temores, todo aquello que la preocupa, rumbo a Galicia, con billete solo de ida, para no encontrárselos de vuelta a Madrid. Suspira. Comienza a meter lo que sí necesita después de fantasear unos segundos con la cara de Jorge ahí dentro, aplastada por sus mudas y sus ropas. Con desgana, introduce en la maleta ropa interior, faldas, camisas, blusas y abrigos, rebuscando en su armario para encontrar lo más bonito. Tras terminar con la ropa, empieza con los accesorios. Cuando ya apenas le queda espacio en la maleta vislumbra, como si volviese de su destierro forzado, aquel vestido que Jorge no quería que se pusiera, ese que su tío Manuel Alejandro le regaló al cumplir dieciocho años y con el que se siente tan atractiva. Ese que su novio le prohibió que se vistiese para salir a la calle al ser más sugerente de lo debido. Coge el vestido y se mira con él en el espejo. Se lo pondrá esta primavera, sin duda. Mientras tanto, su madre aparece.

—¿Ya has terminado?

—Eso creo.

—Pues vamos a cenar, que la abuela nos espera.

En la mesa, las tres charlan sobre el inminente viaje.

—¿Sabes si Angelina ya lo ha preparado todo para vuestra llegada? —pregunta la abuela a Trinidad.

Angelina es la tía de Trinidad, hermana de Tristán, la única de los hijos de Ulalia que aún queda con vida. La mujer vive con su madre en el caserío familiar, lleno de recuerdos atrapados en habitaciones vacías. Trinidad y Julita ocuparán una de esas habitaciones durante su estancia en Monterroso.

—Sí, madre, esta mañana volví a hablar con ella por teléfono. Ya han preparado nuestras habitaciones.

—¿Le has preguntado por las mantas? Hará mucho frío.

—Sí, madre, hay muchas mantas. Además, recuerde que la calefacción funciona en toda la casa. Comience a comer y deje de preocuparse.

Después de dar un par de sorbos a la sopa, Martina recuerda el último viaje que la familia hizo a Galicia, en 1933, un año antes de que el abuelo Tristán muriese.

—Aún recuerdo tu lacito turquesa, Julita. Y tu vestidito.

Aquel tren salió a las siete y media de la tarde de un soleado día de mayo y llegó casi veinte horas después a la estación de Lugo. Luego fueron en carruaje al pequeño pueblo de Monterroso.

—No te separabas de la mano de tu abuelo —irrumpe Trinidad—. Él había hecho muchísimas veces ese viaje, pero el más especial fue sin duda el que hizo contigo.

Las tres se permiten unos segundos de silencio, como honrando la memoria de ese hombre que se hizo a sí mismo, como siempre decía.

—Lo mirabas todo con esos ojos tuyos tan curiosos, tan vivos, y preguntabas a cada momento: «Abuelo, ¿qué es eso?; abuelo, ¿qué hace ese hombre?».

Julita sonríe. Recuerda aquel viaje minuto a minuto. Sobre todo la impresión que le causó la Estación Norte de Madrid, con centenares de personas yendo y viniendo. O la fuerza con que agarraba la mano de su abuelo por el miedo a tantos desconocidos. O la emoción que el mastodonte de hierro le causó. El silbato avisando de que el tren estaba a punto de arribar. Y luego los paisajes castellanos de campos de trigo y centeno y pequeños pueblecitos de enhiesto campanario: San Martín de Valvení, Villamuriel de Cerrato o Los Olmillos.

—Recuerdo que el viaje se me pasó volando.

—Apenas dormiste —contesta su madre—. No despegabas la cara del cristal, primero con el horizonte nocturno y luego con el paisaje de los montes. No podré olvidar tu carita viendo aquellos rebaños de ovejas pastando en el verde. Ni la cara de tu abuelo contemplando a su pequeña.

Martina, emocionada, irrumpe para cortar la conversación; porque los recuerdos buenos y malos los tiene aún a flor de piel.

—Bueno, dejemos al abuelo descansar, que se nos enfría la cena.

Justo al terminar la cena, alguien llama a la puerta. La abuela se levanta y comienza a caminar hacia el pasillo, pero Julita la intercepta y se le adelanta. Va hacia el recibidor suplicando, rezando para que no sea él. Hasta que, de pronto, oye la voz de Jorge. Y un hermoso ramo de flores colma toda la mirilla.

Julita no quiere ni mirarle a los ojos. Entre ambos, sentados a kilómetros de distancia en la habitación de estudio de la casa, hay un aire tenso, como helado. Un muro invisible. De pronto, las miradas se cruzan, pero la chica desvía la suya. El ramo de flores yace sobre el escritorio de caoba, junto a varios libros que Julita ha seleccionado para llevarse al viaje: la novela rosa *La princesa Kali*, de la joven escritora María Teresa Sesé; el último número de la revista *Garcilaso*, que publica poetas no censurados, y un viejo número de la *Revista de Occidente*, en donde se publicó un ensayo de María Zambrano, «Hacia un saber sobre el alma», que leerá para continuar con la redacción de su trabajo de clase.

—Te dije que no vinieras. Que no me apetecía verte.

Lo ve sobre ella. Las imágenes se desvanecen y vienen. Él, en la penumbra nocturna, jadeando. Haciéndose hueco entre sus caderas. Ahogando sus gritos.

—Pero Julita, amor mío, fue culpa del maldito alcohol. No volveré a beber nunca más, te lo prometo. Yo no quería. No era yo.

Y luego se arrodilla, bordando el papel de galán arrepentido. Cómo resistirse a esos hoyuelos, qué muchacha no caería en los brazos de este donjuán. Esos ojitos tiernos, esa sonrisa pícara mezcla de astucia y ternura habrían conseguido hace tan solo unas semanas amedrentar a la joven.

—Lo de anoche sirvió para que me diese cuenta de algo.

Julita habla con la voz rota, cargada de desencanto y frustración, como si todo esto no fuese más que una pesada losa sobre su cabeza.

—¿De qué, cariño?

—De que nuestra relación se ha terminado. Ya no iba a ningún lado.

—¿Y adónde quieres que vaya? ¿Crees que las relaciones salen andando solas, de buenas a primeras? —ironiza Jorge—. Lo de anoche fue solo un error, Julita, y ya te he pedido disculpas. Y como eres mi novia, tu labor es perdonarme. Hagamos como si nada hubiese ocurrido y continuemos con nuestra relación.

Durante un par de segundos, mientras vuelve la vista para contemplar el ramo de flores sobre el escritorio, la joven está a punto de dejarse ir, de decirle que tiene razón. Durante un par de segundos le ha perdonado y se ve casándose en La Almudena, en una boda de postín, viviendo en una lujosa casa del barrio de Salamanca, con fiestas y cócteles cada semana, con sus hijos correteando por entre los invitados. Contempla esa vida durante un par de segundos y casi se deja ir tras ella. Pero cuando está a punto de ahogarse, tuerce la mirada hacia la *Revista de Occidente*, vieja y deshojada, en cuyo interior María Zambrano discurre sobre la razón humana y sobre las penumbras del ser y del saber, y vuelve a nadar.

—Te perdonaré si yo quiero, no porque sea tu novia.

—¿Y todo lo que he hecho por ti? Eso no es lo que me merezco...

Julita frunce el ceño.

—¿Que no es lo que te mereces? Lo que mereces es no volver a verme. Que todo se acabe aquí. Y una denuncia ante la policía. Porque no puedes hacerlo cuando se te antoje, como si yo fuese un objeto.

Jorge arquea la mirada, sorprendido, quizá porque no esperaba esa respuesta. Ríe mordaz.

—¿Denunciarme? Pero ¿estás loca, o qué? ¿Acaso no recuerdas quién es mi padre?

—Me da igual.

Luego agría la mirada, como ella.

—Te han comido la cabeza en la universidad. Nunca tendría que haber dejado que entrases ahí. La universidad no está hecha para ti.

Otra vez aquello de la universidad. ¿Acaso se habrá puesto de acuerdo con su madre?

—Vete, por favor. ¡Vete!

—No serás capaz de dejarme. Tú no eres nadie sin mí. Tu familia está arruinada. ¡Me necesitáis!

Desesperado, sin más argumentos, el muchacho asalta la boca de su novia, intentando un beso infructuoso que Julita esquiva, apartándolo con un sonoro manotazo sobre su mejilla izquierda.

—Ya no te regalaré más besos.

Y con un gesto valiente, le señala la puerta.

SEGUNDA PARTE

EL TREN

10

La Estación Norte de Madrid se erige al pie del monte del Príncipe Pío. Su fachada principal, escoltada por dos torreones, da a la Cuesta de San Vicente. Desde mediados del siglo pasado, esta estación conecta Madrid con el norte peninsular. Una decena de ferrocarriles transportan a diario a miles de viajeros y mercancías por los caminos de hierro de España.

Uno de esos pasajeros anónimos camina por la ribera del Manzanares en dirección a la Estación Norte, bajo la penumbra de la tarde que, en ausencia del sol, ya es noche en realidad. Ha llovido durante casi todo el día y las calles están aún mojadas. Con porte elegante y distinguido, nadie osaría negarle el saludo a este muchacho de pelo hacia atrás, cara rasurada y traje. Nadie de entre las personas que se cruzan y se dan las buenas tardes con este muchacho diría que, durante años, ha dormido en una de las ruinas de guerra del parque del Oeste. El juego de las apariencias.

Daniel Baldomero detiene a un hombre que camina en dirección contraria.

—Buenas tardes, señor, ¿podría decirme qué hora es?

Este levanta la manga del abrigo y mira la esfera de su reloj.

—Las ocho y cinco.

—Gracias.

Aprieta el paso mientras contempla, al fondo, una de las torres de la fachada principal de la Estación Norte, flanqueada por el río Manzanares, que, a esta altura, es atravesado por el puente de los Franceses. Ha perdido demasiado tiempo en despedidas. Primero con doña Paquita, que lo colmó de sonoros besos y de precauciones y deseos de felicidad. «Ay, muchacho, yo que te he visto crecer aquí. Yo que te di un techo. Y te me vas ahora...» Luego, en la taberna, ese lugar donde ha pasado los mejores momentos en esta ciudad que ahora abandona. «Ten mucho cuidado, canijo. Y sé feliz allí donde vas.» De Rafael el Cojo se despidió no una, sino dos veces, otra cuando, a punto de salir por la puerta por última vez, Daniel Baldomero se giró y se abrazaron de nuevo. Porque una única despedida no es suficiente para dos personas que se quieren y se aprecian.

Una cigarrera se le acerca.

—¿Tabaco rubio, señor?

Nunca antes le habían llamado señor, y tampoco una cigarrera le habría ofrecido tabaco rubio, si acaso picadura de tabaco. Daniel Baldomero la rechaza, porque aunque su aspecto diga lo contrario, apenas tiene varias monedas en el bolsillo. Y ello a pesar de que Rafael el Cojo le insistió hasta la extenuación para que tomase algo de su dinero. Levanta la vista hacia el reloj de la fachada, ubicado bajo esa enorme bóveda semicircular y sobre un friso en el que descansa el epígrafe ESTACIÓN DEL NORTE. El reloj marca las ocho y diez de la tarde, por lo que el tren debe de estar a punto de estacionarse en la vía para que los pasajeros embarquen. Daniel Baldomero se dirige a la escalinata de acceso y sube con rapidez. Dentro de veinte minutos, un tren lo alejará de Madrid.

—Una moneda, señor, una moneda.

Un mendigo le obstaculiza el paso a la entrada de la estación. Daniel Baldomero intenta esquivarlo, pero el hombre le insiste. Camina a duras penas apoyado en una muleta, le faltan casi todos los dientes y la mano derecha. Va envuelto en un gran abrigo en el que cabrían dos como él y por el zapato izquierdo le asoman tres de los cinco dedos del pie. La última vez que Daniel Baldomero recurrió a la mendicidad fue durante este otoño, cuando una carestía importante de productos básicos tumbó el mercado del estraperlo durante semanas.

—No, no tengo. Lo siento.

—Esto me lo hizo la guerra. Yo antes era ebanista. Una bomba se llevó mi mano derecha y no puedo trabajar.

Finalmente, Daniel rebusca en un bolsillo y hace tintinar todas las monedas que lleva consigo para el viaje. Palpa, también, la llave de la menorá que sacó del escondite de la falsa baldosa de la casamata. Durante un par de segundos recuerda todo lo malo.

—Venga, señor, podría haberle pasado a usted —insiste el hombre.

Finalmente, saca una moneda de cinco céntimos de peseta y se la ofrece.

—Aquí tiene. No puedo darle más, lo siento.

El muchacho cruza el umbral de la puerta de la estación cuando el reloj marca las ocho y cuarto de la tarde. Una cola de decenas de personas abarrota las taquillas y colapsa todo el vestíbulo del edificio.

—Disculpe.

Daniel Baldomero se dirige a un operario de la estación que intenta controlar el tumulto de personas en torno a las taquillas. Con el griterío de la gente, el hombre apenas le oye, por lo que alza la voz.

—¡El tren que va a León y Galicia! ¿Dónde se coge?

El operario le indica que suba por unas escaleras y siga las señales para dirigirse al andén número dos. Se hace hueco entre el gentío y camina hasta la escalinata. En esta estación todo el mundo parece llegar tarde a su destino, miran su reloj de muñeca o de cadena y empuñan con decisión sus maletas. Durante los tres años que ha vivido en Madrid, su día a día ha sido siempre sin prisa.

Hay muchos militares, con sus uniformes y su altiva presencia. Y familias, parejas y algunas personas solitarias que, como Daniel, esperan en silencio a que el tren arribe. De pronto, alguien le toca por detrás.

—Disculpe, señor. ¿Podría ayudarme? Necesitaría un favor.

Daniel Baldomero se gira. Delante de él, un joven.

—Sí, dígame.

Sombrero Fedora, abrigo Chesterfield cruzado y zapatos de piel. Olor a perfume caro.

—Necesito que le dé un mensaje a una muchacha. —Señala hacia el fondo del andén—. Allí, junto a las escaleras del metro, ¿la ve? Está con su familia.

Afina la mirada y la ve. Allí, a esa joven, junto a un par de mujeres y un hombre que carga unas maletas. Asiente.

—Pues necesito que vaya allí y le dé este escrito.

Saca un papel doblado por la mitad de un bolsillo del abrigo.

—Pero tiene que ser sigiloso, ninguno de sus familiares debe verlo.

—¿Y por qué no lo hace usted?

—Yo no puedo, lo haría si pudiera, se lo garantizo.

Daniel Baldomero recela.

—¿Y por qué iba yo a ayudarle?

El joven vuelve a introducir la mano en el bolsillo y saca un billete de una peseta.

—Tiene que hacerme este favor. Soy un hombre enamorado.

Parece desesperado. No vacila.

—Puedo pagarle si quiere.

El andén está cada vez más abarrotado y el tren no tardará en llegar. Un reloj marca las ocho y veinte minutos de la tarde. Contempla sus manijas haciendo correr los segundos. Vuelve a mirar a aquella muchacha y a su familia. Junto a ellos, un grupo de pasajeros sube a toda prisa por las escaleras del metro y frena al llegar al andén, entre jadeos y resoplidos. Entonces devuelve la mirada al desconocido, que aún enarbola el billete con el que piensa pagar sus servicios como mensajero.

—Está bien.

—Gracias, muchas gracias. Y por favor, hágalo con disimulo.

Se despiden.

—Ah, por cierto, la chica se llama Julita. Y dígale que va de parte de Jorge.

11

La pesadilla se repite, como en un bucle. Jorge la embiste. De pronto tiene la cara de un perro rabioso. De nuevo vuelve a tener la suya. Jadea y la fuerza, y ella no puede moverse. Grita pero no se oye. Y así un tiempo indefinido en un lugar indeterminado. Él encima y ella, paralizada, sin capacidad de reacción. Y luego otra vez. La embestida y los jadeos. Y ese perro rabioso.

Cuando despierta, está sudando. Se levanta de la cama, con el corazón todavía palpitante, y mira por la ventana hacia una desierta calle Serrano. Siempre le gustó verla así, de noche, por el contraste con el bullicio del día. Vuelve a la cama e intenta dormirse, pero ya apenas puede, por el miedo a otra pesadilla. Unas horas más tarde, Trinidad llama a la puerta de la habitación.

—Arriba, Julita, tenemos que ir a misa.

Pero ella ya está despierta. Desde hace horas. En el comedor la esperan café y tostadas. Mientras desayunan, la muchacha se afana en mostrar su entusiasmo por el viaje de esta tarde. No hay ninguna mención a Jorge. Trinidad debe de haber puesto a la abuela sobre aviso.

—Qué ganas de estar en Galicia. ¡Tengo tan buenos recuerdos! Ese verde intenso de los árboles, ese aire tan puro... ¡Y cómo corre el agua fresca por los manantiales!

Trinidad y Martina comparten algunos otros recuerdos gallegos con Julita. Los de su madre son de bailes populares en la Feria de Santos, la más importante de Monterroso, y los de la abuela son de labranza, baños en el río y viejas historias de meigas.

Cuando terminan de desayunar, las tres mujeres se dirigen a sus respectivas habitaciones. Treinta minutos después se encuentran en el recibidor de la casa, listas para la misa de San Jerónimo el Real. Don Antonio, el párroco de la iglesia, a petición de la abuela Martina, durante la ceremonia pide la protección de Dios por esas dos feligresas que esta tarde viajarán en tren a Galicia. Luego, a petición de otra mujer, el párroco reza también por «los valientes de la División Azul que vuelven de Rusia, por que regresen a España sanos y salvos, porque su gesta contra el comunismo nunca sea olvidada».

Don Antonio, cura menudo y enjuto, bautizó e impartió la comunión a Julita, y mantiene con la abuela Martina una muy buena relación, de cura y confesor. No hay decisión que Martina tome sin el consejo del párroco.

—Tened buen viaje —les desea el cura al terminar la misa—. Y no te preocupes, Martina, que Dios las protegerá.

La abuela se martiriza por no poder acompañarlas. Pero, por su edad, no podría aguantar ese pesado viaje de casi veinte horas. Lo aceptó no sin antes combatir contra Trinidad. «Pero, madre, por Dios, si el viaje es muy pesado. Y usted está ya muy torpe, con esos temblores.» Y así.

Vuelven a casa. Mientras la abuela se sienta en el sofá y enciende la radio, Trinidad y Julita suben a terminar de hacer la maleta. La tarde les llega con Julita aún indecisa sobre algunas prendas de ropa que no sabe si llevarse. Para el café de las cinco, su madre la arenga a que la cierre de una vez «esté como esté». Manuel Alejandro entra en la casa pasadas las siete y media, ya entrada la noche.

—Chicas, el taxi está a punto de llegar —anuncia.

Cuando vislumbra a Julita por el pasillo cargando con su pesada maleta, su tío corre a sostenérsela.

—A ver cómo vas a cargar tú sola con esto durante el viaje, guapita —dice, con una media sonrisa.

Trinidad irrumpe en la entrada con una maleta mucho más ligera, tanto que no le cuesta ningún esfuerzo llevarla. La abuela, la última en aparecer, termina de abrigarse con un chal de lana por encima de los hombros.

—¿Podemos irnos? —pregunta Manuel Alejandro.

Asienten. Él abre la puerta y, con un gesto de cortesía, deja salir primero a las mujeres. Carga con la maleta de su sobrina cuando oyen el claxon del taxista.

El trayecto dura apenas unos minutos. La escasez de gasolina es tal que las calles suelen ser durante todo el día vías desiertas por donde transitan, más que nada, caballos, burros o carros de chatarreros. Durante el trayecto hablan sobre el viaje. Martina recita su retahíla de precauciones «Tened cuidado con esto, no os fieis de lo otro», a lo que madre e hija asienten sin contradecir a la abuela. Hasta que el taxista estaciona frente a la fachada principal de la Estación Norte. Manuel Alejandro rebusca en su cartera para pagar el servicio. Saca unas monedas y se adelanta a Trinidad, que intentaba impedírselo. Julita, mientras tanto, contempla el reloj que preside el imponente edificio de la estación y que marca las ocho de la tarde.

—Llegamos con tiempo de sobra —dice.

La familia cruza la puerta de la estación y se interna en el abarrotado edificio. Bajo el techo de madera, que rematan impresionantes lámparas de estilo *art déco*, medio centenar de personas hace cola en las taquillas mientras otros tantos salen y entran de la estación. Un mozo de equipajes aborda a Manuel Alejandro y le pregunta si necesitan ayuda con las maletas.

—No se preocupe, yo las ayudo. Gracias.

Suben la escalinata de mármol y atraviesan el largo pasillo que da acceso al andén número dos. Una anciana, de la mano de una niña pequeña, camina junto a la familia y, en el cruce de miradas, les da las buenas tardes. La mirada de Julita y de la niña se entrelazan, y, repentinamente, la muchacha se ve como ella, de la mano del abuelo Tristán, camino de aquel tren del que guarda tan grato recuerdo. La niña lleva su pelo oscuro recogido en dos graciosas coletas. Tras la anciana y la pequeña, dos hombres trajeados se hacen hueco por el pasillo y las adelantan. Como equipaje llevan, cada uno, un maletín de piel que se mece en sus manos al ritmo del acelerado paso con el que avanzan por el pasillo. Con este trasiego de gente, la familia llega al atestado andén y se posiciona junto a la entrada del metro, donde centenares de personas se agolpan esperando la llegada del tren. Sobresale la voz de una cigarrera que a lo lejos vende cigarrillos y cerillas. Su voz se cruza con la de un ciego que avanza a duras penas entre el gentío, dando bastonazos en los pies de los viajeros o en el suelo y vendiendo cupones de la ONCE.

Por la escalera sube una pareja joven a toda prisa. Él lleva una gran maleta de viaje con ruedas mientras ella acarrea un ligero bolso de mano. Solo han avanzado un par de escalones cuando él frena y ella le pregunta lo que ocurre. «Los billetes —dice él, pálido—, he olvidado los billetes.» Julita los contempla, curiosa. La mujer pone el grito en el cielo a un volumen que hace que, de repente, todas las personas de alrededor les miren. «¡Cómo has podido olvidar los billetes! ¡No nos da tiempo a volver y ya no podemos comprarlos de nuevo!» Él le oculta la mirada como el perro que agacha las orejas. «Lo siento, cariño, lo siento, cogeremos el de mañana.» Vuelven a desaparecer por donde aparecieron. Luego, unos gritos de niños se entreoyen por la entrada del metro. Tras ello, tres pequeños suben las escaleras a toda prisa compitiendo por llegar primero a la meta. Uno de ellos, más alto y espigado, subiendo los escalones de dos en dos, ha ganado. «¡Cuidado, niños!», se oye. Un matrimonio aparece en la escalera y sube cargado con varias maletas. A medida que el reloj avanza hacia las ocho y veinte, más personas y más familias entran y se posicionan en el andén. Como una espía registrando gestos, sonrisas y miradas, Julita observa a todas aquellas personas con las que compartirá travesía.

—El tren tiene que estar al llegar al andén. —Manuel Alejandro la coge de la mano y la besa en la frente—. Por cierto, ¿sabéis por qué se lo conoce como el correo-expreso?

—Pues porque —responde Trinidad—, además del transporte de pasajeros, también da servicio de correspondencia.

—Es decir —interrumpe Julita—, que vamos a viajar con las cartas que todo Madrid envía al noroeste de España.

Su tío asiente. Y ella ríe.

—¿Nerviosa? —le pregunta su madre.

—Un poco sí, madre —responde la joven.

—¡Pues yo también, hija! Hace tanto tiempo que no cojo este tren... ¡Qué buenos recuerdos me trae!

Manuel Alejandro asiente, risueño. Como su hermana y su sobrina, hace diez años que no viaja a Galicia. Su trabajo en la redacción le ha impedido sumarse a este improvisado plan evasivo, pues hasta hace justo unos días estuvo de vacaciones. Quizá por ello, mientras besa a su sobrina y pasa el brazo por encima del hombro de su hermana, observa a toda velocidad qué tipo de personas acompañarán a las dos mujeres de su vida en un trayecto de casi veinte horas de duración. Al menos viajarán en un agradable compartimento de primera clase, con todo tipo de comodidades y, por supuesto, con una mayor seguridad que en los vagones de tercera, en los que la gente se agolpa sentada en unos incómodos asientos de madera.

Un grupo de cuatro jóvenes sube por las escaleras del metro a toda prisa, entre jadeos y resoplidos. Julita los contempla con su particular ojo espectador. Son dos muchachos y dos chicas que deben de tener su misma edad, no más de veinticuatro años, con gabardinas y sombreros y abrigos de visón.

Los chicos, caballerosos, llevan el equipaje de las chicas. Le recuerdan a sus amigas, a Maripili y a Cuqui. Jorge, si estuviese aquí, quizá sabría quiénes son, porque no hay joven esnob al que su novio no conozca y del que no sepa a qué familia pertenece o qué trapos sucios tiene.

De repente, un hombre alto, trajeado, aborda a Julita y se ubica frente a ella, con tal sigilo y rapidez que no solo la joven sino toda su familia se ha sorprendido.

—Disculpe, señorita, ¿aquí se toma el tren para León?

Se miran. Aunque parezca un señor, en sus ojos ve que es un muchacho de su edad. Julita se permite echarle una rápida ojeada. Tiene el rostro anguloso y delgado, el pelo moreno, alto y espigado.

—Sí, aquí es, en el andén dos.

—Gracias... —El desconocido vacila, parece querer algo pero no concreta su acción—. ¿Falta mucho para que llegue?

El tío de Julita mira al reloj del fondo.

—Ya tendría que estar aquí, pero ya se sabe, no hay tren que no salga con algo de retraso. Deben de estar terminando de acoplar el convoy en la zona de maniobras.

Hacen silencio. Y el desconocido aprovecha un despiste momentáneo de Manuel Alejandro para acercarse aún más a Julita. El gentío que se agolpa en un andén cada vez más repleto le sirve como aliado perfecto; se echa la mano al bolsillo y, sin que nadie más que Julita lo vea, le mete un papel en el bolsillo del abrigo.

—De parte de Jorge —le dice al oído.

Y al instante desaparece entre la multitud. Julita lo contempla irse, paralizada. Su tío se acerca y le pregunta si ha ocurrido algo, pero ella no contesta. En su bolsillo hay un mensaje de Jorge. Mira en derredor buscándolo, pero no lo encuentra entre la multitud. Le sobreviene la angustiosa situación de sentirse observada, Jorge debe de estar ahí, aprovechando la masa de viajeros para ver cómo ella reacciona. Podría decirle a su tío que Jorge está en algún lugar de este andén. Podría sacar el papel del bolsillo y hacerlo mil pedazos. Podría hacer todo eso, pero no lo hace. Siente decenas de sentimientos en uno solo, la mayoría contradictorios: quiere que el tren llegue de una vez y huir, porque la falta de espacio la agobia, porque el sentirse observada la aterra. Pero siente a la vez curiosidad, el deseo de saber qué dice el papel.

De repente, se oye un rugido de fuego y carbón, y la multitud se silencia. Luego un silbato, al que le sigue una luz que se ilumina desde el negro horizonte de las vías, y que se aproxima hacia el andén. Ahí viene la locomotora. El convoy correo-expreso 421, con destino a La Coruña, va detrás.

12

El suspiro hondo de las máquinas, el chirrido del hierro contra el hierro y el rugido del carbón y del fuego acompañan a este gigante que colma todo el andén de una punta a otra de la estación. Son las ocho y veintitrés minutos y los relojes de la estación avisan de la proximidad de la hora de salida metiendo prisa a los rezagados con cada movimiento de la manilla. De esto mismo avisa el silbato de la locomotora. Los viajeros se agolpan junto a la estrecha línea que separa el andén de la vía, y por la que más de uno podría precipitarse. No pocas han sido las desgracias ocurridas por la impaciencia de la gente, máxime cuando todos saben que podrían viajar de pie si no se andan avispados cuando las puertas de los vagones se abran. Quienes viajan en primera clase no sufren este problema. En esta categoría, un operario acomoda a los viajeros, los acompaña a sus asientos y les desea buen viaje. En las demás, la gente se empuja y se amontona con el fin de viajar sentados en los incómodos asientos de madera sin tapizar sobre los que se sufre el traqueteo del tren y donde cada resalto, cada bache y cada piedra sobre el camino de hierro se hace notar en el cuerpo de aquellos a los que no les llegó para un billete de primera clase.

Centenares de abrazos, despedidas y lágrimas se suceden en cuestión de segundos. Uno de esos abrazos con besos es el de Julita con su tío Manuel Alejandro. Y el de la joven con su abuela Martina. Los cuatro prometieron no emocionarse, pero ninguno lo cumple. Manuel Alejandro, a pesar de lo que pudiera parecer, es el más sentimental, quizá por ello no se fue de su casa hasta bien entrada su adultez, pues nunca se vio viviendo sin su madre o su hermana, y no puede pasar un día sin que no vea a algún miembro de su familia. Solo Trinidad guarda la compostura. Se despide sobria, como si este viaje no fuese más que un trámite, y no alarga los abrazos y los besos más de lo preciso. Manuel Alejandro vuelve a Julita cuando esta ya se ha despedido de la abuela. Le acaricia su pelo rubio y la rodea con sus brazos. Otra vez.

—Ya sabes, sobrina —le dice casi al oído, en confidencia—, disfruta, diviértete y vuelve siendo quien eres en realidad.

La joven asiente. Da un último beso a su tío con las lágrimas asomando por sus ojos verdes. Solo en los brazos de su tío se siente protegida. Jorge estará viendo cómo se despiden. Y piensa en el papel que guarda en el bolsillo de su abrigo, donde ni siquiera es capaz de meter la mano para cogerlo y tirarlo.

—No te preocupes, tito. Cuando menos te lo esperes, estaremos de vuelta.

Julita y Trinidad sostienen su equipaje con fuerza para subir los escalones de acceso al primer vagón de primera clase. Manuel Alejandro agarra con fuerza la mano de su madre y espera a que el tren se marche. Una última sonrisa de Julita ilumina la estación por completo.

Daniel Baldomero lucha por hacerse un hueco entre los demás viajeros y entrar en el primer coche de tercera clase del convoy. Como no lleva equipaje y es flaco y espigado, le ha sido fácil colarse entre la multitud y acceder al interior del vagón. Detrás de él, hombres y mujeres cargados con maletas se agolpan y se insultan mientras otros piden calma y esperan con paciencia a que todos suban y busquen asiento. Como son fechas navideñas, el tren va abarrotado, hasta tal punto que Renfe suele vender más billetes de la cuenta, y decenas de pasajeros no tienen más remedio que asentarse en los pasillos o en las escalerillas de los vagones.

El primer coche de tercera clase, alumbrado con sobrias lámparas de gas, está formado por dos hileras de bancos de madera con un pasillo central. No dispone de aseo ni de calefacción. Daniel Baldomero toma asiento junto a una de las ventanillas, desde donde observa cómo los viajeros han comenzado a organizarse después del alboroto inicial para subir de forma ordenada. Poco a poco, el vagón empieza a llenarse de gente, cuyo equipaje comienza a agolparse en los pasillos y en los descansillos dispuestos para las maletas y bultos de los pasajeros.

—¿Puedo sentarme, muchacho?

Un hombre de mirada dura y cara arrugada toca el hombro de Daniel Baldomero. Lleva un abrigo bajo el que se entrevé el cuello de una camisa blanca, cuyo color contrasta con su curtida piel. Porta una pequeña maleta como único equipaje y un sombrero que recién acaba de quitarse al entrar en el vagón.

—Claro, está libre.

El hombre toma asiento al otro lado del banco. Levanta la mano y se la ofrece en un saludo a Daniel.

—Me llamo Benito, Benito Quintanilla; encantado.

Decenas de personas continúan entrando y tomando asiento, hasta que ya apenas quedan bancos libres. Una mujer se acerca a Daniel Baldomero y a Benito y pregunta si el asiento junto a ambos está ocupado. Uno y otro, con un gesto, le dan permiso para sentarse. Daniel Baldomero le corresponde el saludo a Benito, que aún tiene la mano levantada. Y le da un nombre falso.

—Antonio Rodríguez, un placer.

Julita y Trinidad avanzan por el angosto pasillo del coche de primera. Estos vagones se estructuran en compartimentos cerrados, de seis plazas cada uno, a los que se accede por un pasillo lateral que tiene los aseos en sus extremos. Se iluminan con lámparas de gas y se decoran con cortinajes de color verde y figuras geométricas que preceden a la hilera de ventanillas por las que se vislumbra el andén número uno de la estación, cuyo vacío contrasta con el gentío del andén dos. Nadie se empuja aquí dentro aunque el espacio no sea muy grande en el pasillo. En primera clase reina una armonía caballeresca donde los viajeros dejan paso a las mujeres. Dentro del compartimento, un hombre y una mujer colocan sus maletas en los estantes destinados al equipaje. La mujer es la primera en girarse. Parece algo mayor que Trinidad, y lleva abrigo oscuro y el pelo recogido en un moño. El hombre, alto y corpulento, va trajeado de forma elegante. Aún lleva el sombrero en la cabeza, y se lo quita para saludar a Trinidad y Julita.

—Federico Macías, encantado. Ella es mi mujer, Francisca.

—Soy Trinidad. Y ella es mi hija, Julia.

Federico insiste en colocarles el equipaje en los estantes. Trinidad toma asiento en este amplio y confortable banco tapizado mientras comparte las primeras incómodas sonrisas con Francisca. Les esperan más de veinte horas de silencios, miradas y conversaciones triviales. Tal vez acaben hablando de la familia, de posibles amigos comunes, de cómo se ganan la vida. Y si la conversación se vuelve más íntima, también hablarán de la guerra, de cómo les afectó, de si sufrieron mucho o si la guerra les pasó de largo como a muchas familias de la capital.

«¡Pasajeros al tren!», se oye. Julita busca a Manuel Alejandro y a Martina a través de la ventanilla del compartimento. Están quietos ante la riada de gente que camina. Cuando las miradas se encuentran, los tres sonríen.

—Mira, madre, ahí están.

Trinidad se asoma a la ventanilla y saluda a Martina y a Manuel Alejandro. Un hombre irrumpe en el compartimento y pregunta si quedan dos asientos libres. Federico asiente. Una mujer va detrás. Son una pareja de unos treinta años, no más de cuarenta. Él va vestido con gabán color gris y ella con abrigo de piel. Colocan su equipaje y toman asiento.

—Mi nombre es Gabriel. Y el de mi mujer, Eloísa.

—Pues ya estamos todos —apunta Federico, sonriente. Y da dos golpecitos a la pared de madera que tiene justo detrás, como imitando la forma en que el cochero arenga a sus caballos a que reanuden la marcha. Todos ríen cortésmente. Federico parece un hombre parlanchín, piensa Julita.

Vuelve a mirar por la ventanilla. Manuel Alejandro y Martina continúan parados en el andén. Gabriel y Eloísa se asoman y se despiden de otras personas. La mujer contiene las incipientes lágrimas con un pañuelo que usa en forma de dique. Él parece más contenido. Por un resquicio de la ventanilla, Julita continúa mirando hacia su tío y a la abuela, compartiendo sonrisas y despedidas. Mientras tanto, Trinidad charla con Federico. El silbato de la locomotora enmudece a los viajeros. «¡Pasajeros al tren, último aviso!», vuelve a oírse. De repente, un rugido hace temblar los asientos y las maderas del compartimento. Es el rugido del motor accionado por el carbón y el fuego, avivado por las paladas del fogonero. Un revisor entra en el compartimento para comprobar que las seis plazas del mismo están ocupadas y se despide con rapidez, deseándoles buen viaje a los presentes.

—Parece que ya vamos a salir. —Federico mira su reloj de pulsera—. Con diez minutos de retraso.

Trinidad y Francisca se santiguan casi al unísono. El temblor del compartimento se hace más incesante, hasta tal punto que ahora puede sentirse cada acción que el maquinista lleva a cabo en la locomotora. El tren comienza a moverse y, mientras inicia su arranque, Manuel Alejandro y Martina acompañan su avance despidiéndose, brazos en alto, por última vez. Pero tras solo un par de metros a Martina ya le es imposible igualar la velocidad a la que su hija y su nieta se alejan. El correo-expreso 421 alcanza potencia y enfila la salida de la estación. Un escalofrío recorre el cuerpo de Julita. «Adiós, Madrid, adiós», piensa, a punto de que la oscuridad de la noche cubra la visión que del exterior se tiene a través de las ventanillas y de que la única luz que ilumine los compartimentos sea la de las lámparas de gas. Antes de que la estación quede atrás, Julita contempla a lo lejos cómo Manuel Alejandro y la abuela no dejan de sacudir sus brazos.

En el primer coche de tercera clase nadie despide a Daniel Baldomero.

13

La batalla de Berlín.

Mil toneladas de bombas sobre la capital

Mil toneladas de bombas han sido lanzadas por la RAF sobre Berlín durante la última noche, dice el enviado especial de la Agencia Reuter cerca del contingente de asalto en la Gran Bretaña.

El tecleo de la Hispano Olivetti resuena en toda la redacción. Un tecleo con ese tac tac tac tan italiano que la diferencia de las rudas máquinas inglesas o alemanas que se oyen en otras mesas. Manuel Alejandro transcribe la noticia de la agencia EFE, que esta a su vez transcribió de la británica Agencia Reuter, quien sí tiene corresponsal de prensa en el frente y hace llegar a medio mundo la información sobre el devenir de la guerra mundial. Mil toneladas de bombas. O miles de muertos. O miles de ciudades destruidas. El periodismo es, en esencia, un ejercicio de frivolidad. A través del tecleo en una máquina de escribir, convierte hechos humanos en palabras escritas con tal trivialidad que las miles de almas perdidas son condensadas en tres golpes de teclado en la noticia que se transcribe desde la transcripción del corresponsal.

Más de catorce mil toneladas de bombas han sido lanzadas desde el 18 de noviembre, fecha en la que comenzó la batalla de Berlín. El último vuelo sobre la capital del Reich ha sido realizado por un importante grupo de aparatos Lancaster y un número menor de aviones Halifax y Mosquito.

Decenas de tecleos resuenan en esta oficina del *ABC* donde los redactores escriben sobre lo que pasa en España y en el mundo. Más que cualquier otra mañana, la del lunes vuela: los redactores deben condensar todas las noticias del fin de semana en el número que el martes se publica, porque el lunes no hay periódico. El martes suele ser, tras el domingo, el día que más noticias trae.

—¿Un café?

Una mujer se acerca a la mesa de Manuel Alejandro. Este levanta la vista de la Hispano Olivetti y sonríe mirando hacia ese precioso lunar sobre el labio superior que tan locos vuelve a todos los de la oficina, aunque nadie se atreve a decirlo.

—Un momento, que termino.

Los cazas que defendían Berlín eran más numerosos que los que la defendieron en anteriores incursiones, y los muchos combates librados encima de los objetivos duraron mayor tiempo que el habitual. La batalla de Berlín continúa.

Manuel Alejandro pone punto final a la noticia y revisa el texto con rapidez. Deja el papel sobre su mesa y, junto a la mujer, sale al pasillo central, en el que se disponen, a un lado y al otro, todas las mesas de redacción. Atraviesan la oficina no exentos de miradas ajenas y bajan las escaleras para salir al paseo de la Castellana. La mujer, Marta Merino, es la encargada de la sección de moda y sociedad del periódico, y de entre todos los de mejor posición que podría haber seleccionado para serle infiel a su marido, ha elegido a Manuel Alejandro. No comparten solo café sino también algún revolcón lujurioso que nunca termina en desayuno. El camarero les sirve los dos cafés de cada mañana.

—¿Qué ocurre, Manu? Te veo pensativo.

Solo ella lo llama así, Manu. Los demás en la oficina lo llaman por su nombre completo, un nombre formado por el de los dos abuelos de Martina, su abuelo paterno, Manuel Picavía, y su abuelo materno, el marqués Alejandro de Castro.

Manuel Alejandro remueve la cucharilla del café mucho más de lo necesario. Abstraído, tiene la mirada perdida en el fondo de la taza. Marta le sonríe y vuelve a preguntarle si le ocurre algo.

—Mi hermana y mi sobrina. Están ahora de viaje en tren para Galicia. Salieron ayer a las ocho y media de la tarde —mira su reloj, que marca las diez y media de la mañana—, deben de llevar ya catorce horas de viaje.

—¿Y estás preocupado por ellas?

—Sí.

—¿Qué va a ocurrirles en el tren? —La mujer busca la mirada de Manuel Alejandro para ofrecerle otra sonrisa, pero no la encuentra—. Además, alguien las recogerá a la llegada, supongo.

—Sí, mis primos, en la estación de Lugo.

—Entonces, Manu, no tienes nada de qué preocuparte.

Manuel Alejandro sorbe su café, saboreándolo. Rodríguez, redactor de deportes, irrumpe entre ambos con su típico saludo efusivo. Pregunta a Manuel Alejandro por sus vacaciones navideñas. Luego se dirige a otra mesa junto al becario de la redacción, Pepe, quien le escribe todas las noticias a su jefe para que este luego las firme como propias.

—No tendría que haberlas dejado ir solas.

—¡Menos mal que no has tenido hijos! —Ahora sí se encuentran las miradas. Una bonita sonrisa de Marta se planta en los ojos de Manuel Alejandro—. Te preocupas en exceso. Estate tranquilo.

—Quizá sea eso. Soy demasiado protector.

Al fondo de la cafetería se oye a Rodríguez vociferar sobre Belmonte y el duelo que con Manolete mantendrá en las plazas de toros de España.

—¿A qué hora llegarán?

—Sobre las tres de la tarde. Eso si el tren no va con retraso, claro.

Manuel Alejandro pide la cuenta al camarero. De camino a la redacción, el periodista no puede dejar de pensar en la cara de Julita despidiéndose a través del cristal del vagón de tren, el cariñoso abrazo que antes de ello se dieron, sus palabras, su sobrio gesto de tranquilidad y placidez, sabiendo que está haciendo lo mejor para ella misma. Tiene a Julita y a Trinidad en la cabeza mientras se interna por el pasillo de la oficina y se sienta frente a su mesa de redacción. Y mientras se despide de Marta con un beso demasiado cerca de la boca y vuelve a afrontar su Hispano Olivetti para seguir escribiendo sobre la guerra mundial.

La gran batalla de Rusia.
Elevadas pérdidas por ambas partes

El punto neurálgico de la ofensiva de invierno soviética estuvo ayer en la región Oeste de Kiev. El enemigo realizó algunos ataques contra la cabeza de puente de Nikopol y al oeste de Saporose, pero solo tuvieron carácter local y fueron rechazados fácilmente.

Al cabo de unos minutos deja de teclear para rebuscar algo en los cajones de su escritorio. Levanta papeles y material de oficina y encuentra un cigarrillo al fondo. Lo coge con cuidado y se lo lleva a los labios. Él es de los pocos que no suelen fumar en la oficina. En realidad casi nunca fuma, por el asma, pero a veces lo hace cuando está muy estresado. Enciende el cigarrillo con una cerilla e inspira el humo del tabaco con lentitud, esperando a que inunde por completo sus pulmones. Luego espira. Repite el proceso hasta que siente que está haciendo efecto y que se está tranquilizando. Entonces, la becaria de Marta, Gabi, una muchacha recién salida de la facultad que le recuerda a Julita por el rubio de su pelo, irrumpe en su oficina.

—¿Manuel Alejandro?

—Sí, dime, Gabi.

—Marta me manda que te dé esto.

Le entrega un papel doblado por la mitad. Y, mientras esta se retira, el periodista lo desdobla sabiendo ya qué es lo que contiene: «Esta noche me pasaré por tu casa, cariño», escrito con una caligrafía estilosa y alargada en las letras finales. Debajo, a modo de firma, un beso impreso en carmín. El periodista ríe para sí mientras piensa en Marta botando sobre él, con el irresistible vaivén de sus pechos. Se termina el cigarrillo y continúa trabajando sin ningún otro pensamiento hasta la una y veinte de la tarde.

A esa hora, Manuel Alejandro se cita con el jefe de redacción del periódico para el rutinario encuentro de cada lunes. El de hoy tiene algo menos de rutinario que los demás, pues el periodista acaba de incorporarse después de su semana de vacaciones navideñas.

—¿Qué tal la vuelta a la redacción? —le pregunta nada más tomar asiento el redactor jefe, don José Luis, en quien Torcuato Luca de Tena padre confió los contenidos del *ABC* hace muchísimos años.

Don José Luis es el marido de Marta.

—Bien, con ganas. Como siempre.

Hablan sobre la cobertura de la guerra mundial, de los rusos y los nazis, y acerca de toros y fútbol. Y sobre cómo afrontará el *ABC* el nuevo año. Apenas hay otros temas en los periódicos. Se despiden con un efusivo apretón de manos.

A las dos de la tarde, el periodista ha quedado con un compañero de la redacción para almorzar. Comen en un bar cercano, donde los trabajadores del *ABC* suelen ir mucho.

—¿Te ocurre algo? Estás muy callado.

Fermín Ridruejo es redactor de la sección de cultura y comparte con Manuel Alejandro la afición por el alcohol y las mujeres, aunque este tiene más delito, pues no es soltero como él.

—No, no es nada.

Tras la comida, Manuel Alejandro se fuma el tercer cigarrillo del día. De camino a casa siente que el asma vuelve a dejarle sin respiración. Entra en su piso dando grandes bocanadas de aire y caminando casi sin fuerzas. Se tumba en la cama y espera echarse una siesta, pero no consigue quedarse dormido. Hasta que suena el teléfono.

—Manuel, soy yo, tu madre. ¿Sabes algo de Trinidad y Julita?

Mira su reloj, que marca las tres y media de la tarde.

—Madre, aún no deben de haber llegado.

—No sabes nada entonces, ¿no?

—Claro que no. Además, es posible que se retrase por las fechas navideñas. Te llamaré en cuanto sepa algo.

Se tumba otra vez en la cama, viendo caer los segundos. De repente, el teléfono vuelve a oírse con su ring potente y sonoro, y corre hacia la mesita en la que descansa el aparato. Espera oír nuevamente a su madre.

—¿Manu?

No es su madre, sino Marta, con una voz que nunca parecería ser la suya, y que ha reconocido solamente por cómo lo llama, «Manu». Manuel comienza a caminar por el pasillo de su piso, inquieto.

—¿Sí, Marta?

Silencio de dos, tres segundos. Hasta que vuelve a oírsela.

—Ha entrado una noticia en la redacción. Ven corriendo para acá.

Prefiere ir a pie, pues vive a pocos minutos andando. Atraviesa la calle Goya a toda velocidad, cruza Serrano y aborda la sede del *ABC* pasando por la casa en la que vivió toda su vida. Siempre ha tenido la sensación de que su vida entera ha transcurrido en el barrio de Salamanca, como si este fuese una ciudad independiente de Madrid, ajena a la guerra y a la pobreza. Entra en el edificio del *ABC* sin saludar a la recepcionista, que se queda con el «Buenas tardes, Manuel Alejandro» colgando de su lengua. Entra en la redacción, donde solo se oye el tac tac de las máquinas de un par de redactores que han dejado trabajo pendiente para la tarde, y levanta la vista. Al fondo del pasillo, Marta lo espera.

—¿Qué ha ocurrido? —pregunta, jadeante.

La mujer titubea durante algunos segundos, incapaz de acertar con las palabras adecuadas. Toma aire.

—Un accidente. El tren que iba para Galicia ha tenido un grave accidente a la altura de El Bierzo.

14

—Ya vuelve en sí.

Los ojos de Marta se encuentran a varios centímetros de los suyos. Le está insuflando aire a través de sus labios, esos labios carnosos pintados de carmín que tantas veces ha saboreado.

Marta se incorpora al comprobar que Manuel Alejandro abre los ojos.

—¿Estás bien? Te habías quedado sin respiración.

No le sale palabra, aunque lo intenta. Su garganta apenas si deja pasar el aire. Ahí están Marta, don José Luis y, algo más atrás, los redactores Pedro Navarro y Juan José Espinosa. Viene en sí poco a poco.

—Sí, estoy bien.

La secretaria del redactor jefe le trae un vaso de agua. Manuel Alejandro se incorpora lentamente y da un pequeño sorbo. Cuando cree haber recuperado el equilibrio, se pone en pie. La redacción está ahora en completo silencio. Da algunos pasos por el pasillo y comprueba que todo está en orden; sus piernas, su espalda, su cuello. Inspira con fuerza como si quisiera limpiarse por dentro. Solo tiene un ligero rasguño en la mejilla, bajo el ojo, rodeado de un aura violácea que se tornará en hematoma. Una vez se cerciora de que nada grave le ha ocurrido, más sereno y calmado, se dirige a don José Luis:

—¿Qué ha pasado? Cuéntame.

Y como la de un buen periodista, la voz de don José Luis apenas se estremece al relatar lo sucedido.

—Hará algo más de media hora, la agencia EFE llamó a la redacción. Su corresponsal en León, un tal Gabino González, había remitido a la agencia que en el municipio de Torre del Bierzo, dentro de un túnel, se había producido un choque de trenes entre el correo-expreso que salió ayer de Madrid y dos trenes más: una pequeña locomotora y un carbonero que venía en dirección contraria.

Tal es el silencio que casi se oye erizarse la piel de los presentes.

—Por el momento aún no hay ninguna cifra de fallecidos, aunque dicen que apenas dejan de sacar cuerpos calcinados del interior del túnel.

De pronto, el infierno. La imagen de Julita y de Trinidad ahí, indefensas, siendo pasto de las llamas. Las piernas le flaquean de nuevo y está a punto de desfallecer. Se maldice. Hasta que, al cabo de varios segundos, toma aire y reacciona.

—Tengo que ir para allá.

—Pero ¿qué dices, Manu? ¿Adónde vas a ir?

A Marta se le ha escapado ese «Manu», pero nadie parece haberse escandalizado ante tal confianza. Ni siquiera su marido, que se mantiene expectante junto a ella.

—¿Adónde han dicho? ¿En El Bierzo?

Don José Luis asiente. Agarra el brazo de Manuel Alejandro y le clava la mirada en sus ojos espantados.

—No seas loco. Tranquilízate y pensemos con calma.

Pero el periodista se zafa de su agarre.

—Calma es lo que menos necesito ahora. Cogeré el tren de hoy y llegaré mañana.

Localiza su abrigo, colgado en el respaldo de aquella silla, y va hacia él.

—La línea estará cortada —tercia alguien.

—No hasta León. —Se pone el abrigo con premura—. Llamad a EFE, que avisen a Gabino González para que me recoja en la estación. Llegaré mañana por la mañana si puedo coger el de hoy.

Un vaso de vino se bambolea sobre la barra. Rafael no puede sostenerlo y el vaso se precipita al suelo. Tras el estruendo, el cristal se esparce en mil pedazos. El mundo voltea su equilibrio cuando el tabernero levanta la vista; el suelo se lanza hacia el techo, y este, acompasado, le acompaña, yéndose hacia el suelo, aunque no puede alcanzarlo. Para el bebedor, la realidad es una alucinación que causa la falta de alcohol. Para Rafael el Cojo, el alcohol aminora su cojera porque todo se vuelve cojo, como si al mundo le faltase una pierna.

—¡Mira lo que has hecho, borracho!

Bernarda, que limpiaba la cocina, aborda a su marido brazos en jarra. Va hacia la escoba y comienza a recoger los cristales. El tabernero hace un vano intento de levantarse del taburete, pero está a punto de caer. Bernarda, frente a él, no deja de girar.

—Déjame. —Ahora sí puede ponerse en pie—. Voy al baño a echarme agua, que estoy un poco mareado.

—¿Un poco solo? —Bernarda, mordaz.

Camina apoyado en la barra, con su cojera rítmica, con la vista perdida en decenas de detalles al mismo tiempo. Es de madrugada y aquí en la taberna solo quedan los taberneros. Este matrimonio fracasado. Solo el sereno interrumpe el silencio con su paso despreocupado por el barrio que custodia. Y dentro de la taberna se oye el ruido de un bisonte que tropieza y cae al suelo.

—¡Lo sabía! —Bernarda deja la escoba y corre a socorrer a Rafael—. ¡Si es que no se te puede dejar beber!

El tabernero yace desplomado en el suelo. Ha tropezado con su pierna corta. Todo da vueltas a su alrededor, pero, al fijar la vista en los ojos de Bernarda, el mundo echa el freno y se para. Esos ojos, pequeños y escondidos bajo un bosque de largas pestañas y frondosas cejas, esos ojos de los que se enamoró nunca se fueron. Es Bernarda la que aparta la mirada. En este breve lapso, Rafael ha escarbado en su memoria y se ha ido al montón de recuerdos que guarda junto a ella. La vista se le emborrona.

—¿Por qué dejamos que esto ocurriera?

—¿De qué hablas?

Bernarda tira de Rafael intentando ponerle en pie, pero este no hace el mínimo esfuerzo.

—¡Vamos, levanta, borracho!

—¿Qué fue lo que nos pasó? ¿Qué hice mal?

El tabernero rompe a llorar como un niño. Su llanto, intermitente y deshojado, le sale de debajo de la garganta y le sube desgarrándolo todo hasta los ojos, de donde brota la lluvia de dos nubes cargadas. El llanto baja por las mejillas y se pierde en la maraña de su frondosa barba. Habla, aunque apenas es entendible.

—¡Todo fue culpa mía!

Bernarda intenta calmarle, pero no puede. Su marido, tumbado en el suelo, se hace un ovillo.

—Joder, no digas tonterías, Rafael. Ninguno tuvimos la culpa. No lo hicimos malamente. Son cosas que pasan, nada más. Mala suerte que tuvimos.

Vuelve a intentar levantarle. Tira de sus brazos, de su torso, pero es en balde. Hacía muchos años que Rafael no lloraba delante de ella. Hacía mucho tiempo que no compartían siquiera un sentimiento. Y por ello, ella le esconde los ojos mientras él se los busca.

—¡Yo dejé que ocurriera! ¡Yo dejé que todo se acabase!

Bernarda seca esas lágrimas barbudas con la yema de sus dedos. Deja que Rafael apoye la cabeza en su regazo.

—La herida ya está cerrada. Venga, ponte en pie.

Se quedan así un par de minutos, en silencio, hasta que el equilibrio vuelve a él. Tambaleante, Rafael se dirige hacia el baño para limpiarse la cara con abundante agua. Cuando sale, Bernarda ha vuelto a la cocina para terminar de limpiar, como si nada hubiese ocurrido. El tabernero tira las botellas a medio acabar y recoge las mesas. Aunque vuelven juntos a casa, no hablan palabra. En casa, cada uno se mete en su dormitorio nada más llegar.

En la fría soledad de su habitación, Rafael el Cojo se desviste para ponerse el pijama. Todavía sufre los efectos del alcohol. Sentado en su cama, repara en el cuaderno que Daniel Baldomero le entregó como agradecimiento. Lo coge y comprueba el tacto de las cubiertas de piel. Piensa en el muchacho, que debe de estar ya en El Bierzo. Al imaginarlo en los montes de su tierra, siente una agradable tranquilidad paternal. Va a la primera página, después de ojear algunos párrafos dispersos. «Aquí está quién soy realmente», le dijo mientras se lo entregaba, clavándole la mirada. En la otra habitación se oyen los muelles rechinar bajo el peso de Bernarda, que debe de haberse acostado para dormir. En la desangelada habitación que un día fue de su hijo, Rafael comienza a leer.

Empiezo a escribir porque no quiero olvidar. Anoche, en la duermevela, intenté recordar cómo era el aroma del heno y de la dama de noche en el valle de la Casa Ladina. Como no pude recordarlo, me fui al olor de mis perros y al sabor de la comida de madre. Como esos recuerdos parecían perdidos, intenté recordar cómo el viento mecía los robles del fondo, cómo batía las zarzas y los arbustos. Intenté recordar todo aquello pero apenas pude. No he dormido durante la noche, ahogado en un mar de recuerdos que aún no había olvidado. Si uno no tiene recuerdos, ¿qué es? La memoria de algunos peces dura tan solo un par de segundos. ¿Seré un pez? La luna, arriba, me acompañaba, hasta que el alba despuntó y bajé del monte, clandestino, sin que nadie lo supiese, pues me pararían, me pararían incluso a fuego. Bajé del monte y tuve suerte porque soy escurridizo. Ramiro, el pastor, me ha dado este cuaderno. El lápiz se lo he birlado a uno de mis compañeros que aún dormía. Hace casi dos años que dejé mi hogar. Escribo para no olvidar, porque la mente es esquiva, mala y pretenciosa, y el papel, por el contrario, es eterno.

15

Un renacuajo atraviesa corriendo el pasillo, esgrimiendo un muñeco de trapo al que simula hacer volar. Con su correr arrítmico, desacompasado, va rompiendo el silencio en el que se mantienen los viajeros. El niño frena cuando llega al principio del vagón. Luego mira hacia atrás, porque sabe que su madre no tardará en ir tras él. Y ahí viene ella.

—¡Joroba, que no se corre por el pasillo!

Y levanta a su hijo como a un guiñapo y lo lleva casi en volandas hacia su sitio. Al pasar junto al asiento de Daniel Baldomero, el niño y el muchacho se cruzan las miradas. Se sonríen.

—Cómo son los niños —se oye.

Una mujer, al otro lado del pasillo, le habla. Pero es Benito, el hombre sentado junto a Daniel, el que le responde.

—Este es un viaje muy pesado para un niño. Tantas horas muertas sin hacer nada.

—Yo, de joven, tuve que hacer este viaje varias veces con

mis hijos. Les llevaba juguetes, muñecos y muñecas, pero ni por esas.

—Ni que lo diga.

—Cuando un niño se aburre, no hay nada que hacer. ¡Y cómo se aburrían mis hijos!, madre de Dios.

La mujer tiene la voz rasgada, como si saliese de un resquicio de su garganta. Es morena de pelo, oronda, y debe de rondar los sesenta años. Al hablar de sus hijos se le atisba un brillo, en lo más hondo de los ojos, que expresa mucho más que lo que dice con palabras. Ese brillo de cuando el recuerdo te lleva a algo ya perdido, piensa Daniel Baldomero, atento a la conversación.

Almudena. Ahora sí lo recuerda el muchacho. La mujer se presentó como Almudena. Benito y ella continúan hablando algunos minutos más, aunque sobre nada relevante; las horas de tren, lo incómodo de los asientos, el racionamiento de las ciudades, el tiempo, etcétera. El niño del muñeco de trapo vuelve a levantarse de su asiento para echar a correr, pero su madre, rápida de nuevo, lo intercepta; lo coge del brazo y le estampa una cachetada en el trasero. El niño quiere llorar, pero una mirada infernal de su madre se lo impide. Daniel Baldomero fija sus ojos en esa mirada. Le ha asustado. Esos ojos, los de un padre autoritario. Los de su padre.

—¿Es la primera vez que viajas en tren, Antonio?

Daniel no contesta, como si no fuese con él.

—Te llamabas Antonio, ¿no? Lo oí antes.

Solo así reacciona.

—Sí, sí, es mi primera vez —contesta.

—Tú tranquilo. Las primeras horas pasarán muy lentas, pero te acostumbrarás. Lo peor es cuando amanece y ya no se puede dormir. Por la luz.

El tren salió de Madrid hace una hora. Una hora que parece mucho más, como avisando, ojo, que aún quedan otras veinte.

—Si es que se puede dormir en estos asientos... —tercia Benito—. Porque como tengo yo la espalda... *enguachisná perdía*, cualquiera duerme.

Luego el hombre comienza a rebuscar algo entre su equipaje. Unos segundos después saca una bolsa con varias piezas de fruta y se la ofrece a Daniel y a la mujer.

—¿Quieren? Tengo peras, uvas e higos. ¿Saben?, tengo un pequeño huerto a las afueras de Madrid. Tomen, no me hagan el feo. Los que prueban mis frutas dicen que no han comido nada igual.

Almudena retira un puñado de uvas del racimo. Daniel Baldomero mira en el interior de la bolsa y coge un higo.

Lo pela con cuidado y se lo lleva a la boca. Hacía muchos años que no comía un fruto tan dulce, tan jugoso, y solo con el primer bocado le ha sido suficiente para hacerle recordar los sabores dulces de su niñez, cómo sabían la miel, los merengues, las milhojas que de niño comía. Durante su estancia en Madrid apenas ha probado este sabor, pues todo ha sido amargo o salado; no había dulce en las sobras de pescado, en los pucheros sin casi garbanzos o en los cocidos sin chicha, en las manzanas o en las frutas que se llevaba a la boca.

—Muchas gracias, están riquísimas —agradecen al unísono.

—Las cultivo con mucho amor. Ese es el secreto, ¿saben? Les hablo, les canto, les digo cosas bonitas. «Buenos días, viñedos míos, ¿cómo estáis hoy?» Y así salen.

El hombre ríe inocentemente. O al menos con la ingenuidad de la gente de campo.

—Háganme caso. Nada de pesticidas ni porquerías de esas. Para cultivar tu huerto, o tus árboles frutales, el truco es sencillo: tienes que tratarlos como a personas, porque, al fin y al cabo, todos damos frutos.

El hombre da un bocado al higo que ha ido pelando mientras hablaba. Su aspecto, su dura y arrugada mirada al presentarse presagiaban que sería un hombre recio, curtido por los años y los vaivenes, en el que no podía existir la inaudita sensibilidad mostrada, como si los higos o las uvas o las peras fuesen sus propios hijos. Esa misma sensibilidad que el estricto Elián Azai, el Sefardí, mostraba con sus ovejas. Solo con sus ovejas.

Benito y Almudena, a un lado y al otro del pasillo central del vagón, continúan charlando. Solo Daniel, tras terminar de comer el fruto y depositar la piel en la bolsa de Benito, vuelve, sin mediar palabra, al silencio. Contempla a través de la ventanilla la oscuridad del horizonte. No sabe por qué, pero a medida que el tren avanza, lenta y armoniosamente, su padre va haciéndose en él más presente. Varios minutos después, decide levantarse y buscar un lavabo. Es una excusa en realidad para huir de ese silencio que le lleva irremediablemente al pasado.

—¿Saben dónde puedo ir a los lavabos? —pregunta.

—En este vagón no hay —contesta Almudena—. Tendrás que ir al vagón de ahí delante. Es un coche mixto de primera y segunda clase.

Asiente. Atraviesa el pasillo pasando junto a viajeros que hablan y otros que cenan, pues son cerca de las diez de la noche. Abre la portezuela y deja pasar el frío del exterior durante un par de segundos, colándose con un silbido. Sale a la pasarela que une ambos coches y cierra tras de sí. El convoy avanza a toda velocidad por un paisaje imperceptible debido a la espesa negrura. Abre con dificultad la portezuela del coche mixto y entra. Muchos pasajeros se giran y lo miran con sorpresa, como si fuese un extraño forastero venido del más inhóspito lugar del mundo. No le abandona esta misma sensación a medida que avanza por el pasillo del vagón dirigiéndose hacia los aseos, al fondo del mismo. Llama a la puerta con dos tímidos golpes y alguien, al otro lado, grita que está ocupado. El muchacho espera apoyado en la pared. Un cartel indica, junto a la puerta de los lavabos, que el vagón colindante es el coche-bar, que tiene varios compartimentos de viajeros de primera clase y, además, el restaurante del convoy. Muchos pasajeros, de hecho, parecen estar ahí, a tenor de los asientos libres que hay.

Le pica la curiosidad. Atraviesa también este vagón y entra en el del restaurante. Da una rápida ojeada, sintiéndose, creyéndose estorbar entre tanta gente bien vestida que fuma puritos y bebe en copas de coñac. En esta pequeña taberna sobre raíles, una veintena de personas conversan y comen envueltas en el ruido de las máquinas del tren, el calor de la cocina y el humo de sus cigarrillos. Tres preciosas lámparas de araña iluminan el vagón. Da media vuelta y ve la entrada a los aseos. Decide esperar ahí, pues no hay cola. Un par de segundos después, un hombre sale del baño de caballeros abrochándose el cinturón.

—Todo tuyo.

Daniel Baldomero entra y, sin prisas, orina. Al lavarse las manos y observar la cara del otro lado del espejo, comprueba que el Sefardí aún sigue ahí, en ese pelo oscuro y esa tez rasurada. Sale apresurado, como intentando que el fantasma de su padre se quede preso en el lavabo, y debido al ímpetu, al abrir la puerta, empuja a una muchacha que salía del aseo de señoras.

Hay luna creciente en lo alto y apenas ilumina. El horizonte es un manto negro en el que a veces se advierten fugas; ese pequeño pueblo con un par de luces que, como luciérnagas, dan cuenta de que ahí hay vida; ese caserón en medio del monte, iluminado por varios candiles; esa camioneta cuyos focos apenas alumbran el camino por el que transita; esas estrellas que soportan el manto de la noche en este cielo despejado. A Julita no le importa la oscuridad, pues no aparta la vista y disfruta del paisaje ausente de luz como si fuese mediodía y el sol estuviese en lo alto. Ella no está dentro de este compartimento, sino volando junto al tren, como un pájaro que aprovecha el rebufo para viajar a Galicia.

—Pues nosotras vamos a pasar unos días en el pueblo. Julita quería huir un poco de la ciudad, ¿a que sí, cariño?

Habla Trinidad. Da unos golpecitos en el hombro de su hija y la hace volver a este lado del mundo.

—Sí, claro, madre.

Conversa con Francisca, o Paca, como quiere que la llamen.

—Normal, hoy en día la juventud está que no para. Todo el día de aquí para allá. Aquí un café, allí un baile, mañana una verbena...

Paca mira a la muchacha y le sonríe. Julita le devuelve la sonrisa y le contesta:

—Últimamente no tengo mucho tiempo para ello, ¿sabe? Voy a la universidad.

Paca pone gesto de sorpresa. Y mientras se arranca a alabar lo bueno que es que una chica haya decidido estudiar, Trinidad mira a su hija y le dice, con los ojos, que evite hablar de ello. Aún se avergüenza. «Compréndelo, Julita —le dijo en una ocasión—, no todo el mundo lo entiende hoy en día. La universidad siempre ha sido cosa de chicos.»

—¿Y qué estudias, querida?

Trinidad es la que contesta.

—Letras. Mi hija quiere ser profesora.

—Pues me parece muy bien. —Le guiña un ojo a la muchacha—. ¡Ay, si yo hubiese podido estudiar!...

Luego viene un silencio con el que se permiten oír de nuevo el susurro de la marcha cadenciosa del tren. Julita vuelve a mirar por la ventana y se aísla de nuevo en la inmensidad de la noche castellana. Su madre, minutos después, la rescata.

—¿Te apetece comer algo en el restaurante?

La joven mira su reloj y comprueba que apenas ha pasado una hora desde que el tren saliese de la Estación Norte de Madrid. Accede asintiendo con la cabeza. Trinidad, poniéndose en pie, habla al resto de los viajeros del compartimento.

—Vamos al restaurante, ¿quiere alguien acompañarnos?

Pero ninguno acepta. Federico se disculpa diciendo que él

y su mujer piensan cenar cuando el tren llegue a la estación de Ávila. Y Gabriel y Eloísa contestan que ellos ya cenaron antes de la salida.

—Muy bien, ¡hasta luego!

Trinidad y Julita salen del compartimento para ir al coche-bar. Cruzan la pasarela que los une arrecidas de frío por la velocidad del convoy. Una vez dentro atraviesan el pasillo de compartimentos de viajeros y se asoman al restaurante, cuya temperatura contrasta con la del resto de los vagones por el calor de la cocina. Por ello, lo primero que hace Julita al entrar es quitarse el abrigo, a imitación de su madre.

Se acercan a la barra. Tras ella, situada en el otro extremo del coche, dos personas uniformadas sirven unas copas de vino a varios señores. A lo largo de todo el vagón se reparten unas banquetas altas en torno a unas mesas. Aunque la mayoría están ocupadas, Trinidad y Julita toman asiento en una que acaba de quedarse libre.

—¿Qué vas a querer, Julita?

—Algo ligero, madre.

Ahí viene un camarero. No hay mucha variedad en este restaurante sobre raíles.

—Tráiganos una botella de agua y dos pinchos de tortilla.

Apenas hablan durante la cena. Una vez han terminado, y mientras Trinidad rebusca en su monedero para pagar la cuenta, Julita le pregunta por el baño.

—Ahí, tras esa puerta.

—Está bien. Tardo un minuto, madre.

Se dirige hacia el final del vagón. Frente a los aseos aguarda una mujer. Julita tiene que esperar un par de minutos, más de lo que le ha dicho a su madre. Al entrar, se mira en el espejo mientras se baja la falda y se sienta en el váter. Luego se pone en pie y se coloca el abrigo sobre los hombros. Es entonces cuando recuerda lo que tiene en el bolsillo. Maldita sea, piensa, había logrado olvidarlo durante buena parte de lo que llevan de viaje. Mete la mano y coge el papel de Jorge. Tirarlo. Tirarlo es lo que debería hacer. Pero no lo hace. Al sostenerlo, un calor sofocante le sobreviene. Lo desdobla tras varios segundos de indecisión y se dispone a ojear el comienzo: «Julita, mi querida Julita, el amor de mi vida. Lo siento...», y con eso le basta para dejar de leer. Nueve palabras le han sido suficientes para hacerla recular. A toda prisa, vuelve a doblar el papel y sale del aseo con la sensación de que está huyendo de su novio. De pronto, al salir, siente un pequeño empujón. Se gira y contempla, frente a ella, al mensajero de la estación.

Es aquella muchacha de la Estación Norte de Madrid, la condición de esa peseta que le ofreció aquel extraño joven del sombrero Fedora. Y reconoce en ella, de repente, la misma mueca de pánico con la que él ha salido del baño, huyendo del Sefardí.

—Disculpa —dice.

Ella se agacha y recoge el papel que se le ha caído con el golpe. Él se disculpa de nuevo, esta vez con más palabras de por medio. Un hombre aparece por detrás de ella y pregunta si está ocupado el servicio de caballeros. El muchacho le da permiso para entrar.

—No es nada. —La joven se restablece, se coloca el abrigo y se toca el pelo, pues no sabe qué aspecto tiene.

No puede remediarlo. Una pregunta indecente sale de la boca de él, recorre sus labios y llega a ella como un proyectil.

—¿Quién era aquel chico?

Ella no sabe cómo responder. No sabe ni siquiera si responder o no, pues evidentemente no tiene por qué hacerlo. Frunce el ceño. ¿Qué hombre aborda a una chica con ese tipo de cuestiones?, se pregunta. Él se da cuenta de su error y pretende enmendarlo. Por primera vez en este breve encuentro intenta sonreír.

—Es decir, no me lo tomes a mal, lo preguntaba para saber si hice bien al ayudar a aquel tipo.

Y Julita contesta con un escueto:

—Ese era mi novio.

¿Era? ¿Es? ¿Cómo referirse a Jorge, en pasado o en presente?, se pregunta. Y un silencio hasta que, de pronto, una mujer aborda a la muchacha y le pregunta si está esperando para entrar en el aseo de señoras. Como se encuentran justo en la entrada de los servicios, él la insta, con un gesto, a que se aparten unos metros.

—Lo siento, pero no suelo hablar con desconocidos. Y me está esperando mi madre.

Cortantes y afiladas, así siente él las palabras de ella, que señala hacia el final del vagón, adonde la portezuela lleva a los coches de primera. Y ni siquiera se despide antes de darse media vuelta.

—Por cierto... —dice él, insistente.

Su melena rubia es lo primero en girarse.

—Dónde están mis modales. Me llamo Antonio. Antonio Rodríguez.

Y le ofrece la mano.

—Julit... Julia, me llamo Julia. Encantada.

Nota la mano de Antonio áspera, brusca como un limón.

Para Daniel Baldomero, el tacto de la mano de la joven es el de una mano que no ha trabajado nunca, que no se ha encallecido por el campo o por el monte, que no ha cogido jamás un fusil. La chica, Julia, no se gira. Y Daniel la contempla hasta que se pierde tras la portezuela. Su pelo rubio moviéndose, sacudido por el viento. Y esos ojos. Su aroma revolotea durante algunos segundos más, en los que Daniel apenas se mueve, inmóvil porque, de pronto, se ha ido al pasado. Un nombre, un fantasma más bien, se le ha aparecido; un nombre que olvidó hace muchos años. No es el de Julia, sino el de Marina.

Marina. Su primer amor.

16

El invierno es siempre duro en el monte. El cielo arisco lleva todos los días el aliento frío de las nieves. Apenas hay vida cuando estas han comenzado ya a dejar su impronta, su blanca huella sobre el prado y las techumbres, sobre las lumbres apagadas de los patios y de las calles. En invierno, la nieve es un manto que ocupa mucho más que un palmo. Cuando las ovejas ya no tienen verde para pastar, el Sefardí debe bajar hacia el sur a través de la Cañada Real de la Plata, atravesando a pie con sus centenares de cabezas de ganado las tierras de León, Zamora y Salamanca hasta llegar a Extremadura. Su destino es la sierra de San Pedro, el último confín de la provincia de Cáceres, lindando con Portugal, donde no llegan las nieves y donde se dan cita cada invierno centenares de pastores trashumantes. El Sefardí va siempre acompañado de algunos colegas bercianos y de un par de muchachos a los que paga para que le ayuden con el ganado. Y como cada invierno, la Casa Ladina pierde gran parte de su alma al no haber ovejas ni nadie que las comande. Solo se quedan las lanas que esquilaron antes de la partida y unos perros pastores demasiado mayores para soportar el largo camino hacia Extremadura, a los que el Sefardí sustituyó por un par de pastores alemanes jóvenes que les vendió un comerciante de la ciudad.

Pero este invierno, más cruel y más blanco que los anteriores, es diferente. Adif Manuel tiene dieciocho años y ya puede ocuparse de la seguridad de su familia y de los negocios de la lana en ausencia de su padre.

—Ya eres un hombre, Adif —es la voz del Sefardí—, ya sabes ir a Villafranca y a Ponferrada a vender mi lana. Ya sabes cuidar tus propiedades y ser un buen anfitrión en la casa. Este invierno, nadie velará por vosotros. Tu hermano te acompañará en los negocios y tú cuidarás de la familia.

Tras las palabras del padre, no solo Adif Manuel traga saliva. El joven Daniel, que contempla al Sefardí darle estas instrucciones a su hermano mayor, tiene ya trece años y hace seis meses celebró su Bar Mitzvah en una pequeña ceremonia familiar.

—En mi ausencia, acompañarás a tu hermano en los negocios de la familia —el Sefardí se dirige a Daniel con la misma seriedad con que le hablaba a Adif Manuel—, y harás todo cuanto él te diga.

Y ya no hay más despedida para ellos. Aunque las mujeres de la familia lo colman de besos y de abrazos, el Sefardí no muestra hacia sus hijos más afecto que estas parcas palabras.

Tras una última mirada hacia la Casa Ladina y a su familia, el pastor toma camino del sur, atravesando el manto blanco del valle y perdiéndose, con su lento paso, detrás de los robles del fondo, donde, después de una hora de marcha, ya solo queda el extenso reguero de las centenares de cabezas de ganado que acompañan al Sefardí, como una larga lágrima derramada por quienes lloran por la ausencia del patriarca.

—Daniel, deja ya ese libro. Necesito tu ayuda.

El chasquido del fuego en el hogar de leña es lo único que se oye, porque el invierno es también sinónimo de silencio. Adif Manuel irrumpe en el salón y le habla a su hermano, que lee bajo la luz de un candil. Alexandra remienda unas ropas junto a su hijo. Hace tres días que el Sefardí se marchó hacia el sur.

—Hazle caso a tu hermano y deja ese libro.

Daniel refunfuña, contrariado, hasta que cierra el libro y va detrás de Adif Manuel, que sale de la casa y se dirige hacia la cuadra. Afuera, Jacob y Baruch parecen soportar el frío de la nieve sin problemas. En la cuadra, un pequeño hogar de leña calienta a los puercos, las gallinas y las vacas.

—Ya sabes lo que papá te ha ordenado antes de irse. Que, en su ausencia, yo soy el cabeza de familia.

Van hacia el fondo de la cuadra, a aquella estancia para la lana repleta de enormes montones de mercancía debido a la esquila de los últimos meses.

—Aquí hay por lo menos dos o tres mil pesetas —le anuncia Adif Manuel, orgulloso de entender de precios y cantidades y montones de lana.

Debido a ello, este es el lugar más seguro en la Casa Ladina, protegido por muros reforzados y por una enorme puerta que separa esta estancia de la cuadra.

—Mañana tengo que llevarme todo esto para Villafranca. Vendrás conmigo.

Daniel asiente. Al alba, los hermanos cargan los paquetes de lana en el carruaje y dicen adiós a su madre, que los despide con el corazón enclavado en ese puño que cierra con fuerza por el miedo a ver irse a sus hijos más allá de los montes.

—Yo llevaré las riendas. Tú tienes que estar pendiente de que no se salga ningún paquete del carro —ordena Adif a su hermano.

Horas después, el camino los lleva a Villafranca. Esta población, otrora capital de la comarca, es ahora una villa cuyas calles empedradas recorren artesanos, pastores comerciantes y el rastro de la historia pasada. Atraviesan la calle mayor y se dirigen a la casa más opulenta del pueblo. En el jardín que antecede a la casa, un hombre esparce sal para derretir la nieve.

—Muy buenos días —Adif Manuel imita la voz de su padre—, venimos a ver a don Lucrecio Romero.

El hombre se incorpora y mira hacia el carromato tirado por dos potentes caballos. El sol temprano se cuela entre las callejuelas y los muros, pero todavía es tan débil que aún no puede contrarrestar el frío de la mañana.

—¿De parte de quién?

—Del hijo del Sefardí.

Al oír ese nombre, el hombre deja el saco de sal sobre la nieve y se presta a ayudar a bajar a los dos muchachos.

—No os había reconocido. ¿Qué tal vuestro padre? ¿Está ya en el camino?

Los chicos bajan del carromato y, disimuladamente, se desperezan.

—Así es, partió hace cuatro días.

El hombre le indica a Adif Manuel que le siga. Se internan por el rastro de nieve derretida y traspasan el portal de la casa. Daniel va detrás de ambos, pero su hermano lo frena a medio camino.

—Tú quédate aquí fuera guardando la mercancía —le ordena.

Daniel vuelve a cobijarse en el cúmulo de mantas con que se protegían del frío durante el viaje. Arriba, sobre el carromato, mira el final de la calle y contempla el pueblo que despierta, absorto en la vida urbana, hasta que un anciano pequeño y menudo se asoma a la puerta de entrada de la casa junto a la que espera. Detrás, como un gigante, va Adif Manuel.

—Así que este es tu hermano pequeño.

Adif Manuel manda a Daniel bajar del carromato. El hombre pequeño y menudo le tiende la mano.

—Soy Lucrecio Romero.

Daniel aprieta esta mano huesuda y mira a los ojos de don Lucrecio, que, sepultados bajo una boina, apenas se ven.

—Ya sabe, don Lucrecio —dice Adif Manuel—, que nuestra lana es la mejor de todo El Bierzo.

El hombre da una vuelta al carromato y comprueba el género. Va con sus manos hacia atrás, con su espalda curvada y con gesto impasible. Se sitúa de nuevo junto a los muchachos y les sonríe de forma casi paternal.

—¿Sabéis una cosa? Cuando vuestro padre llegó aquí nadie quería hacer negocios con él por ser forastero. Yo fui el primero que le ayudó.

—Y por ello mi padre lo tiene en gran estima, don Lucrecio.

Adif Manuel continúa imitando, casi de forma artificial, la forma de hablar del Sefardí. Tras esas palabras, Lucrecio se acerca al muchacho y le habla a un palmo de distancia. Su cabeza queda a la altura del pecho del chico, tal es la diferencia de estatura entre ambos.

—Si a tu padre le ocurriese algo, debes saber que nunca dejaré que vuestra familia pase hambre.

¿Qué podría ocurrirle a su padre? Daniel se estremece. El Sefardí es un hombre que inspira tal confianza que parece que ni el mismísimo Yavé podría lograr llevárselo para el cielo. Acabaría convenciéndolo, asegurándole que no está preparado para irse. O algo así.

Con un leve movimiento de cabeza, don Lucrecio le indica a uno de sus trabajadores que se ocupe del carromato. El asistente atraviesa el jardín nevado y sube al asiento, cogiendo las riendas de los caballos.

—Venid conmigo, muchachos.

El hombre sostiene del hombro a Daniel y da unas palmadas a Adif. Luego se internan por el rastro de nieve derretida mientras el carromato se pierde calle abajo.

—Querréis tomar algo calentito antes del camino de vuelta.

Invita a los muchachos a entrar en la casa, en la que, nada más entrar, huele a pan recién horneado, a café molido y a fuego de leña, y donde casi una decena de trabajadores sirven al hombre más rico de Villafranca. Está construida con enormes sillares de piedra y con fuertes vigas de madera que atraviesan todos los pasillos y las habitaciones.

—Entrad, muchachos.

Don Lucrecio los invita a que pasen al salón principal, donde las paredes apenas se ven, repletas de cuadros y estanterías, y donde en una hermosa chimenea el fuego mantiene su particular batalla contra el oxígeno. Don Lucrecio y los hijos del Sefardí toman asiento en dos confortables sofás. Una sirvienta va detrás.

—¿Qué quieren tomar?

—Tráigame un café, por favor. Y para mi hermano un chocolate caliente.

Adif cruza las piernas y se acomoda. Habla y se dirige a don Lucrecio, a quien tiene justo enfrente, como el Sefardí le enseñó. Serio, recto, decidido. Sin atisbo de vacilación. Daniel queda a su derecha. El anciano no le aparta una mirada hundida bajo esas frondosas cejas que arquea al hablar.

—No sabes lo que habría dado yo por tener un hijo fuerte como tú, Adif.

Daniel mira hacia los libros que salpican las estanterías, ejemplares viejos con encuadernaciones desgajadas, algunos deshojados, que parecen no haber sido leídos desde hace muchos años. Vuelve la mirada hacia don Lucrecio cuando oye esas últimas palabras, y observa unos ojos que esconden la desdicha tras la avaricia del hombre rico, la desgracia de quien lo tiene todo y no parece estar conforme. Como el viejo Scrooge, el tacaño y mezquino protagonista de *Cuento de Navidad*, de Charles Dickens. O así lo ve Daniel, riendo para dentro, imaginándolo visitado por el fantasma de las Navidades pasadas.

—He tenido tres hijas, y las mujeres solo sirven para parir hombres. Y yo no tuve ninguno, maldita mi suerte.

Ninguno de los chicos sabe qué contestar.

—Aquí tienen el café y el chocolate.

Es la voz de la sirvienta, que aparece justo en el instante preciso para romper la tensión del momento. Deja el café y el chocolate sobre la mesa auxiliar del salón.

—Qué suerte ha tenido el Sefardí con sus hijos. Y esas hermanas tan guapas que tenéis.

Y mira a ambos, aunque se concentra en Adif Manuel. Los hermanos, incomodados, hunden sus ojos en sus bebidas calientes. Y durante casi un par de minutos, que parecen una eternidad, habla el silencio. Hasta que, de repente, una voz angelical irrumpe en el salón.

—¡Buenos días, papá!

Un torbellino con dos coletas rubias atraviesa la estancia. Revolotea y le da dos besos. No se ruboriza ante la presencia de dos desconocidos, pues ya debe de estar acostumbrada.

—Marina, no seas maleducada y saluda a estos muchachos.

—Buenos días. —Les sonríe a ambos.

—Es mi hija pequeña. Tiene once...

—Doce, tengo doce años, padre —le interrumpe la chiquilla.

—Qué memoria la mía.

Don Lucrecio acaricia el pelo de su hija. Luego se dirige al hijo pequeño del Sefardí.

—Tú tienes su misma edad, ¿no, muchacho?

—Uno más —contesta Daniel.

La niña mira a este sonrojado joven, que apenas puede sostenerle la mirada. Le sonríe.

—Vienen del monte, a traernos lana.

—¿Del monte? —La chica resopla—. ¡Qué lejos!

Luego, tras despedirse de los muchachos, besa la arrugada cara de su padre y se pierde con la misma rapidez con la que ha venido. Daniel la contempla irse oyendo sus preciosos zapatos de charol, casi danzando. Se ha quedado prendado. Mudo. Esta es quizá la primera niña guapa que ha visto en su vida. Con trece años ya ha leído en los libros decenas de historias de amor, pero hasta este momento en que Marina abandona el salón no se ha dado cuenta de a qué corresponde este sentimiento por el que los hombres dan la vida en la literatura. De pronto cobra sentido aquello que leyó alguna vez en un libro: el amor es ese vacío que uno siente ahí dentro, tras las costillas y el esternón, un vacío desangelado y descorazonador que aparece cuando aquel a quien amas se va.

—Nos vamos. Nos espera un largo camino.

Adif Manuel se pone en pie y le ofrece la mano a don Lucrecio.

—Haré llamar para que traigan vuestro carruaje.

Decenas de rimas con el nombre de Marina revolotean en la mente de Daniel. La poesía ha nacido en él. Absorto en las musas, le estrecha la mano a don Lucrecio y ni siquiera le mira a los ojos. De repente le tiene miedo. Ha dejado de ser el mísero señor Scrooge del *Cuento de Navidad* para convertirse en el malvado señor Capuleto, el padre de Julieta. Porque él ahora es Romeo, y Marina y él están enamorados en la antigua Verona.

17

Como un animal de acero y carbón, el convoy continúa su marcha por los caminos de hierro que cruzan el país. El tren está a punto de hacer su primera parada. Ávila espera a los pasajeros enclavada en sus murallas a más de las once de la noche.

—¿Te apetece estirar las piernas, cariño?

Trinidad interrumpe la lectura de su hija ante la inminencia de la primera parada. La joven, a quien el sueño no le sobreviene, lee *La princesa Kali*, cuya lectura comenzó, cuando volvió al compartimento tras la cena en el vagón restaurante. Marca la página en que la deja y mete el libro en su bolso.

—Está bien.

La luz de la noche abulense comienza a vislumbrarse tras las ventanillas de los vagones. Son farolas dispersas que, como luciérnagas de gas, avisan a los pasajeros de que aquí hay vida humana. El tren disminuye lentamente su velocidad para frenar al llegar a la estación. Varias personas se suben, otras se bajan.

En el primer vagón de tercera, Daniel Baldomero contempla, a través de la ventanilla, el ir y venir de pasajeros. De pronto, Almudena les llama la atención a él y a Benito, que canturreaba, absorto, una canción.

—¿Alguno de ustedes querría acompañarme afuera? Es que estoy algo torpe y necesito andar un poco, para que no se me hinchen las piernas. Tuve una lesión de rodilla y el médico me dijo que debía andar cada hora. Y no quiero caerme, ¿saben?

A pie de andén, una cigarrera vende a varios viajeros un poco de picadura de tabaco. Daniel Baldomero se fija en ella y, pensando en darle uso a esa peseta que le dieron, decide acompañar a la mujer.

—Yo iré con usted, Almudena.

Esta se levanta y se pone el abrigo. A paso lento, atraviesan el vagón y bajan al andén. El frío de Ávila les da una bofetada imposible de esquivar. Daniel Baldomero aborda a la cigarrera —que parece, inalterable, acostumbrada a las bajas temperaturas— y le pide veinte céntimos de picadura, que apenas le dará para un par de cigarrillos. En la planta baja de este sobrio edificio de la estación, una pequeña cantina hace su agosto cada vez que un tren arriba. A pesar de la hora que es, varios pasajeros se acumulan en este local pidiendo bebidas o bocadillos para comer durante el viaje. Pero no solo la cigarrera o el tabernero viven del tren. Un hombre atraviesa el andén con una enorme cesta de pipas y garrapiñadas.

—¿Te apetecen unas pipas, Julita? —se oye al otro lado del andén.

Julita medita el ofrecimiento de su madre.

—No, madre, no me sentarían bien a esta hora.

—Pues cómo te encantaban cuando eras niña, caray...

Luego caminan sin rumbo por el andén. Pero como hace un frío imposible, deciden volver a meterse adentro, al cobijo de la calefacción del compartimento. Pasan junto a un grupo de militares envueltos en unas carcajadas varoniles que resuenan por encima de las voces de los demás pasajeros. Un niño pequeño, de la mano de un anciano, casi empuja a la joven en su correr hacia el vendedor ambulante. Es el anciano —quizá el abuelo— el que se disculpa en nombre del chiquillo, quien ya está pidiéndole al vendedor un paquete de garrapiñadas. Julita sonríe cortésmente a ambos y continúa junto a su madre. La coge de la mano mientras contempla la amplitud de la estación. Es la primera vez, desde aquel viaje de hace más de diez años, que la muchacha pisa esta ciudad. De hecho, no ha salido de Madrid desde entonces. Antes de ello sí habían viajado al levante y al sur —de lo que apenas guarda recuerdos, solo la playa, la inmensidad del mar y la fuerza del oleaje se mantienen en su mente—, pero cuando el abuelo Tristán murió y, sobre todo, cuando estalló la guerra, Madrid, y más concretamente el barrio de Salamanca, se convirtió en su particular jaula de oro.

—¿Y adónde te diriges, Antonio?

Almudena y Daniel Baldomero toman el camino de vuelta hacia el primer andén de tercera. La mujer anda con dificultad, como si su cuerpo pesase algo más de cuanto sus piernas pudiesen soportar. De joven debió de ser hermosa.

—Voy a El Bierzo. Mi familia está allí. Me fui a Madrid tras la guerra y ahora estoy de regreso, al fin.

Daniel ultima el cigarrillo que se lio hace un par de minutos. Da una gran bocanada y tira la boquilla hacia la grava de las vías.

—Qué bien —contesta Almudena—, para unos padres es siempre un motivo de felicidad el que los hijos regresen a casa. ¡Anda...!

Daniel tuerce el gesto en un acto involuntario.

—¿Vamos ya para el tren, cariño? —pregunta Trinidad a pocos metros.

Julita observa, a la cabeza del convoy, cómo uno de los revisores de Renfe dialoga con el maquinista del tren, quien habla a través de la angosta ventanilla de la locomotora. A pesar de cuan pequeña es, hay espacio para que el fogonero, con la cara llena de hollín, se asome al andén y bromee con el revisor, provocando la risa de este y del maquinista.

De pronto, alguien grita el nombre de Trinidad.

Solo habría faltado un metro, o una persona que se cruzase en el campo de visión en el preciso momento en que las mujeres dejaban el andén, para que Almudena no hubiese visto a Trinidad. Una vieja conocida con la que se reencuentra después de varios años.

—¡Trinidad! ¿Eres tú? ¡Madre del amor hermoso!

Las dos mujeres se reúnen en un punto intermedio, a la altura del coche-bar.

—¿Almudena?

Se funden en un abrazo.

—¿Cuánto hacía, diez, quince años? —pregunta la madre de Julita, sonriente.

—Creo que la última vez que nos vimos fue en el funeral de tu padre, que en paz descanse.

El gesto de ambas se enternece al recordar al abuelo Tristán.

—¿Cómo va tu rodilla? —cambia de tema Trinidad—. Me dijeron que te caíste, o algo así.

Almudena levanta la pierna derecha y gira la rodilla de un lado a otro.

—¡Muy bien! Hace un año no podía hacer esto, ¿sabes? Y ahora estoy casi recuperada. Ya ni siquiera llevo bastón.

Sonríen. Almudena mueve los ojos hacia Julita y se sorprende.

—No puedo creerme que esta muchacha sea la pequeña Julia.

—Así es. Mira cómo ha crecido.

Trinidad coge del brazo a su hija, ligeramente rezagada, y le presenta a Almudena. Se dan los dos besos de cortesía. Luego, la mujer le pellizca las mejillas.

—Almudena fue compañera mía del colegio. De jóvenes solíamos salir juntas.

La mujer no aparta la mirada de la joven. Parece admirar su juventud, cómo la naturaleza, sabia y omnipotente, ha podido convertir a aquella niña pequeña que conoció hace años en esta hermosa flor.

—¿Viajáis en este tren?

—Sí, vamos a Galicia, a ver a la familia. Hacía diez años que no subíamos, desde que mi padre vivía. ¿Y tú, también vas en este tren?

—Así es. Voy a León a ver a mi hijo, que ha enfermado. Vive allí con su mujer y sus hijos desde hace algunos años.

—Esperemos que no sea nada. ¿Viajas sola? Podemos acompañarte si quieres.

—No, por Dios, no os molestéis. Me acompaña este muchacho, con quien comparto vagón.

Señala a Daniel Baldomero, que se mantiene distanciado esperando a que Almudena termine de hablar.

—Acércate, Antonio —insta Almudena.

Trinidad le habla a Daniel Baldomero.

—Espero que cuide bien de Almudena. Una mujer no debería hacer sola un viaje tan largo.

—Mujer... —la interrumpe Almudena, mordaz—. Tú sabes que yo estoy hecha de otra pasta.

—Descuide, señora, que lo haré —contesta Daniel.

—¿Y a vosotras, os acompaña alguien?

Trinidad agarra a Julita y sonríe.

—Nosotras también nos valemos la una con la otra.

—Pues en todo caso, que Antonio cuide de las tres.

Almudena da un suave codazo a Daniel, en tono de burla. El muchacho ríe para sí, sonrojado.

—Por supuesto... —acierta a decir únicamente.

El tren está a punto de reanudar su marcha. Esto mismo avisa el silbato de la locomotora, que se oye ahora para, durante cinco o diez segundos, acallar todas las voces que resuenan en la estación. Cuando el frío rumor de estas vuelve tras el silbato, un operario del ferrocarril llama a los viajeros: «¡Pasajeros al tren!». Y hace sonar su trompetilla.

—Tenemos que irnos, madre.

Julita coge de la mano a Trinidad e intenta tirar de ella.

—¿Nos vemos en la siguiente parada? En el caso de que no estemos durmiendo, claro.

—Está bien, no suelo dormir mucho en estos viajes.

Trinidad y Almudena se despiden con dos besos. La mujer besa también a Julita. Daniel Baldomero se mantiene al margen hasta que, para su sorpresa, Trinidad va hacia él también para despedirse.

—Bueno, Antonio, encantada.

Le ofrece la mano en un suave apretón. Al separarse, Trinidad mira a su hija, que ya se ha vuelto camino de la puerta del vagón. La abronca.

—Julita, ¿y tus modales?

Y esta:

—Julia, encantada.

En el momento de separarse, el chiquillo de las garrapiñadas vuelve a pasar junto a Julita, tan cerca de ella que tira del bolso de la muchacha y lo hace caer al suelo. El tren vuelve a hacer sonar su silbato, enmudeciendo a los presentes. Cuando el silencio vuelve, se oye la voz de ese abuelo reprendiendo a su nieto:

—¡Nino, le has dado a la señorita de antes!

Daniel Baldomero, el primero en reaccionar, ayuda a la muchacha. Trinidad, mientras, le quita hierro al asunto hablando con el anciano.

—No se preocupe, buen hombre, son cosas de niños.

«¡Pasajeros al tren!», vuelve a oírse. *La princesa Kali* y una vieja revista han salido volando y casi se han precipitado a las vías. Daniel Baldomero se inclina con rapidez para cogerlos y su cabeza casi choca con la rubia cabellera de Julita, quien también se ha agachado para recoger las cosas de su bolso.

—¿María Zambrano? —pregunta él, casi en la intimidad de los escasos centímetros que los separan ahora, al contemplar el ejemplar de la *Revista de Occidente* que Julia guarda como un tesoro.

Julita le arrebata la revista y se apresura a volver a meterla en el bolso.

—Es para un trabajo de clase... —contesta algo incómoda, pues una nunca sabe cuándo se ha encontrado con la persona menos indicada en el momento menos indicado. María Zambrano es una autora censurada.

—He leído algo de esta autora —replica él, sorprendentemente para ella—, aunque nunca he entendido bien su filosofía.

Las miradas se encuentran y hallan, de repente, un lazo entre ambas. Pero el lazo se rompe cuando un operario del tren, visiblemente irritado, les amenaza con dejarles en Ávila.

—Ya vamos, señor, perdone —se disculpa Trinidad.

Julita mira hacia el andén antes de volver al vagón de primera. El niño y su abuelo ya se han metido en el tren. La cigarrera y el vendedor ambulante ya no tienen clientes alrededor y no queda nadie en la barra de la pequeña cantina de la estación

—¡Hasta luego! —grita otra vez Almudena.

De vuelta en su asiento, a Daniel Baldomero lo aborda de nuevo el recuerdo de Marina. Y ello le aterra profundamente.

Rafael el Cojo lee sentado sobre su cama. La débil luz que lo ilumina acentúa su indefensión. Sus pies cuelgan desparejados y su barriga asoma de tal forma que parece molestarle esta extraña postura de lector. A veces las letras le bailan, saltan de una línea a otra y se remueven, inquietas, mezclándose con las de arriba o las de abajo. No lleva gafas porque no le hace falta, pues aún conserva su vista de lince, como se vanagloria en decir cuando alguien le pregunta si, con la edad, no necesita de un par de cristales ante sus ojos. No. Las letras le bailan porque aún rumia en él el alcohol bebido; quiere hacerse notar todavía, impedir que este hombre se concentre en la lectura. Ello hace que cada línea leída sea una victoria, sin que importe cuántas veces tenga que repetirla, volver al principio y comenzar de nuevo. Podría dejar de leer, acostarse en la cama y reanudarlo mañana, pero en esta noche fría, de soledades sombrías, solo Daniel Baldomero puede conseguir que no le ronden los fantasmas.

Quizá debería empezar por el principio. Aunque ¿cuál es el principio?, me pregunto. ¿Es el principio el día 18 de abril de 1920, cuando nací? ¿Es el principio el año 1924, cuando llegamos a España? No. Creo que el principio de todo esto es mucho más reciente. Todo lo malo ocurrió hace solo tres o cuatro años. Al preguntarme cómo empezó todo lo malo, únicamente un nombre se me viene a la cabeza: Marina. Y al preguntarme quién tuvo la culpa de que ocurriese todo lo malo, no dudo en responderme: la culpa la tuve yo mismo.

Ahora parece, lápiz en mano, que todos los recuerdos vienen a mí, que se agolpan y se empujan para intentar salir por mis dedos, irse hacia este cuaderno y hacerse así inmortales. Tienen miedo de que los olvide. Aún duermen todos los que me rodean, a pesar del sol, ya arriba, y de que el alba sobrevino ya hace casi una hora.

Todo comenzó el año de mi Bar Mitzvah. Como los demás inviernos, padre viajó al sur con sus ovejas, en el camino trashumante que cualquier pastor del norte debe hacer si no quiere que su ganado muera de hambre por las nieves. Como mi hermano Adif Manuel había cumplido ya dieciocho años, y yo era ya un hombre, al menos a ojos de Yavé, padre nos dejó a cargo, por primera vez, de los negocios de la familia. Hasta entonces, durante el invierno, varios amigos suyos de los pueblos venían a la Casa Ladina a ocuparse de ello en su ausencia. Tres días después de su partida, creo, tuvimos que ir a Villafranca, a casa de don Lucrecio Romero, el hombre más rico del pueblo. Por aquel entonces nadie podía hacer negocios en esta zona de El Bierzo si no era bajo su consentimiento. Le llevábamos un carromato entero de lana, como una especie de ofrenda. Todos los pastores cuyas tierras don Lucrecio controlaba tenían que hacerlo. Yo por aquel entonces no sabía nada de ello, no sospeché en ningún momento por la extrañeza de ese insólito trueque en el que nosotros le llevábamos un carromato lleno de lana y él, como contraprestación, solo nos daba un chocolate caliente, o un café, porque Adif Manuel, por entonces, tomaba café, cosa que yo detestaba.

Fue entonces cuando ocurrió, cuando ella apareció en el salón, besó a su padre, nos dijo hola y se marchó. Marina. En el viaje de vuelta sentí por primera vez en mi vida que un pedacito de mí se había desprendido de mi cuerpo. Alguna parte de mi corazón estaba ahora en esa lujosa casa de Villafranca, la más grande de todo el pueblo.

A partir de entonces no hubo día en que no pensase en ella. Marina estaba conmigo en cada despertar, en el desayuno, en mis estudios, mientras ayudaba a mi hermano con la lana o daba de comer a los perros. Todos los personajes femeninos acerca de los que leía en los libros eran ella, a pesar de que no coincidiesen en nada sus características, a pesar de tener treinta años o el pelo de otro color. Cuando mi madre me daba el beso de buenas noches, era Marina quien me besaba, y luego la imaginaba acurrucada junto a mí, en la cama, y así me dormía para, luego, soñar con ella. Tal fue mi obsesión que comencé a escribir su nombre, compulsivamente, en cada papel, en cada rincón de la casa. Hasta que un día mi madre me preguntó quién era Marina, y mis hermanas, chivatas, se lo dijeron: «Marina es la hija de don Lucrecio». Madre torció el gesto. Recuerdo perfectamente que estaba cocinando un guiso en ese enorme caldero de la cocina y, al oír el chivatazo de mis hermanas, dejó el cucharón de palo sobre la encimera y, limpiándose las manos en el delantal, me miró a los ojos para decirme: «Pues ya puedes ir olvidándote de ella».

No hubo más palabras. Yo no dije nada. Madre tampoco. Mis hermanas se fueron a otra parte y yo me quedé ahí plantado, echando raíces en la cocina, viendo como madre continuaba con su guiso mientras mi boda con Marina, mi casa con Marina, mi familia con Marina se desvanecían y se iban por el respiradero de la cocina, como el vapor que salía del enorme caldero en el que madre cocinaba.

Intenté olvidar a Marina, intenté borrar su nombre cada vez que lo encontraba —al abrir un cajón de mi armario, ahí estaba; al volver a coger un libro de mi estantería, ahí estaba...—, y se fue el invierno y vino la primavera y, con ella, mi padre. La casa volvió a tener vida, las ovejas volvieron a pastar en el valle, y, con el paso de los meses, Marina se quedó ahí perdida en un oscuro cajón de mi memoria. De nuevo, los personajes femeninos de la literatura volvieron a ser quienes eran: madame Bovary, Ana Karenina, Elisabeth Bennet... Y con la llegada de la primavera nunca había ni un segundo que perder: era el tiempo de la esquila de las ovejas y del intenso estudio que el Sefardí nos obligaba a realizar tras un invierno en su ausencia. Sí, Marina debió de ser un fantasma de las nieves, la alucinación de un niño aburrido que, tarde tras tarde, no tenía otra cosa que hacer que imaginarse con ella junto al calor del fuego. Llegué a convencerme tan bien de ello que solo con pensar en su nombre sentía repulsa. Hasta que un día el Sefardí nos habló a mi hermano y a mí diciendo: «Hijos, tenéis que acompañarme a Villafranca».

En lo que dura un parpadeo, mi corazón dio un vuelco, y Marina salió del cajón en el que se hallaba. Podría haberle dicho a padre que no, que no me apetecía acompañarle, que prefería quedarme en casa estudiando, o leyendo. Podría haberlo hecho, pero, cuando quise darme cuenta estaba ya de camino a Villafranca en un carromato cargado de lana junto a mi padre y a mi hermano. Me entró el pánico, quise tirarme a la cuneta y salir corriendo, pero no pude mover un músculo, como si Marina, dentro de mí, se aferrase a ellos para impedirme escapar. Así llegué a Villafranca, tenso, tembloroso; solo el corazón parecía tener vida dentro de mí. El Sefardí, mi hermano y don Lucrecio se reunieron para hablar de negocios, y yo, que aunque ya era un hombre para Yavé aún no lo era en realidad, me quedé fuera, esperándoles en el carromato, temeroso de entrar en esa casa y encontrarme con ella.

Con el paso de los minutos comencé a disfrutar de la agradable temperatura de la calle, mirando al cielo despejado —por aquel entonces tenía la extraordinaria capacidad de poder pasarme horas mirando las nubes—, hasta que, de repente, una voz femenina interrumpió mi letargo, una voz indolente capaz de hablarle a alguien en los siguientes términos: «Eh, tú, ¿puedo hablar contigo?».

Era ella. Marina. Más guapa aún que la última vez que la vi. Era como una mujer en el cuerpo de una niña. El pecho incipiente tras ese bonito vestido turquesa, las caderas sinuosas, los labios carnosos, el pelo rubio recogido en un precioso moño. Apenas pude articular palabra, y dije algo así como: «Di-di-di-dime». El corazón me bombeaba tan rápido que podría haber dado sangre a dos cuerpos, las manos me temblaban y debí de palidecer como el que ve a un muerto. Ella, al contrario, parecía reírse, parecía controlarme a su voluntad como mujer que era, y, acercándose a mí, tan cerca que podía oler su perfume y derretirme, me dijo, con estas palabras exactas: «Necesito tu ayuda, Daniel. —Sabía mi nombre, ¡sabía mi nombre! Estuve a punto de esbozar una sonrisa, porque Marina, de nuevo, volvió a ser mi esposa, la madre de mis hijos, la mujer de mi casa. Todo ello imaginé hasta que, dura y fría, cavó mi tumba—. Necesito tu ayuda porque quiero conquistar a tu hermano».

«Quiero conquistar a tu hermano. Quiero conquistar a tu hermano. Quiero conquistar a tu hermano.» En un bucle infinito, sus palabras se repetían dentro de mi cabeza, martirizándome. Muerto en vida, creo que acerté a decirle que no le haría falta mucho para conquistarlo, que ella le parecía guapa a él, según me dijo una vez Adif Manuel. No la miré a la cara, pero debió de sonreír. Y lo consiguió, logró arrancarme de la boca las palabras que quería oír: «Te ayudaré». Entonces, de un escondrijo de su vestido, sacó una carta y me la dio. «Dásela a tu hermano.» Luego se fue corriendo hacia su casa con un gracioso paso acompasado que parecía una danza. No se despidió siquiera. Yo me quedé mirando otra vez a las nubes, en este día que, repentinamente, se volvía triste y gris a pesar del sol primaveral. Padre y Adif Manuel salieron de la casa, se despidieron de don Lucrecio y tomamos camino de la Casa Ladina.

Al volver, me eché a llorar en mi dormitorio, rodeado de libros con personajes femeninos que de nuevo volvían a ser Marina y que decían, una y otra vez, aquello de «quiero conquistar a tu hermano». Escondí la carta entre las páginas del primer libro que encontré, *La máquina del tiempo*, de H. G. Wells, y durante muchos días la carta se quedó ahí, como una reliquia indescifrable de una civilización perdida que no podía ser tocada porque se rompería.

Macario se ha despertado. Como todos los milicianos del monte, su primer impulso es coger su fusil. Con él, cada despertar es más seguro. «¿Qué haces, Daniel?», me pregunta. He guardado el cuaderno y el lápiz y he disimulado lo mejor que sé, que no es mucho. Macario ha ido al río a lavarse la cara. Aún humea la lumbre que, hasta casi el alba, nos daba calor en esta cueva en la que llevamos semanas habitando. Poco a poco, los demás se despiertan y se desperezan. Ninguno se ha percatado de mi hazaña —bajar del monte y volver sin ser visto—. Continuaré esta historia en otro momento. Ahora debo devolver el lápiz a la mochila de donde lo cogí para hacer del mío un crimen perfecto. Olvidé poner la fecha de hoy: 10 de noviembre de 1938. Estamos en algún punto de los montes de la comarca leonesa de La Cabrera —o Cabreira, en el dialecto leonés—, a varios kilómetros de Truchas —o Trueitas—, que es el pueblo más cercano. El frío, duro y desalmado invierno se acerca. Y la guerra continúa.

18

Solo un puñado de personas se mantienen alerta en mitad de la noche. El maquinista y su café humeante, con el que intenta combatir el sueño; el fogonero y su conversación extenuante —«Don Julio, ¿y cómo dice que llegó a ser maquinista? ¿Y su hijo mayor, ya es maestro de obra?», y así toda la noche—, y los revisores, que, de cuando en cuando, van y vienen y recorren el tren de arriba abajo, en una ronda que termina con un «Todo en orden», y hasta la próxima.

En el primer vagón de tercera clase, Daniel Baldomero duerme con la cabeza apoyada en la ventanilla. No sueña con nada. Se desvela y mira hacia sus compañeros de viaje; Benito y Almudena dormitan con la cabeza suspendida en improvisado equilibrio. El vagón se mantiene en un silencio roto únicamente por los ronquidos de algún viajero —como los de Benito, a los que Daniel ya se ha acostumbrado, y no pesan— y por el traqueteo interminable de la maquinaria del tren, que hace saltar las banquetas.

De pronto, el torbellino de viento que acompaña a la apertura de la portezuela delantera del vagón. Algunos viajeros se despiertan, otros, los que no dormían, miran hacia adelante, esperando ver al revisor, pero la que asoma con timidez tras la portezuela es una muchacha con el pelo bailándole por acción del viento. Tiene la mirada perdida y los ojos desconcertados, como si no supiese a quién mirar o no encontrase al objeto de sus miradas. Echa un vistazo al vagón y comienza a caminar buscando a alguien o a algo. Daniel Baldomero, desde que la ha visto entrar, sabe que lo busca a él. Las miradas de ambos se encuentran cuando la muchacha está a punto de pasar junto a su asiento. Se inclina intentando no molestar el sueño de Benito y Almudena, y le habla a Daniel Baldomero con voz diminuta. Sus ojos no solo están desconcertados; dan la impresión de haber nadado en un torrente de lágrimas que, al haberse secado, han dejado erosionadas, como en un desierto, sus mejillas y sus párpados.

—Disculpa que te moleste, pero no sé a quién más podría acudir, Antonio.

—¿Ha ocurrido algo?

La joven mira al resto de los viajeros, desconfiada. Con miedo.

—¿Podríamos hablarlo en otro lugar? No quiero que nos oigan.

—Por supuesto, ¿vamos al restaurante?

Daniel Baldomero se levanta de su asiento y sale al pasillo saltando entre las piernas de sus acompañantes, con cuidado para no despertarles. Cede el paso a Julita y ambos atraviesan el vagón para perderse tras la portezuela de acceso. El torbellino de viento momentáneo se desvanece con rapidez y el silencio vuelve otra vez a aletargar a los viajeros.

Sueña con los verdes valles gallegos. Con sus casas, sus calles y sus hornos de piedra. Hasta que aparece ese perro rabioso y ese jadeo. Y despierta. Sobresaltada, intenta disimular cogiendo el libro de *La princesa Kali* y retomando su lectura. Pero Julita apenas puede concentrarse, y los párrafos le bailan. Ese jadeo. Ese vaivén. Su madre, junto a ella, aún sigue dormida.

Hasta que, de pronto, vuelve a pensar en él. En Jorge. Y en ese papel que le quema dentro del abrigo. Cierra el libro con cuidado y mete la mano en el bolsillo donde se encuentra aún. Piensa, decidida, que es el momento. Que llegó la hora de dejar a Jorge atrás; coger el papel y tirarlo por la ventanilla del tren. Pero ¿qué querrá decirle? ¿Las mismas excusas de siempre? ¿Los mismos «lo siento» y los mismos «te quiero»? Lo coge. Y le da varias vueltas esperando que, por alguna extraña razón, se autodestruya. Pero no ocurre el milagro. Lo desdobla y, con disimulo, lo coloca encima de la cubierta del libro que leía. Mira a su madre para comprobar que aún sigue dormida con esos ojos entreabiertos, igual que cuando se duerme en el sofá de casa mientras oye la radio.

Julita, mi querida Julita, el amor de mi vida. Lo siento por todo el daño que he causado. Eran tantas las ansias que tenía de poseerte, de hacerte mía, y de ser, a la vez, tuyo, que no pude resistirme. Fui débil. De todas formas, sin alcohol de por medio, jamás me habría atrevido. Sé que he mancillado tu honor, y también el de tu casa y el de tu familia. Te pido perdón de todo corazón. Perdóname, Julita. No puedo imaginarme sin ti, sin que seas la mujer que esté a mi lado en el futuro. No voy a dejar que esto se acabe, amor mío.

Un leve movimiento de cabeza de su madre basta para que Julita guarde de nuevo el papel en el túnel de su abrigo. Cuando la joven comprueba que Trinidad, que aún continúa en sueños, solo ha cambiado de postura —ha dejado el respaldo del asiento para apoyarse ligeramente en su hombro—, vuelve a sacar el escrito para reanudar su lectura. Ya solo le queda la mitad, que se desarrolla en un largo último párrafo. Un último párrafo y podrá hacerlo mil pedazos.

No te dejaré marchar. Por ello espero que no te moleste el que me haya tomado la libertad de comprar un billete para el mismo tren en el que viajas. A mis padres no les ha importado. Estoy en uno de los últimos vagones de tercera clase... ¿Te lo puedes creer? Pero es que ya no quedaban asientos libres en primera y segunda. En algún momento del viaje iré a ti para que hablemos tranquilamente. Solo espero que, para entonces, ya hayas leído esta carta y no te lleves un buen susto al verme. Espero que la sorpresa te agrade. Y espero, también, ser bienvenido en Monterroso. Siempre he tenido ganas de ir ahí, y, al fin y al cabo, aún soy tu novio. Te quiero, amor mío.

Jorge

Su piel se eriza como un enorme campo de espinas. La piel es siempre lo primero que reacciona ante una mala noticia, se encrespa y se hace más pequeña, tirando de todas las partes del cuerpo. El corazón, ante ello, también actúa; bombea la sangre mucho más rápido, como si temiese que esta no pudiese llegar a los más hondos rincones. Julita, palidecida, levanta la vista de este escrito cuyas letras, emborronadas, ya no es capaz de ver. Tirita con un temblor mortecino, como si una enorme ola de frío hubiese sacudido de improviso el compartimento y se colase en su cuerpo por los resquicios que su piel ha dejado al encresparse. Ante el miedo repentino, todo se le hace más pequeño; el compartimento, el asiento, las ventanillas e incluso el aire. Le sobreviene el impulso de huir, de salir de estas cuatro paredes y volver a respirar ese aire ahora ausente, pero, al intentar ponerse en pie, pierde el equilibrio, se tambalea sobre su asiento y está a punto de caer al suelo. Federico, que se ha desvelado, la sostiene.

—¿Estás bien, chiquilla?

Julita se repone a duras penas, asiente lentamente y le dice, con voz trémula, que irá al cuarto de baño. El hombre insiste en acompañarla, pero ella se lo impide. El ruido de las voces despierta a Trinidad.

—¿Adónde vas, hija?

—Voy al baño, madre. A refrescarme un poco.

Federico intercede.

—Creo que le ha dado un mareo, señora.

—¿Quieres que te acompañe?

—No, estoy bien. —Le oculta la mirada a su madre y la clava en el suelo de madera, que, por el traqueteo interminable del tren, va vibrando débilmente—. De verdad, estoy bien. Déjame sola.

Sale al angosto pasillo del vagón y camina con dificultad hacia los aseos, apoyándose en las paredes y en las ventanillas. La sensación de estar siendo vigilada ha vuelto a ella, esta vez con la fuerza de una horrible pesadilla de la que le es imposible despertar. Jorge está aquí. ¿Acaso no podrá nunca librarse? ¿Acaso su destino es, por mucho que luche en contra, estar junto a él? Entra a duras penas en el aseo de señoras. Se moja la cara en el lavabo y el agua se lleva gran parte de sus malos pensamientos, pero no todos. El color vuelve a sus mejillas.

No puede contárselo a su madre. No, ella acabaría apoyando a Jorge. Le diría: «Vente con nosotras, muchacho». Y al final acabaría tragando. No, no quiere oírle, ni mucho menos compartir ni un solo minuto de este viaje con él.

—Estoy en este tren, en parte, para huir de él. Y ahora, según dice en este escrito, está aquí, en uno de los últimos compartimentos de tercera, esperando a hablar conmigo. Temo que aparezca en cualquier momento. No sabía a quién acudir y pensé en ti, Antonio. No quiero que mi madre lo sepa y no hay nadie más en este tren que pueda ayudarme.

Solo hay insomnes en el coche-bar a estas horas de la madrugada. Algunos militares sumergidos en copas de vino o de whisky, fumadores y charlatanes que no aguantan el silencio de los pasajeros somnolientos.

—¿Puedes dejarme la carta?

Julita asiente, saca el papel del bolsillo del abrigo y se lo cede a Daniel Baldomero.

—Hace muchos años, curiosamente, me encontré con una situación parecida a esta. Alguien me dio una carta de amor para dársela a cierta persona. Muchas de las desgracias que me han ocurrido en la vida se habrían solucionado si aquella carta nunca hubiese llegado a su destinatario. Por ello, lo primero que tenemos que hacer es esto.

El muchacho sostiene el papel por sus dos extremos y lo rompe por la mitad. Luego repite el proceso y lo desgarra en varias mitades hasta hacerlo añicos. Al terminar, sonríe.

—¿Te sientes mejor ahora?

Ha conseguido arrancarle una sonrisa.

—Un poco. Aunque eso no hace que él no siga estando en este tren.

—Bueno, de eso podremos ocuparnos más tarde. Permíteme un consejo: las personas entran y salen de nuestras vidas. Nadie es eterno y nadie, por supuesto, puede permanecer ahí si tú no quieres. Él ahora es uno más de todos los que aquí viajamos. No puede hacerte nada.

El camarero, que recogía los vasos de unas mesas del fondo, aparece junto a los muchachos. «¿Otro vaso de vino?», pregunta. Daniel Baldomero niega con un gesto de la mano. Julita insiste y le pide que se tome otro, puesto que su té, aún humeante, todavía está por la mitad. Pero él vuelve a rechazarlo. Mientras tanto, alguien entra en el vagón. Julita palidece al creer ver a Jorge, aunque la ilusión se desvanece cuando comprueba que no es él. Daniel Baldomero, consciente de su miedo, intenta distraer a la joven.

—No pareces ser la típica lectora de María Zambrano.

Julita cambia el gesto y, con una mueca de curiosidad, finge indignación.

—¿Por qué dices eso?

—No sé. En realidad no pareces lectora de poesía. Yo te veo más bien leyendo novelitas rosas, de príncipes y princesas, como esa que salió de tu bolso, *La princesa Kali*.

Lejos de sentirse ofendida, Julita ríe para sí, intentando encontrar argumentos para defenderse.

—Hay veces que prefiero leer algo que sé que no me va a calentar la cabeza.

—Y cuando te quieres calentar la cabeza, ¿qué lees?

—Desde que estudio en la universidad, casi solo poesía.

El camarero vuelve a aparecer junto a ellos y Julita, con un gesto, le indica que llene el vaso de Daniel Baldomero. Este se niega, pero ella insiste.

—Déjame invitarte, por las molestias.

—¿Dónde se ha visto esto de que una señorita invite a un hombre?

—Por Dios, Antonio, los tiempos están cambiando y, además, he sido yo la que ha venido pidiendo ayuda, ¿no?

Daniel Baldomero le agradece la invitación. Las miradas guardan la timidez de hallarse ante un desconocido, y apenas se encuentran. Siguen charlando durante algunos minutos más.

—¿Y qué poetas lees?

Julita disminuye su tono de voz hasta el susurro.

—Leo a los del 27. —Lanza una rápida mirada hacia su alrededor, por si alguien la está escuchando.

—Hoy en día es difícil leer a Lorca, Alberti, Cernuda...

—No podría haberlos leído sin mis compañeros de la facultad. Y a ti, ¿de dónde te viene la afición por la poesía?

Daniel Baldomero hace memoria.

—Leo desde que tengo uso de razón. Con trece años ya había leído a casi todos los grandes de la literatura, aunque lo cierto es que no sé cuándo comencé realmente a leer poesía. Creo que fue más tarde, con dieciséis o diecisiete.

—¿Y qué leías?

—De pequeño leí a los poetas clásicos, Lope, Garcilaso..., pero siempre preferí las novelas. —Da el primer sorbo al vaso de vino. Julita está a punto de terminarse el té—. Empecé con la poesía cuando esta, de repente, me dijo algo. Creo que fue cuando estalló la guerra. Leí a Emilio Prados, a Alberti, a Altolaguirre y, sobre todo, a Miguel Hernández. Él era pastor, como lo fui yo. Y luchó en la guerra, como...

—¿Como tú? Quiero decir, ¿luchaste también en la guerra?

—Sí, podría decirse que sí —responde el joven, casi en un susurro.

Luego esquiva la mirada y, de pronto, se viene un largo silencio. Es Julita ahora, al darse cuenta de su imprudencia, quien intenta desviar la conversación.

—Estoy haciendo un trabajo en la universidad sobre poesía, ¿sabes? Por eso estoy leyendo a María Zambrano.

—¿Y de qué va?

—El trabajo se titula *La concepción del alma en la poesía*, y es un estudio sobre cómo ha evolucionado el concepto de alma a través de las distintas corrientes poéticas.

Una poesía de Garcilaso de la Vega viene a la memoria del muchacho.

—Aún recuerdo el poema aquel de Garcilaso, «Escrito está en mi alma vuestro gesto...».

Como Daniel Baldomero no recuerda los siguientes versos, Julita los recita:

—«...y cuanto yo escribir de vos deseo; vos sola lo escribisteis, yo lo leo...».

Se sonríen con la mirada.

—Qué interesante. ¿Y qué conclusión has sacado?

Julita medita su respuesta tal como si se encontrase delante de don Eladio, su profesor de literatura. Don Eladio es un recio y lacónico profesor desfasado por las nuevas corrientes y vanguardias literarias.

—Que el alma, más que un concepto filosófico, o metafísico, es, en esencia, un concepto poético. Es el intento de darle definición al misterio de la vida humana. Como la poesía con las emociones.

De repente, detrás de esa fachada de niña rubia, guapa y rica hay algo, hay un cráneo en donde no retumba el eco, donde hay muebles y estanterías con libros llenos de pensamientos. Daniel Baldomero no puede revertir su gesto de sorpresa.

—Es muy interesante eso que has dicho, Julia.

La joven sonríe y, por primera vez en este encuentro, hay luz en su gesto.

—Gracias. Puedes llamarme Julita. Desde pequeña, mis familiares y amigos me llaman así. Incluso mis compañeros de la facultad. Y a ti, por cierto, ¿prefieres que te llame Antonio, o de alguna otra forma?

No le gusta mentir, pero lo hace porque no tiene más remedio. Le encantaría decirle que le llame por su nombre: Daniel. Y que luchó en la guerra como guerrillero y que llegó a Madrid huyendo, como siempre ha hecho. Pero no puede contárselo, y por ello le sobreviene un alud de malos sentimientos con los que, de pronto, entierra la sonrisa. Da un último trago al vaso de vino y le pide la cuenta al camarero.

—Antonio, llámame Antonio.

Ambos insisten en pagar la cuenta, pero es finalmente Daniel el que lo consigue. Saca unas monedas de su abrigo, casi las últimas que le quedan, y las deja sobre la barra.

Julita, resignada, se pone en pie. Ase las solapas de su abrigo y se ajusta el bolso al hombro. De pronto vuelve en ella un gesto de preocupación.

—¿Y con mi novio, qué puedo hacer?

—Ah, sí. Lo olvidábamos.

Daniel Baldomero se lleva la mano al mentón. Le viene una idea.

—Si él quiere ir hasta ti, debe pasar obligatoriamente por este vagón. Así que voy a pedirme otro vaso de vino y me quedaré aquí a esperarle. ¿Te parece?

—No, Antonio, por Dios —responde Julita—. Vete a tu asiento y descansa.

—¿Qué más da? No creo que duerma mucho más y, aunque no lo parezca, este taburete es más cómodo que aquellas terribles banquetas del vagón.

—Pero ¿cómo voy a permitirlo? Esto es cosa mía y de nadie más. Y ya te he molestado demasiado.

Daniel insiste, hasta que ella entiende que no va a convencerle de lo contrario, y accede.

—Está bien, Antonio, pero avísame si lo ves u ocurre algo, por favor.

—Por supuesto. Vete tranquila.

Se despiden. Julita atraviesa el vagón y se pierde tras la portezuela. El particular torbellino de viento que acompaña a su apertura ha logrado que, por unos segundos, los presentes hayan respirado aire puro. Luego, el humo del tabaco vuelve a inundarlo todo. Daniel Baldomero se acomoda sobre el taburete y pide otro vaso de vino. En el abismo de su bolsillo apenas le queda dinero. Lo justo para este vaso de vino y para pagar un transporte en El Bierzo que lo lleve hasta la Casa Ladina. Algunos minutos después, solo él y el camarero quedan en este coche-bar.

Valladolid asoma muy de madrugada. Casi no hay luces que iluminen las calles al paso del tren, pues la ciudad duerme cuando este arriba a la estación. También duermen la mayoría de los viajeros, ya que apenas nadie se baja y se sube. Ninguna cantina abierta ni ninguna cigarrera o vendedor esperan en el andén. A estas horas, el correo-expreso es como un tren colmado de fantasmas. Daniel Baldomero sale del coche-bar y se lía el último cigarrillo que le queda. El frío de afuera no le importa.

Un revisor baja de uno de los coches de primera y se frota las manos, arrecido.

—¡Qué frío hace!

El muchacho asiente. Huyendo de la conversación, da media vuelta y deambula por el andén hacia los coches de tercera. De pronto, alguien irrumpe en el vacío al bajarse de uno de esos vagones. El viajero se aprieta el abrigo y camina envuelto en el vaho de su respiración. Por el letargo del alcohol y del sueño, Daniel Baldomero ve a su padre en él.

Primero reconoce el sombrero Fedora, luego ese vestido cruzado y por último esos brillantes zapatos de piel. Se saludan.

—Hola.

Es Jorge. Daniel Baldomero da un paso adelante e, instintivamente, endereza la espalda para acentuar la diferencia de altura.

—Muchas gracias por aquel favor que me hiciste. Vi a lo lejos cómo se lo entregaste. Tienes madera de espía, ¿sabes?

—No hay de qué.

Jorge hace ademán de continuar hacia delante, pero Daniel Baldomero se lo impide, agarrándole del brazo.

—Espera. Tengo algo que decirte antes de nada.

Las miradas se cruzan.

—¿A mí?

—Sí. Vas a ver a Julita, ¿no?

El muchacho da un paso atrás, como midiendo, con centímetros, el tipo de pregunta que acaban de hacerle, como preguntándose por qué este pollo con quien apenas cruzó palabra sabe cuál es su nombre. Hace ver todas estas dudas en una única y escueta pregunta.

—¿Y a ti qué te importa?

Daniel Baldomero toma aire. Sus ojos miran firmes y seguros a este joven desorientado.

—Escúchame bien, no te lo diré dos veces. En la próxima parada te bajarás de este tren y no volverás a molestar a Julita. ¿Me has entendido?

El joven da otro paso atrás. El frío de esta madrugada vallisoletana acentúa la tensión de sus miradas, la tirantez entre los cuerpos.

—¿Cómo te atreves? ¿Tú quién eres para decirme esto?

Daniel Baldomero adelanta su posición. Las cabezas se encuentran a un palmo. El juego consiste en quién aguanta el gesto impávido. La mirada fija.

—Mi nombre es Antonio Rodríguez.

—¿Y qué vas a hacerme, Antonio Rodríguez, si quiero ir a ver a mi novia?

Las miradas, a punto de tocarse, queman.

—Yo no tengo nada que perder con esto, Jorge. A mí Julita no me importa nada. En cambio, tú... —extiende el brazo y le acaricia su suave abrigo Chesterfield, que debe de costar una fortuna—, tú sí tienes mucho que perder.

19

12 de noviembre de 1938, al alba

Es la primera vez que dormimos tras treinta horas de huida. Anteayer, en aquella angosta cueva camuflada por ramales y parras en que subsistíamos, tres guardias civiles cagados de miedo estuvieron a punto de acribillarnos como a ratas acorraladas, siguiendo el chivatazo de algún pastor que habría descubierto nuestro rastro. Aún me tiemblan las manos solo de pensarlo. Debe de notarse en esta escritura que, como un caballo desbocado, no soy capaz de controlar. Ahora dormimos al raso, a decenas de kilómetros de aquella cueva en la que se quedó Joaquín, de La Robla, un cenetista que hacía unas tortillas sin huevo y sin patatas asombrosamente ricas. También se quedaron allí los tres guardias civiles que nos encontraron. En este momento, treinta horas después, decenas de kilómetros monte adentro, al fin tras varias horas de sueño, el alba me ha avisado de que es momento para escribir.

Aquella carta fue el principio del fin. O así lo veo yo cuando, años después, analizo la sucesión de acontecimientos que acaecieron a raíz de ello. La carta de Marina estuvo varias semanas entre los pasajes de *La máquina del tiempo*, hasta que comenzó a pesarme como una enorme losa. Cada vez que veía el libro en mi estantería recordaba que nunca iba a tenerla. E incluso empecé a odiar a mi hermano, porque él era aquel que yo no podía ser. Por ello, porque el odio hacia un hermano era un pecado capital —según estudiamos en la Torá—, decidí entregársela a Adif Manuel y liberarme de su condena. Marina, de repente, se esfumó. O eso creí entonces.

Aunque en un principio Adif Manuel no pareció muy interesado en Marina, la carta tuvo su efecto a las pocas semanas: él y ella comenzaron a verse. A pesar de que de primeras mi padre no aprobó la relación, el entusiasmo de don Lucrecio —por ver a su hija junto a un muchacho fuerte, serio y trabajador— acabó por convencer al Sefardí. Adif Manuel y Marina pasaron los meses viéndose entre la Casa Ladina y Villafranca del Bierzo, más en lo segundo que en lo primero.

Debido a la relación, don Lucrecio, su mujer y su hija venían a casa con su lujoso coche para pasar el día, comer con mis padres, reírse con alguna anécdota y disfrutar del amor de los dos muchachos. Mi hermano pasaba los fines de semana enteros en Villafranca, saltándose la tradicional cena del *sabbat*, de lo que padre le excusaba diciendo que ahora Adif Manuel tenía dos familias, la de sangre y la política, y que debía atender las necesidades de ambas. Un día, mientras trabajábamos con la lana, Adif Manuel me confesó que, en realidad, él no la quería. Recuerdo exactamente sus palabras y el momento en que me las dijo. Era primavera, anocheciendo, y apilábamos el género en el almacén de la cuadra. «¿Sabes, Daniel? —comenzó—, yo en realidad no estoy enamorado de Marina. Pero ¿qué importa el amor? Don Lucrecio es el hombre más rico de Villafranca. No tiene hijos y sus yernos serán aquellos que hereden y administren sus tierras y su fortuna. Y, por ahora, yo soy el mejor de cuantos tiene.»

Aquella confesión me dejó paralizado porque Adif Manuel siempre fue un chico parco en palabras. Él siguió apilando lana y continuó hablando como si lo que me había confesado no tuviese ninguna importancia, como si hubiese hablado del tiempo, o de las ovejas, o de alguna de sus últimas desavenencias con nuestro padre, que últimamente eran muy comunes. Esa ambición de que hacía gala y que anteponía al amor, a los sentimientos, era algo que solo conocía en los personajes más ruines de la literatura. De repente sentí lástima por Marina, porque la chiquilla estaba viviendo en la mentira de este hombre avaro y miserable en el que se había convertido su novio.

Meses después estalló la guerra. En la Casa Ladina no ocurrió nada especial. Ni las ovejas supieron que España estaba en guerra y dejaron de dar lana, ni los puercos ni las vacas ni las gallinas dejaron de dar carne, leche y huevos. De hecho, de no ser porque Adif Manuel viajaba cada fin de semana a Villafranca, jamás habría sabido yo que, de repente, el país que nos había acogido hacía doce años se había partido en dos. Un domingo de finales de julio del año 36, cayendo la tarde, Adif Manuel regresó a la Casa Ladina cabalgando mucho más rápido de lo normal. Entró en casa jadeando, doblado, sin apenas articular palabra. «Estamos en guerra, padre. España está en guerra.» El Sefardí descansaba en el salón de casa y yo leía a su lado. Mi madre cocinaba la cena y mis hermanas jugaban —internas en ese mundo propio de las gemelas— en su habitación. El Sefardí, con su solemnidad de hombre hebreo, se levantó lentamente, miró a su hijo mayor a los ojos y, agarrándole de los hombros, le dijo: «La guerra no ha llegado, ni llegará, a la Casa Ladina. Nosotros seguiremos haciendo nuestra vida como hasta ahora».

El Sefardí ya sabía, por supuesto, de la sublevación militar del 18 de julio, aunque, en su eterno afán protector, no pensaba decírnoslo. Adif Manuel, aún tembloroso, tomó asiento junto a él. «Pero, pero, padre —intentó contradecirle—, ¡tenemos que hacer algo!» El Sefardí alzó el brazo y lo señaló con su dedo acusador. «¡No te lo repetiré dos veces, hijo! Esa guerra estúpida no tiene nada que ver con nosotros.»

Ante estas palabras, Adif Manuel se puso en pie, enérgico. Me fijé en la cara de mi padre y advertí, por primera vez en mi vida, un gesto de desconcierto y de sorpresa. Ese gesto de estar perdiendo —o de haber perdido— el control sobre uno de sus hijos. «Lo siento, padre, pero a don Lucrecio sí le afecta esta guerra. Y ahora es también mi familia. Tengo que defenderlo de los rojos y de los comunistas.»

¿Rojos? ¿Comunistas? Jamás había oído a mi hermano hablar de política. De hecho, era algo que teníamos terminantemente prohibido en casa. Adif Manuel tomó camino hacia la puerta que separaba el salón del pasillo central. «¿Adónde crees que vas?», le preguntó padre, visiblemente enfadado. Hubo un tenso silencio. «¿Adónde crees que vas?», volvió a preguntarle. Y otra vez. Hasta que él contestó: «A la guerra, padre. Voy a la guerra».

Se despidió de nuestra madre, de nuestras hermanas y de mí. Se despidió de la casa y de las ovejas. Se despidió de su vida pasada, en la que fue tan feliz, pero no se despidió de su padre.

En su terrible lucha contra el sueño y la embriaguez, Rafael el Cojo va perdiendo poco a poco la batalla. Sus párpados suman peso en cada pestañeo y solo el pasar de páginas hace que le vuelva el ímpetu de la lectura. Pero cada vez es menos duradero, apenas media carilla y, de nuevo, el sueño, el terrible sueño que teme porque sabe que los fantasmas de su pasado vendrán a él. Pero desiste cuando lee este último párrafo. Marca la página por la que va leyendo, deja el cuaderno sobre la mesita de noche y se mete entre las sábanas de su cama. Ni siquiera se desviste. Afortunadamente para él, el único fantasma que le ronda en esta noche fría y solitaria es el de aquel Daniel Baldomero de los montes, aquel muchacho —cuyo pasado jamás habría imaginado— al que descubre ahora con cada página manuscrita.

El reloj de la estación de Palencia marca algo más de las tres y media de la noche cuando el tren hace su entrada. Suena el silbato de la locomotora, avisando de la llegada del correo-expreso, mientras el convoy reduce su marcha hasta frenar por completo. Palencia es una de las estaciones ferroviales más importantes del país; aquí se bifurcan las dos grandes líneas que van, desde Madrid, hacia el norte: la línea del noroeste, que desde Palencia atraviesa los montes hacia León y Galicia, y la línea que parte de Palencia y va hacia Burgos y el País Vasco.

Varios pasajeros bajan al andén, retando al frío. También el maquinista se apea del tren, sale de la locomotora fumando un cigarrillo, cubierto de hollín y del calor de las máquinas. Más tiznado está el fogonero, que va detrás de él, un muchacho joven, como casi todos los fogoneros que acompañan a los maquinistas en los trenes de España. Uno de los revisores se une a ambos. Fuma un cigarrillo y el humo sigue su estela hasta plantarse junto al fogonero. Hace una broma sobre este y el maquinista ríe a carcajadas. Es lo único que se oye en esta estación vacía. También se oyen los resoplidos de las máquinas, como caballos jadeantes ante la marcha ininterrumpida desde Valladolid.

Daniel Baldomero ya no tiene cigarrillos para fumar. Solitario, baja al andén y contempla, allí junto a la locomotora, el corrillo formado por el maquinista, el fogonero y el revisor. El vaho y el humo del tabaco los envuelve. La niebla también. Camina hacia los hombres con premura.

—Buenas noches. ¿Cómo va el viaje?

Es el maquinista quien contesta.

—Como siempre. Cuando uno viaja más de cien veces, al final son todas iguales.

El muchacho se frota las manos, heladas, congeladas en esa madrugada de frío cruel, y pregunta a los presentes si tienen un cigarrillo mientras el revisor le da las últimas caladas al suyo. Es el propio revisor quien saca una cajetilla de tabaco de un bolsillo del pantalón y se lo ofrece a Daniel Baldomero.

Del otro bolsillo saca una caja de cerillas. No se lo habría dado si no hubiese ido vestido de traje y repeinado. El juego de las apariencias, otra vez.

—Gracias, jefe.

—No hay de qué.

El fósforo no solo enciende el tabaco sino que calienta además las manos del muchacho. La llama se esfuma en cuestión de segundos.

—Hay otra cosa que quería pedirle, jefe.

El muchacho da la primera calada.

—Verá, es posible que se arme bronca con un viajero del tren.

—¿Cuándo?

—Ahora mismo. Es un tipo que me está molestando.

Vuelve a darle una calada. En Valladolid consiguió que ese Jorge se diese media vuelta y volviese a su vagón. Le plantó cara, pero sabe que no va a darse por vencido tan fácilmente. Que no se ha montado en este tren para amedrentarse a la primera y que volverá a por Julita, de eso está seguro.

—Me está molestando a mí y a una joven que viaja en primera clase. Así que si la cosa se pone fea le haré una señal para que usted venga, ¿de acuerdo?

—Para estos casos, señor, hay en el tren una pareja de guardias civiles.

Habla el revisor, un hombre alto y corpulento, que se ajusta el cinturón del pantalón haciendo sonar las llaves, la trompetilla y las tenazas para picar billetes que tiene colgando del mismo. El maquinista y el fogonero atienden, concentrados, a la conversación.

—No creo que haga falta llamarlos.

El muchacho se despide de los tres hombres dejando el rastro del humo tras de sí.

—Gracias por el cigarrillo —es lo último que dice.

Camina pasando junto al furgón, los coches-correo y los de primera. Mira hacia las ventanillas esperando encontrarse con la mirada de Julita, pero es imposible ver algo del otro lado. Se coloca, estratégicamente, junto al coche-bar, que se encuentra entre el coche de primera clase en el que la chica viaja y los vagones de tercera cuya estela parece perderse vías abajo como el humo del tabaco. Y ahí plantado, fumando, espera a que Jorge aparezca.

Minutos después, como era de esperar, el ratón va a por el queso. Daniel Baldomero advierte su presencia en la pasarela entre el coche mixto y el coche-bar, a punto de desaparecer tras la portezuela. Reacciona con rapidez; corre hacia la pasarela entre el coche-bar y el de primera, y da el alto a Jorge. Pero este también actúa presto; antes de que el muchacho llegue a su encuentro, impacta su puño derecho en su cara, provocando que se precipite de nuevo sobre el andén.

—No vuelvas a meterte en mis asuntos, hijo de puta.

Jorge atraviesa la pasarela y se interna por el vagón. Daniel Baldomero se levanta, sintiendo, dentro de su cabeza, el eco del potente golpe recibido. El frío se le ha ido de repente. Camina tambaleante hacia la entrada del coche de primera. Aún desorientado, sube los tres escalones y se asoma al pasillo. Jorge abre la puerta de un compartimento, pero ahí no está Julita. Se disculpa con premura y aborda otra.

Cuando era pequeña, a Julita le bastaba con refugiarse en los brazos de su madre para ahuyentar a los monstruos. Pero a medida que la infancia va quedándose atrás, los monstruos dejan de ser fantasías de brujas y hombres del saco y se convierten en personas de carne y hueso. Como este monstruo que, de pronto, se asoma a su compartimento.

—¡Julita, amor mío! ¡Al fin te encuentro!

Todos los viajeros dan un brinco en el asiento, por el susto. El muchacho se permite un par de segundos para recuperar el aliento. Trinidad es la primera en reaccionar.

—¡Jorge! ¿Qué haces aquí?

Julita se aferra al hombro de su madre e intenta apartarle la mirada.

—Cariño, Julita, amor mío, ¿podemos hablar un momento a solas, por favor?

—Yo no tengo nada que hablar contigo, ¡ya te lo dije en Madrid!

Como una obra de teatro ahí, improvisada, así contemplan a la pareja el resto de los viajeros del compartimento. Una obra de amor y desamor. El muchacho da varios pasos adelante adentrándose por la estancia. Federico es el primero en darse cuenta de que su presencia no es bien recibida por madre e hija. E incluso está a punto de levantarse y de pedirle, amablemente, que abandone el compartimento, no fuese a llamar al revisor. Pero algo se oye. Rompiendo el silencio y la tensión de la escena, unos pasos, a toda velocidad, toc toc toc, atraviesan el vagón. Como un toro que embiste al torero despistado, alguien golpea al muchacho por detrás y lo hace caer de bruces contra las maderas del suelo del compartimento.

Los viajeros se estremecen, las bocas se tapan con manos temblorosas.

—¡Por Dios! ¿Qué ocurre?

Daniel Baldomero, como el púgil que ha hecho nocaut, mira a su oponente abatido esperando a dar un segundo golpe si el adversario no tira la toalla. Pero Jorge, revolviéndose con rapidez, se pone en pie. Cuando contempla a su adversario, hay un hombre en medio, separándolos. Es Federico, que finalmente ha intervenido. El muchacho lo aprovecha para postrarse a los pies de Julita e intentar coger sus manos.

—¡Esta es mi prueba de amor, Julita! ¡No me dejes, por favor!

Pero esta se las esconde. Las manos y la mirada. Daniel Baldomero, detrás de Federico, grita al joven:

—¿No te das cuenta de que ella ya no te quiere?

Jorge se dirige a Julita.

—Eso no es cierto, amor mío, no lo es. Solo estás confundida, ¿a que sí? Dímelo, todo esto es pasajero, me quieres, ¿a que sí?

Todos miran a Julita. Ella, si pudiera, daría la vuelta a sus ojos y miraría hacia dentro, en un intento de apartarle la mirada a todo el mundo. Jorge le ha cogido las manos y se las sostiene con fuerza, con tanta fuerza que Julita es incapaz de librarse de su agarre.

—Te dije que hablaríamos en Madrid. No tenías derecho a venir aquí.

—¡Lo he hecho por ti, por amor, por no perderte!

—Jorge, vete, por favor —sentencia Trinidad, al fin.

—Déjeme hablar a solas con su hija. Solo quiero hablar con ella.

—Vete, vete, Jorge, por favor.

Ahora sí es Julita. Intenta zafarse de sus manos otra vez, aunque es en vano.

—No me iré. He montado en este tren por ti, y no me iré. Lo nuestro no puede acabar así, cariño.

Jorge se pone en pie. Su oscurecida mirada, como de hombre desesperado, asusta a su novia, aunque la enmascara con una sonrisa rematadamente falsa. La agarra del brazo e intenta levantarla. Federico, que aún continúa entre Daniel y Jorge, parece haberse dado cuenta de a quién debe separar de quién. Daniel Baldomero le habla al oído.

—Deja que me lo lleve de aquí.

El hombre no se opone. Le da paso como el árbitro de boxeo y, de nuevo, los dos se hallan frente a frente. Daniel Baldomero sorprende a Jorge por la espalda y lo agarra de los hombros.

—Venga, Romeo, vámonos de aquí.

Pero Jorge es imposible de domar. Se zafa de los brazos de su oponente con un rudo zarandeo, da media vuelta y, acto seguido, un paso atrás. Daniel Baldomero se prepara para un nuevo encuentro de puños; los carga, a la altura del pecho, oscilantes, y mira a Jorge sin miedo alguno, porque el miedo es algo que perdió hace muchos años en los montes. Entonces, bajo la tensa mirada de todos los presentes, Jorge hace jaque mate; se lleva la mano al interior de su abrigo y saca una pistola, una Astra 300 de calibre corto, una Purito, como se la llama, un arma muy popular entre las tropas falangistas durante la guerra. Daniel Baldomero, en el punto de mira, reconoce el arma nada más verla.

Todas las mujeres lanzan un grito ahogado, apenas audible.

—¡Jorge, por Dios! ¿Qué haces?

—Desde que vi morir a mi abuelo cuando unos rojos asesinos le dieron un tiro en la nuca en plena calle, no salgo de Madrid sin mi Purito.

—¡Por todos los santos! ¿Qué vas a hacer? —exclama Trinidad, con el corazón encogido.

—Tranquila, Trinidad, esto no va con vosotras. Tú —hablándole a Daniel Baldomero—, vete de aquí. Ahora.

—¿Y qué piensas hacer, matarme?

Daniel Baldomero extiende sus manos y mira a los ojos de Jorge.

—Hay que tener muchos cojones para matar a un hombre que te está mirando a los ojos. Y tú no los tienes. Vamos, hazlo. Dime que me equivoco.

Frío, tensión. Y el silencio de quienes esperan oír un disparo.

—Vete de aquí, hijo de puta —insiste Jorge.

Federico, intentando mediar entre ambos, da un paso hacia ellos. Jorge apunta brevemente al hombre y le impide moverse. Francisca, al ver a su marido en el camino de una posible bala, grita.

—¡Callaos todos! —ordena Jorge, nervioso—. ¡Vete de aquí, no te lo diré otra vez!

—¿Y si no me voy? ¿Me dispararás? Pero si no eres más que un niño rico con una pistola. No, no tienes huevos para disparar a un hombre. Mira cómo te tiembla el pulso. Venga, dispara. Aprieta el gatillo. Yo ya estoy muerto, no te preocupes por mí.

Y, de pronto, vacila. La Purito comienza a temblar en la mano de Jorge. Se miran con la intensidad de una supernova. Y ante un sangriento desenlace inminente es Julita quien reacciona. Se pone en pie, ante el terror de su madre, que intenta impedírselo, y agarra el hombro de Jorge.

—Está bien, hablaré contigo. Vamos ahí afuera y hablamos. Pero baja el arma, por el amor de Dios.

Jorge le sonríe. Asiente.

—Antes tiene que irse este hijo de puta.

Julita mira a Daniel y, con un gesto, le suplica que se vaya.

—Está bien.

Dos pasos, tres, hacia atrás, sin quitar ojo de la pareja. Luego abre la puerta y sale del compartimento. Julita no deja de mirarle, como diciendo «tranquilo, sé valerme, sé lo que hago», y el muchacho camina por el pasillo dirigiéndose hacia la portezuela de acceso al coche de tercera, haciendo zigzag entre varios curiosos que se han apostado a escuchar qué ocurría ahí dentro. Julita y Jorge salen al poco.

—Váyanse —les dice él—, aquí no se les ha perdido nada.

Al fin, la pareja baja al andén —un desierto de niebla y vaho— para hablar con mayor intimidad. Junto a la locomotora, el revisor, en soledad, fuma otro cigarrillo.

—Sabía que ibas a entrar en razón, cariño —le dice él—. Lo nuestro no podía acabarse ahí, en Madrid.

—Dime lo que quieras, por favor. Y luego déjame en paz.

Jorge acerca su boca a la de ella y aspira su aroma. Esos jadeos, de pronto. Y ese perro rabioso del sueño.

—Cuánto he echado de menos tus labios en estos días.

Acaricia sus labios, agarrotados por el frío. Y luego se acerca a besarlos, pero ella recula a tiempo.

—Te dije que no quería más besos.

Y él, agriado:

—¡Cago en Dios, Julita! ¿Es que no hay forma de que puedas perdonarme? ¿Qué más tengo que hacer?

—¿Qué más? Pero ¿cómo eres tan egoísta? Si me quieres, déjame ir. Deja que pase estos días sola, caray, ¿acaso es tan difícil?

—Pero eres mi novia...

—¿Y qué? ¿Acaso eso es un título nobiliario? No tengo un contrato firmado contigo, ¿sabes? Mañana podría conocer a otro hombre y dejarte.

Y de pronto, ante esas palabras:

—Ya sé lo que ocurre aquí. —Contiene la rabia entre sus dientes, apretándolos—. ¡Te has enamorado de ese hijo de puta!

También aprieta los puños.

—Pero ¿qué dices? Jorge, por el amor de Dios...

—Sí, es eso. Ese cabrón ha querido robarte de mi lado. Y pensar que fui yo el que le dio la carta, joder.

Vuelve a sacar la Purito. Y encolerizado, como una hiena, el joven deja atrás a su novia, «Jorge, por Dios, ¿qué haces?, Jorge, esto no tiene nada que ver con él», y comienza a correr por el andén, mirando hacia las ventanillas de tercera clase.

—Eh, tú, hijo de puta. Maricón de mierda. Ven aquí. Me cago en.

Y Julita, detrás de él, intenta frenarlo, pidiéndole que entre en razón. Que esto es entre ellos. Que nadie más tiene nada que ver. Decenas de curiosos se han apostado a las ventanillas. De pronto, Jorge enarbola la Purito y se oye un revuelo de gritos. Segundos después, el pez pica el anzuelo; Daniel Baldomero aparece tras la puerta de uno de los coches de tercera y baja al andén.

—Baja el arma, Jorge —le pide.

Su pecho está ahora en el camino de un posible disparo.

—Has sido tú, hijo de puta. ¿De qué la conocías? ¿De la universidad? ¿De los cafés? Me la has jugado muy bien, cabrón. Lo tenías todo planeado.

—Si no hubiese sido por ese maldito papel, jamás la habría conocido. Toda la culpa ha sido tuya. Ahora baja el arma.

De nuevo, en sus ojos, ese gesto inexpresivo, esa tranquilidad de quien no teme al fuego de un arma. De quien parece no tener miedo a la muerte.

—Si Julita no es mía, no será de nadie —dice Jorge, fuera de sí.

Y se oye un disparo.

TERCERA PARTE

EL TÚNEL

20

Amanece. Y el frío del alba es más intenso y cortante que durante la madrugada. Solo el café de la cantina de la estación de León puede compensar las bajas temperaturas. Los dos o tres grados bajo cero. Y esa delicada nieve que ha comenzado a caer, en pequeños copos. En una de las mesas del pequeño bar, ocupada por un hombre solitario, un humeante café acompaña a la prensa del día.

—¿Quiere algo para desayunar, señor? ¿Tostadas, bollería?

El *Norte de Castilla* es el único que trae la noticia en portada. *La Vanguardia* la lleva en la página 7. *El Pueblo Gallego* y *Voluntad*, en la 6, y el *ABC* de Madrid nada menos que en la página 31. Aunque todos repiten la nota de prensa de CIFRA, el titular sí varía de un diario a otro. Cosas del periodismo. Él lo sabe bien. *Voluntad* habla de «Grave accidente ferroviario en las cercanías de Torre del Bierzo». *La Vanguardia*, «Accidente ferroviario en la línea de Madrid a La Coruña». Y *El*

Pueblo Gallego, más trágico, titula la noticia con «El tren correo número 421 choca, dentro de un túnel, con una máquina en maniobras, ocasionando una gran catástrofe». El *ABC* titula la noticia de CIFRA, por el contrario, con un lacónico «Choque de trenes en la vía férrea de Palencia a La Coruña».

—No, gracias. Solo quería el café.

El camarero asiente y vuelve a la barra recogiendo los vasos vacíos de una mesa contigua. Al ver como se va, el hombre repara en que ahí, al fondo, hay una radio.

—Oiga, espere. ¿Podrían encender la radio?

Es una pequeña radio Telefunken sobre una repisa junto a la barra. El camarero enciende el aparato. Una voz matutina habla sobre la tragedia entre el ruido acuoso de las hondas. «Por el momento han sido extraídos veintiséis cadáveres del túnel. Setenta y uno son los heridos graves y leves que han sido trasladados a diversos hospitales de la región.» Todos los presentes en la cantina atienden, de pronto, al locutor, aunque las noticias que radia no añaden nueva información a la de los periódicos de la mañana.

Vuelve a su café y a los diarios cuando el noticiario de la radio cambia de tema. «La placa de la provincia de Zaragoza será otorgada a Su Excelencia el Jefe del Estado según el acuerdo tomado por la Gestora de la Diputación Provincial...» El café contrarresta el frío reinante. Menos mal. Y da un sorbo hasta que alguien entra en el bar y llama la atención a los presentes.

—¿Está aquí Manuel Alejandro Martínez-Touriño?

Manuel Alejandro se pone en pie con rapidez. El hombre atraviesa las mesas y lo aborda.

—¿Gabino González?

—Así es.

Se dan la mano. Gabino González es un hombre espigado, de rasgos largos y angulosos. Oculta una incipiente calvicie con un sombrero que, por educación, se quita. Lleva un portafolios debajo del brazo, que deja sobre la mesa.

—Muchas gracias por venir hasta aquí tan temprano, Gabino. ¿Puedo tutearte?

—Por supuesto. Como ya sabrás, en un día como hoy tenemos que estar en pie desde bien temprano. ¿Qué tal el viaje?

—Muy cansado. —Manuel Alejandro se lleva la mano a la zona lumbar—. Apenas he dormido más que una hora, entre Valladolid y Palencia.

Su cara, pálida y ojerosa, confirma el pésimo viaje que ha debido de pasar en el correo-expreso que salió ayer de Madrid y que ha parado en León de forma definitiva por el accidente ocurrido. Aquí se han cortado las vías.

—Me dijeron que tu hermana y tu sobrina iban en el tren, ¿no?

—Así es.

—¿Quieres que vayamos ya para el hospital de León a ver si están allí?

—Por supuesto. No hay tiempo que perder.

Manuel Alejandro coge la taza de encima de la mesa y da un último y contundente sorbo. El café baja quemándole el esófago. El periodista madrileño se dirige a la barra y deja varias monedas junto al camarero.

—Supongo que querrás estar al corriente de todo lo que sabemos sobre el accidente.

—No te dejes detalle, por favor.

Salen del bar. El tren en el que ha viajado continúa ahí, estacionado en las vías. Gabino abre su portafolios y hojea unas páginas manuscritas. Indica a Manuel Alejandro, con un gesto, que debe caminar hacia la izquierda para salir de la estación.

—Verás —comienza a leer de una de sus hojas de notas—. De forma muy resumida, el accidente se produjo por un fallo en los frenos de la locomotora principal del correo-expreso, una Americana, que hizo que, cuando el tren bajó el Puerto del Manzanal, no pudiese ser frenado y se accidentase dentro del túnel de Torre del Bierzo. Pero esta tragedia ha sido un cúmulo de malas decisiones y casualidades fatales, una tras otra. Creo que todo comenzó aquí, en León. El correo-expreso 421 llegó ayer a esta estación a las ocho menos cuarto de la mañana, con una hora y cuarto de retraso.

Salen a la calle. León duerme. Gabino se dirige hacia un coche aparcado en la acera de enfrente. Manuel Alejandro va detrás, escuchándole con expectación.

—¿Y a qué se debía este retraso?

—Aún nadie ha podido decírmelo. Según algunos operarios de Renfe, es algo relativamente normal en estas fechas navideñas. El tren no corre a la misma velocidad. Lo cierto es que llegó aquí a las ocho menos cuarto y salió con mayor retraso aún. En esta estación suele hacerse, según los trabajadores ferroviarios con los que he hablado, un cambio de locomotoras, puesto que, a partir de León, el tren tiene que subir los montes. De esta forma, la locomotora Montaña ex-Norte, la que llevaba desde Madrid, se cambió por otras dos para dar la doble tracción: la principal, una llamada Americana, y la secundaria, conocida como Mastodonte.

—¿Doble tracción?

—Sí, la doble tracción se refiere a cuando, debido al relieve tan escarpado, un tren necesita no una, sino dos locomotoras para poder tirar. Aquí en el norte, todos los trenes llevan doble tracción.

Manuel Alejandro asiente. Llegan al coche y el periodista da un rodeo para montarse en el asiento del copiloto. Gabino, dentro del coche, continúa:

—Aunque nadie me lo ha querido confirmar aún, me da que aunque la Americana ya presentaba problemas en los frenos, se le dio salida al convoy debido al retraso acumulado.

—¿Y cómo es eso posible?

—Por el retraso, el tren debía salir como fuere. Y como la locomotora secundaria sí estaba en buenas condiciones, se confió el frenado a esta a pesar de que cuando en un tren nos encontramos con dos locomotoras, es la primera la que debe dar el freno principal.

El periodista leonés guarda su portafolios en la guantera. Ajusta los espejos del coche y mete la llave en el contacto.

—¿Y quién tomó esa decisión?

—Si alguien le dio salida al correo-expreso aun fallándole los frenos a la locomotora principal, tuvo que ser el jefe de la circunscripción de Tracción de León, un hombre llamado Luis Razquín, que viajaba en el tren y que ha resultado herido leve. Aún nadie ha podido hablar con él.

El motor del coche arranca con un potente y hondo ruido.

—¿Y crees que tiene él la culpa del accidente?

Gabino mete la primera marcha y hace avanzar, muy lentamente, el vehículo.

—Espera, que aún hay más. El tren iba acumulando retraso en cada parada. Mientras tanto, el trasiego de viajeros era cada vez mayor: en todas las estaciones bajaba y subía una gran cantidad de gente. A ello hay que sumarle la feria de Bembibre y la multitud de pasajeros que viajaban para las fiestas del pueblo.

Manuel Alejandro piensa, estremecido, en el número de personas que debían de abarrotarlo.

—Continúa.

—El quid de la cuestión está en La Granja: cuando el convoy salió de esta estación y se preparó para iniciar el descenso del puerto del Manzanal, uno de los más complicados del recorrido, algo ocurrió con la locomotora.

Gabino clava sus ojos en los de Manuel Alejandro, apartándolos de la carretera.

—Escucha, que aquí viene lo importante: algún problema debió de presentar la Mastodonte, pues se la apartó, dejando sola a la Americana.

El coche toma velocidad y deja atrás la estación, atravesando una larga vía. Un gran descampado queda a la derecha. A la izquierda, el río Bernesga, que cruza León.

—Pero ¿la Americana no tenía problemas de frenos?

—Así es, sin embargo, no sabemos qué ocurrió. Pudo ser, por lo visto, un problema técnico, algo que le impidió continuar. Hay quien habla incluso de sabotaje, de que el accidente fue provocado.

—¿Y cuál es tu opinión? ¿Por qué crees que se apartó la Mastodonte?

Gabino se rasca la coronilla, pensativo. Mete una nueva marcha y el coche acelera. Toma una curva y deja atrás varios bloques de pisos.

—Yo opto por pensar que la razón más sencilla es, casi siempre, la que prevalece. La navaja de Ockham, ya sabes. Aunque hay compañeros que hablan, con la boca pequeña, por supuesto, de que el accidente habría sido provocado por los maquis, yo pienso que la explicación no es otra que el retraso del tren y la presión sobre el maquinista. Verás, según me han contado, el fogonero de la Americana, un muchacho llamado Federico Pérez, que resultó herido leve, habla de que Luis Razquín y el maquinista de la locomotora, llamado Julio Fernández, discutieron fuertemente tras haberse desenganchado la Mastodonte del convoy por razones que, como te he dicho, todavía no conocemos. Si la Mastodonte hubiese sido víctima de un sabotaje, el maquinista se habría dado cuenta y, por precaución, el tren jamás habría continuado su recorrido. Pero como debió de ser un problema técnico el que apartó a la locomotora secundaria, Razquín no aceptó la evidencia, que la Americana no podía continuar sola, y debió de presionar a Julio Fernández para que el tren reanudase la marcha aun con una única locomotora. El maquinista, por el contrario, debió de advertir que los problemas de frenado de la Americana serían muy peligrosos en el prolongado descenso que había tras La Granja. Aun así, finalmente, la presión del jefe de Tracción tuvo que surtir efecto y el tren inició el descenso del puerto a pesar de que nunca debió haber salido.

—Pero ¿cómo es posible que un maquinista se aviniera a continuar con un viaje que podía no acabar bien?

—Quién sabe. Luis Razquín podría haberle presionado de muchas maneras; con graves consecuencias económicas, con la pérdida de su empleo, yo qué sé. E incluso podría haberlo culpado de intentar sabotear el servicio ferrovial y, por ello, acusarlo de insurgente.

—¿Y no se conoce la versión de ambos?

—Qué va. Nadie ha podido hablar con ninguno de los implicados que han sobrevivido al accidente. Todos están bajo arresto tras habérseles dado el alta médica. Este informe lo he elaborado de oídas. Pericia de periodista, ya sabes.

Gabino se permite una media sonrisa.

—Total, que por la razón que fuese, el tren salió de La Granja y la suerte ya estaba echada —concluye Manuel Alejandro.

—Así es. La tragedia era ya inevitable. Cuesta abajo, el convoy ganó velocidad con rapidez. Cuando el maquinista quiso frenar en el apeadero de Albares para la parada reglamentaria, ya no había forma de pararlo. Pasó de largo en Albares a una velocidad suicida a la una y diez de la tarde. El jefe de circulación de la estación llamó a Torre del Bierzo para decirles que el correo-expreso bajaba sin frenos. Torre del Bierzo está a cinco kilómetros de Albares. El jefe de la estación de Torre, un hombre llamado Joaquín Domenech, no tenía mucho tiempo.

—¿Y qué hizo?

—Salió corriendo de su despacho hacia las vías haciendo grandes aspavientos. Dentro del túnel número 20, situado a la salida de la estación, había una pequeña máquina con tres vagones realizando maniobras. Joaquín Domenech corrió hacia el túnel y avisó de que el correo bajaba sin frenos. El maquinista de la máquina de maniobras, un tipo llamado Gonzalo López, intentó salir del túnel pero le fue imposible. El correo-expreso ya estaba entrando en Torre, silbando con desesperación y con una gran columna de humo en su chimenea. La señal de alarma.

Manuel Alejandro traga saliva, estremecido. Piensa en Trinidad y en Julita.

—¿Y qué ocurrió dentro del túnel?

—Supongo que ya lo habrás leído en los periódicos. El correo embistió a la máquina en el interior del túnel. El choque fue tremendo. Los vagones descarrilaron y formaron dentro de aquel agujero negro un amasijo de hierros. La máquina de Gonzalo López salió despedida por la otra boca del túnel. El correo, por el contrario, se quedó dentro. Cientos de pasajeros se vieron, de repente, atrapados. Pero ahí no terminó la cosa. La maldita casualidad siguió jugando sus cartas.

—¿Hubo más?

—Así es, el tercer eslabón entró en juego: el carbonero. En Bembibre tenía que producirse el cruce entre el correo-expreso y un tren carbonero, remolcado por una locomotora Santa Fe. El retraso imprevisto del correo en el apeadero de La Granja hizo que el responsable de la circulación de Bembibre decidiese trasladar el cruce entre ambos trenes a la estación de Torre. El maquinista del tren carbonero, parado en Bembibre, fue avisado de este cambio y reanudó rápidamente la marcha. Llevaba veintisiete vagones a cuestas cargados de carbón.

Manuel Alejandro maldice para sí, apretando los puños. Concentrado en la explicación de Gabino, apenas mira hacia el exterior, hacia una ciudad de León que despierta ante ellos. El coche coge una curva y se interna por una larga avenida desde la que comienzan a dejar atrás la ciudad.

—Cuando el tren salió del túnel número 21, que se encuentra a solo quinientos metros del túnel número 20, la pareja de conducción no pudo advertir al maquinista de la máquina de maniobras, Gonzalo López, que corría desesperadamente hacia la Santa Fe, haciendo gestos de alto. Cuando el maquinista, Victoriano Lecuona, quiso frenar su convoy, era ya demasiado tarde. El tren abordó el túnel número 20 con el chirrido de los frenos contra las vías y chocó primero con la máquina de maniobras y luego con el correo-expreso. Gonzalo López murió arrollado por el carbonero intentando evitar la tragedia.

El coche toma una última curva y llega al hospital, que se encuentra a las afueras de la ciudad. Gabino aparca junto a la puerta de entrada y mira a Manuel Alejandro.

—Puede que tu hermana y tu sobrina estén en este hospital. La mayoría de los heridos han sido trasladados aquí. Pero voy a serte franco; no te hagas muchas ilusiones. Hay cientos de muertos.

Una calma extraña reina en el hospital de León. Aún se respira el agobio, la sensación de crisis, el fantasma de la muerte sobrevolando cada rincón, pero a la vez hay una paz extenuada que solo llega a fuerza de bregar hasta los insospechados límites del ser humano. Los médicos, enfermeros y sanitarios llevan casi veinte horas ininterrumpidas trabajando a destajo. Hay heridos en las habitaciones, en los pasillos y sobre mantas en el suelo. Decenas de familiares y acompañantes dormitan junto a las víctimas, agarrando sus manos. Aferrándose a la vida.

—Aquí está la lista de los identificados, muertos y heridos. Busca ahí a tu hermana y a tu sobrina. Si las trajeron a este hospital, deberían estar apuntadas.

Frente a un enorme tablón, Manuel Alejandro resopla. En un par de segundos, mientras agudiza la vista para ver el tablón, le sobreviene el recuerdo de su época universitaria; cuando los profesores corregían los exámenes de la facultad, solían colgar las notas en los tablones junto a sus despachos y todos los alumnos corrían hacia ellos para saber qué calificación habían sacado. Comienza a leer con un nudo en la garganta que casi le impide respirar. Todo se ha paralizado. No hay nada ni nadie en este hospital, solo este tablón y él. Busca durante varios largos minutos, pero Julita y Trinidad no están en esta lista.

—No, no están.

—¿Estás seguro?

—Lo he leído tres veces de arriba abajo. ¿Eso es bueno?

—Esto no quiere decir nada, en realidad. Los heridos han sido repartidos por varios hospitales y aún quedan muchas víctimas por identificar.

Manuel Alejandro mira hacia el fondo de este pasillo, donde hay heridos a todo lo largo. El herido más próximo a ellos es un hombre con una venda que le envuelve casi toda la cara. Lo poco que se le ve lo tiene cubierto de sangre ya seca. Junto a él hay una mujer con varias quemaduras en el rostro. Se acerca a ella.

—Señora, ¿ha visto a Julia Schmidt y a Trinidad Martínez-Touriño? ¿Le suenan estos nombres?

No le responde. En sus ojos hay un gran vacío, como si la mujer estuviese ausente. Al no obtener respuesta, comienza a caminar por el pasillo.

—¡Julita, Trinidad! —va gritando—. ¿Estáis aquí? ¡Julita, Trinidad!

Hasta que, de repente, alguien alza la voz.

—¡Señor!

Es la voz de un muchacho que descansa sobre unas mantas, directamente en el suelo. Tiene quemaduras en la cara y en el cuello, varias heridas que le recorren el rostro de un lado a otro y un brazo en cabestrillo. Se acerca a él. Se agacha para oírlo y lo mira esperanzado.

—Dime.

—Señor, yo estuve con Julita y Trinidad durante el viaje.

Sus nombres. Al oírlos, de boca de un desconocido, su corazón da un brinco. Le pide que continúe, pero el muchacho tose varias veces y se atora.

—Tranquilo, tranquilo, a ver, habla con calma. ¿Cómo te llamas?

—Antonio. Mi nombre es Antonio.

—¿Y sabes dónde están, Antonio? ¿Sabes si están bien?

21

Una mirada se ahoga, sola, desamparada, en un vaso de vino, que se bambolea, da vueltas y recorre algunos centímetros de la barra haciendo equilibrio para sumirse de nuevo en la boca del muchacho, en un penúltimo trago. Intentando, en vano, acallar la terrible voz de la conciencia. O silenciar quién sabe qué.

—Sabía que te encontraría aquí.

Una voz femenina le toca el hombro y toma asiento junto a él.

—Tampoco podías dormir, supongo —añade.

Cómo hacerlo. Cómo cerrar siquiera los ojos ante todos esos recuerdos que, de pronto, se agolpan y se atoran. Esa pistola apuntándole que le lleva a todos los fusiles que alguna vez le han apuntado allí, en los montes. Y las huidas. Y aquellas ráfagas de metralla. Cómo olvidarlo después de haberse librado, por enésima vez, del fuego de un arma.

—No sé cómo agradecértelo.

—No tienes por qué. Tu novio no iba a disparar, te lo aseguro.

Ella tampoco puede quitárselo de la cabeza. Jorge, ahí, con la pistola en alto. Daniel acorralado entre el andén y el vagón. Y su mirada fría, tan diferente a la de su novio, ya exnovio. «Si Julita no es mía, no será de nadie.» Y de pronto un disparo al aire. Junto a ellos, un guardia civil que, con ello, silenció toda la estación. Y Jorge paralizado. «Tira el arma, chico, por el amor de Dios.» Y fin. Allí se quedó, en Palencia, bajo arresto, como un mal recuerdo del que empezó a alejarse una vez volvió a montarse en el tren.

—Mi madre, gracias a Dios, se ha dado cuenta de quién era Jorge. ¿Sabes? Quiere invitarte a desayunar en León.

—¿A mí?

—Por lo que has hecho en Palencia.

—Pues dile que no se moleste.

—No sabes lo convincente que puede llegar a ser —dice con una media sonrisa.

—No me debéis nada. Nadie me debe nada. Yo viajo solo y así prefiero seguir.

Ha sonado frío. Frío como aquella estación de Palencia. Luego un silencio. Daniel apura el resto del vaso con un último trago bajo la atenta mirada de Julita.

—¿Puedo hacerte una pregunta?

Vacila.

—Depende.

—Bueno, lo haré de todos modos. ¿Adónde te diriges? ¿Por qué viajas solo?

—Eso son dos preguntas. —Irónico.

—Bueno, responde la que tú quieras.

—Viajo a El Bierzo, de donde soy originario. Bueno, aunque en realidad nací en Grecia. Mi padre era sefardí, descendiente de judíos españoles, y nos vinimos a España cuando yo tenía cuatro años.

—Pues tu apellido no parece muy griego ni muy sefardí, que digamos.

Él medita qué responder. Da vueltas al vaso de vino.

—Antonio no es mi verdadero nombre. Me llamo Daniel. Daniel Nahman Levi.

—¡Vaya! —exclama ella, sorprendida—. Encantada, Daniel *Na... Naman* Levi.

—Nahman. Hay como un espacio entre el «na» y el «man». Una hache. Nahman. Hace mucho tiempo fue un apellido respetado...

Se va a los montes. De pronto, corretea en torno a la encina delante de los perros pastores, haciéndoles rabiar. El Sefardí sermonea a Adif Manuel con alguna moraleja de la Torá, y su madre y las niñas zurcen y remiendan sentadas en el zaguán de la Casa Ladina, canturreando en su lengua ancestral.

—¿Y tu familia, Daniel? ¿Dónde está? —pregunta Julita.

Pero Daniel sigue allí. Mira a sus hermanas. Reconoce su apellido en sus labios. Nahman. Había una canción que hablaba del viaje sefardí. En uno de los versos se citaba su apellido familiar junto al de otras familias de la diáspora. La canción decía que algún día volverían a casa. Y el Sefardí se enorgullecía de haberlo cumplido. Y por eso les hizo memorizar la canción.

La oye. Esa canción. De los labios de su padre, de sus hermanos.

Y mira a Julita.

—Hay algo que tengo que decirte. Todo el que está junto a mí acaba mal. Soy como un ángel de la mala suerte. Aléjate. No vuelvas a acercarte a mí. No vuelvas a buscarme ni a hablarme en lo que queda de viaje. Es por tu bien.

Julita hace silencio. Lo mira a los ojos. Hay dureza y, al fondo, un oscuro vacío. Intenta ponerle la mano en el hombro, que la sienta cercana, pero él se aparta.

—Puedes confiar en mí, Daniel. Tal vez yo pueda ayudarte —insiste.

Daniel. Su nombre, de nuevo, es como si le doliera.

—¿No me has oído? ¡Te he dicho que te olvides de mí!

Al alba, Rafael el Cojo se despierta y mira la esfera de su reloj. Enciende la luz y afina la vista para comprobar que son las siete de la mañana. Apenas ha dormido cinco horas, pero ya le son suficientes. En su mesilla de noche observa el cuaderno de Daniel Baldomero. Impaciente por volver a leer, lo coge, lo abre por donde iba leyendo y continúa, con los ojos aún pegados y la boca con sabor a alcohol y a mal sueño.

La guerra para los habitantes de la Casa Ladina no fue más que la pérdida de un hijo. Al día siguiente, el Sefardí continuó con sus quehaceres como si Adif Manuel no hubiese sido nunca parte de nuestras vidas, su primogénito, su hijo preferido. Aquel día entró en mi dormitorio a una hora que era tan temprana que yo ni siquiera conocía. «Daniel —me despertó—, a partir de hoy te levantarás todos los días a esta hora para liberar al ganado.» Si la guerra para la Casa Ladina significó la pérdida de un hijo, para mí fue también el tener que levantarme a diario antes de las seis de la mañana para que las ovejas comenzasen a pastar por el valle aprovechando el rocío del alba. «Solo comen bien a esta hora —me dijo el Sefardí esa mañana, sentado en mi cama, nostálgico, viendo cómo me vestía—, pues luego con el calor no quieren comer.»

Mientras mis hermanas continuaban con su vida de mujeres, yo me convertí en Daniel Adif Manuel. Aquella broma me la repetía diariamente, «ahora soy Daniel Adif Manuel», me decía, pero nunca fui capaz de contárselo a nadie, porque aunque en la Casa Ladina todo el mundo actuase como si mi hermano nunca hubiese existido, Adif Manuel estaba en cada silencio, en cada mirada de angustia y tormento que se cruzaban mis padres y que yo, porque ya tenía dieciséis años, no era capaz de evitar.

Comencé a encontrarle la belleza al alba y, gracias a ello, cada vez me era más fácil levantarme antes de las seis. Pero una de esas mañanas —debía de ser a comienzos de agosto—, la guerra apareció de repente en la Casa Ladina. Entré en la cuadra y comencé a liberar a las ovejas. Como siempre, algunas comían ya en el pesebre y, remolonas, no querían salir. Nada mejor, para ello, que unos buenos garrotazos. Jacob y Baruch —ya viejos aunque aún eficientes— me ayudaron a dirigirlas al valle. Luego tenía que pasar una hora bajo la encina, y durante esa hora no hacía más que contemplar el valle salpicado de las cientos de ovejas, esperando a que padre tomase su desayuno y comenzase sus labores. Recuerdo que aquella mañana pensaba en Adif Manuel. Me preguntaba cómo iba a desenvolverse mi hermano en la guerra si nunca había disparado un arma. ¿Iba a matar hombres? O peor aún, ¿iba a morir?

De repente una mano surgió de detrás de la encina y me tapó la boca con fuerza. Tanto que me golpeé la nuca contra el tronco y el choque sonó como un eco cavernoso dentro del árbol. Luego sentí el frío metal de la boca de un arma apuntándome en la sien. Segundos después, un miliciano apareció frente a mí y me dijo: «¿Prometes no gritar?». Y yo asentí. La mano —que olía a estiércol y a sangre— se separó de mi boca y yo no moví un músculo. El arma seguía apuntándome. Había tres hombres. El líder —o eso me pareció en aquel instante— volvió a hablarme intentando aparentar tranquilidad, pero en esos ojos hundidos había nerviosismo. También en los de sus compañeros. «Ahora vas a hacer lo siguiente, muchacho. Vas a entrar en tu casa y vas a decirle a tu padre que salga. Solo él. Como se te ocurra avisarle de nuestra presencia, abriremos fuego. ¿Entendido?»

Afirmé con la mirada. El arma dejó de besarme la sien y pude ver al miliciano que me apuntaba. Caminé tembloroso hacia la puerta de casa y entré. En la cocina, padre tomaba café sentado a la mesa de comer y madre le preparaba el desayuno. Podría haberles gritado qué ocurría ahí afuera, y el Sefardí, furioso, habría acabado con esos tipos. Eso al menos habría pensado yo solo un año antes, o quizá menos. Pero el paso de la niñez a la adultez me llevó a darme cuenta, entre otras muchas cosas, de que mi padre no era ese ser inmortal que creía que era de pequeño; que, por el contrario, era un hombre vulnerable cargado de miedos. Cuando vio el terror en mi cara, dejó el café sobre la mesa y se puso en pie. «¿Qué ocurre, hijo?», me preguntó. «Sal un momento, padre», le dije. Salió afuera y esperé aterrado el sonido de un disparo que nunca se produjo. Corrí hacia la puerta y, bajo la encina, los tres milicianos apuntaban a mi indefenso padre. Mi madre, detrás de mí, pegó un grito. Uno de los milicianos nos apuntó con su arma. «¡Idos adentro!», gritó el Sefardí. Empujé a mi madre hacia el pasillo y cerramos la puerta, esperando otra vez el estruendo de un disparo —o de varios— que no llegaba. Hasta que el Sefardí volvió a entrar en casa con gesto sereno, como si nada hubiese ocurrido. «¿Qué ha pasado? —preguntó mi madre, con lágrimas en los ojos—. ¿Quiénes eran esos tipos?» Padre, sin que la voz o el pulso le temblaran, nos tranquilizó: «No os preocupéis, ya me he ocupado de todo, los hombres se han ido».

Recuerdo todos estos sucesos con la impasibilidad del que lee un libro o va al teatro y asiste a una obra de tragedia familiar. Quizá el monte me haya hecho insensible al pasado.

Debo dejar de escribir, pues me han encargado ir a recoger leña para hacer un fuego con el que cocinar el par de conejos que Macario ha cazado. El fuego podría advertir de nuestra presencia, pero el hambre es un sentimiento mucho mayor que el terror a ser descubiertos. Es el 13 de noviembre del 38. Llevamos dos días sin comer.

14 de noviembre de 1938, de noche

Escribo aprovechando los últimos rescoldos del fuego. Macario y Ramón vigilan fusil en mano la entrada a esta cueva que nos cobija. Los demás duermen dentro. Yo hasta ahora simulaba leer uno de los libros que Baldomero siempre lleva consigo. Baldomero era maestro de escuela en un pequeño colegio de San Román de la Vega, al noroeste de Astorga. Al estallar la guerra, por suerte, se libró de un paseo y se unió en La Cabrera al guerrillero Manuel Girón Bazán junto a varios huidos de las zonas leonesas de Ponferrada, Bembibre y Astorga, e incluso de más allá de El Bierzo, hasta Valdeorras y Ourense. Desde los primeros envites de la guerra, casi toda la provincia de León —salvo algunas zonas montañosas y el límite con Asturias— quedó bajo el control de los sublevados. Los leales tuvieron solo dos opciones: o entregarse al enemigo, y, por ende, a una muerte segura, o irse a la guerra. Irse a la guerra significaba, a su vez, dos cosas: o tirarse a los montes, como hicieron Baldomero, Macario o el guerrillero Manuel Girón, o unirse al frente de Asturias, donde aún había resistencia. Baldomero Jiménez decidió tirarse a los montes, porque los conocía, y solo se llevó consigo algunos libros, obviando todo lo demás, quizá presagiando el hecho de que en los montes se encontraría con un muchacho como yo: alguien que había leído, a pesar de su corta edad, centenares de libros, pero que, por prohibición expresa de su padre, aún no conocía literatura que tuviese algo que ver con política. De adolescente, lo más parecido que leí sobre política fueron las obras de Tolstói. Por ello, pese a mi experiencia como lector, aún no conocía, por ejemplo, a autores como Proudhon o Bakunin, o —en contraposición a los anarquistas— Marx o Engels, autores que he leído aquí, en el monte, junto a algunas novelas de Baroja o Azorín, algo de filosofía y mucha poesía, gracias a esa mochila de sabiduría infinita de la que Baldomero Jiménez no se separa nunca y a sus tratos con maestros refugiados o lugareños de los montes, con los que se intercambia libros.

Una voz ha interrumpido mi escritura. «¿Qué haces, Daniel?» Es Baldomero, que se ha desvelado y me ha visto escribir. «¿Qué escribes?» Se incorpora haciendo crujir su espalda. Gracias a la acción del fuego puedo contemplar sus rasgos como si el sol lo iluminase; su barba prominente, su pelo rizado, sus ojos pequeños tras esas gafas de alambre. Hace dos años, cuando lo conocí, aún era un hombre rollizo, pero ahora está muy delgado, apenas debe de pesar la mitad de lo que antes pesaba. Cuando Baldomero centra sus ojos en mí, exclama: «¡Eres tú quien me roba el lápiz!», y le contesto: «Estoy escribiendo mis memorias». Tras ello, el hombre me mira con la expresión del maestro a quien uno de sus alumnos sorprende gratamente durante las clases. Antes de volver a acostarse, me recomienda: «No te dejes los ojos ahí, espera a la luz diurna». Pero no le hago caso y continúo.

El susto me duró varios días. Al alba bajaba tembloroso a la cuadra y dejaba libres a los animales esperando encontrarme, de nuevo, con los milicianos. Pero eso no ocurría. La guerra no volvió a hacer acto de presencia en la Casa Ladina hasta una semana después de aquel incidente. Una mañana, mientras leía un libro bajo la encina, vi a lo lejos como se acercaba un carruaje. Llamé enseguida a padre, quien corrió por su rifle y me mandó a dentro. Subí a mi habitación y me asomé por la ventana. Los minutos que el carruaje tardó en aproximarse a la Casa Ladina se me hicieron interminables.

A unos metros del Sefardí, que se mantenía erguido y apuntando con su rifle, el cochero —junto a un hombre armado con una metralleta— hizo frenar a los caballos. Acto seguido, la puerta del carruaje se abrió y, tras ello, apareció una mano enclenque que agarró el asidero del coche y tomó impulso para hacer salir el resto del cuerpo. Era un sonriente don Lucrecio que, una vez en tierra firme, le gritó a mi padre que bajase el arma. El Sefardí dejó el rifle en el suelo y se dirigió al encuentro con el cacique. Ambos se abrazaron y se profesaron corteses saludos. El cochero y el hombre armado —cuya presencia excusó don Lucrecio diciendo que era su escolta— se bajaron del carruaje. Alguien más salió: Marina, la novia de mi hermano, que acompañaba a su padre.

Mientras madre agasajaba a sus invitados con nuestro mejor vino y nuestro queso más valioso, padre fue a la cuadra y volvió a los pocos minutos. Don Lucrecio nos hizo reunir a la familia en el salón para contarnos algo importante. El Sefardí tomó asiento frente a él. Afuera, el cochero y el escolta descansaban bajo la encina. «Estoy muy contento de que vuestro hijo, que también es el mío, esté en el frente luchando por nuestra nación, que también es la vuestra, pues, aunque griegos, sois españoles de adopción. —El Sefardí asentía con una sonrisa fingida que solo quienes lo conocíamos podíamos apreciar—. Ahora, tres semanas después de que vuestro hijo se uniese al bando nacional, al fin hemos recibido correspondencia.»

Marina, con su largo pelo cayéndole por los hombros, sus labios carnosos, su naricilla y sus preciosos y profundos ojos, sacó una carta de un bolso que llevaba colgado al hombro. Don Lucrecio se colocó sobre la nariz las gafas que tenía colgando de un cordón en el cuello y, antes de leer, dio un pequeño sorbo a la copa de vino. Todos lo mirábamos con expectación.

20 de agosto de 1936
Queridos Marina y don Lucrecio, querida familia. Hace ya una semana que partimos hacia la guerra. Me encuentro bajo el mando del comandante Arteaga, quien ha reunido esta columna de hombres valerosos dispuestos a luchar en el frente asturiano. Como sabréis, León y Galicia ya se encuentran bajo el dominio nacional y solo Asturias permanece ocupada por los enemigos. Ayer, día 19, en nuestro bautismo de fuego, tomamos el puerto de Leitariegos, clave para penetrar en la región asturiana. Solo descansamos para escribir a nuestras familias. En breve nos uniremos a la columna de López Pita para avanzar sobre los pueblos de Vallado y Cangas de Narcea, las primeras paradas en nuestro camino hacia la leal Oviedo, que, cercada por las tropas republicanas, apenas podrá aguantar unos días. Besos y abrazos a todos. Os quiero. Decidle a mi familia que todo lo hago por ellos. Arriba España.

Cuando don Lucrecio terminó de leer la carta, la dejó sobre la mesa y nos sonrió. «Vuestro hijo volverá como un héroe», dijo. El Sefardí intentó sonreírle, pero no hubo mueca alguna en su rostro. Jamás había visto en la cara de mi padre la expresión que presentaba: en sus ojos había humillación y rabia, casi se podía ver cómo se imaginaba expulsando a don Lucrecio, a patadas, de sus tierras. Su primogénito estaba en una guerra que no iba con él, que no tenía nada que ver con nosotros, por culpa de este hombre. Toda la estricta educación que le dio a su hijo se había esfumado en las ideologías cainitas y fratricidas que enfrentaban a hermanos contra hermanos en este país. Pero, lejos de cuanto pudiese haber hecho, no hizo nada. Mi madre se fue a la cocina y sé que allí lloró en silencio. Se lo vi en el rostro. Marina y mis hermanas se fueron afuera y yo me quedé con los hombres. Don Lucrecio comenzó a hablar de cómo avanzaba la guerra, pero sé que el Sefardí no lo escuchaba. «Elián —este hombre es el único al que he oído, en mi vida, dirigirse a mi padre por su nombre de pila—, la guerra será solo cuestión de meses. Asturias y Madrid están al caer. La República no llegará viva al invierno. Brindemos, Elián, por Adif Manuel y por España.»

Don Lucrecio alzó su copa esperando a que el Sefardí lo imitase. De repente creí ver como el brazo de mi padre salía disparado con furia para golpear su copa contra la cabeza del invitado. Pero, en milésimas de segundo, quizá arrepentido por las consecuencias que podría traernos tal arrebato de rabia chocó mansamente su copa contra la de don Lucrecio. Almorzamos una rica comida que don Lucrecio celebró diciendo que las manos de mi madre eran, tras las de su mujer, las mejores de toda la comarca. Durante la comida el tema de conversación fue, cómo no, Adif Manuel. Marina derramaba ridículas lágrimas de cocodrilo imaginándose a su novio cercado por las balas. Mis padres, por el contrario, lloraban por dentro. Fue entonces cuando pensé en cometer uno de los mayores errores de toda mi vida, si no el que más: Marina tenía que saber la verdad; Marina tenía que saber que Adif Manuel no la amaba realmente.

Tras el almuerzo, y a pesar de que mis hermanas pretendieron llevarse a Marina a su dormitorio, yo la insté a que me acompañase a la cuadra bajo algún pretexto que ahora no alcanzo a recordar. A pesar de sus reticencias iniciales, aceptó. Rodeamos la Casa Ladina y nos adentramos en la cuadra, donde descansaban los perros y los animales de granja. Marina, que no estaba acostumbrada al olor tan característico de los animales, se asqueaba, llevándose la mano a la nariz. «¿Adónde me llevas?», preguntaba una y otra vez. A lo que yo le contesté: «Es secreto, no nos debe oír nadie». Buscaba el lugar más alejado de la casa, porque en la Casa Ladina todo sonido reverberaba y se expandía, y no había secretos. Lo tenía comprobado desde hacía mucho.

Junto a la cuadra estaba el cuarto de la lana, que padre usaba de almacén. Sí, ese era el lugar ideal para confesar un secreto, pensé, a pesar de que desde hacía varios días el Sefardí nos tenía prohibido entrar ahí. Pero yo le había robado la llave, que sé que guardaba en un cajón de su despacho, bajo un ejemplar del Talmud. Metí la mano en el bolsillo del pantalón y la encajé en la cerradura. Empujé la puerta del almacén e invité a Marina a entrar. Avanzamos unos pasos hasta que, de pronto, la muchacha dio un grito. Yo me percaté de las presencias un par de segundos más tarde que ella; sobre un fajo de lana había un hombre dormido, y en el otro extremo de la habitación, dos hombres jugaban a los naipes. Por el tremendo calor que allí dentro se concentraba, los hombres estaban casi desnudos. En un perchero había colgados tres uniformes de miliciano. En la mesa de trabajo del Sefardí, que quedaba justo enfrente de la puerta, se encontraban sus armas y su munición. «¿Quiénes sois?», pregunté, pero los reconocí al instante. Y cuando quise darme cuenta, Marina corría despavorida por la cuadra dirigiéndose hacia la Casa Ladina.

22

Una humeante taza de café se empina y el líquido se pierde a sorbos tras un frondoso bigote. Julio Fernández, un recio y experimentado maquinista de León, desayuna en su cocina a las seis menos cuarto de la mañana. Una pequeña vela aporta la luz necesaria, pues aún no tiene electricidad en casa. Un chiquillo llama a la puerta de la calle. Julio sale de la cocina y abre la puerta sabiendo qué le espera al otro lado. Un muchacho de apenas diez años, envuelto en abrigos y mantas como un pequeño esquimal, le da los buenos días.

—Le toca la Americana 4.532, señor, hasta La Coruña con el correo-expreso. Yo que usted me daba prisa.

El maquinista le da unas monedas y agradece al niño la información. Esta práctica, la de los avisadores, suele ser muy común entre los ferroviarios de León; para evitar desplazarse hasta la instalación ferroviaria e informarse del horario de comienzo del trabajo y las máquinas asignadas, algunos chiquillos se ofrecen a llevarles esta información —que se publica diariamente en el tablón de anuncios del depósito de máquinas de la estación de León— a cambio de algunas monedas.

—Que tengas un buen día, muchacho.

Julio Fernández se termina el café y va a su dormitorio, donde su mujer ha vuelto a dormirse tras haberle preparado el desayuno y el almuerzo. Se viste con su uniforme y sale a la calle. Arrecia este frío invernal como en ninguna otra mañana.

Nada se asemeja a la sensación que Julio tiene cuando entra en la estación de León a las siete de la mañana. Lo que durante el día es un bullicio y un vaivén incesante de viajeros, es ahora un remanso de frío y silencio, una enorme estructura fantasma. Todas las mañanas, a esta hora, cambia esta misma impresión con el guarda de seguridad.

—Me encanta la estación a las siete de la mañana.

El guarda siempre hace la misma broma.

—Pues vente a las cinco y verás como te gusta más.

Julio saluda a varios maquinistas envueltos en el humo de sus cigarrillos. Charlan sobre la jornada de liga de ayer. Uno de ellos, José Dones, se dirige a Julio:

—Vamos juntos a La Coruña. Te doy la doble tracción con la Mastodonte.

—Nadie mejor que tú, José.

Julio y José abandonan al grupo de maquinistas y salen al andén. Serán los primeros en salir esta mañana de León en cuanto el correo-expreso llegue desde Valladolid y se proceda al cambio de locomotoras. Los fogoneros de ambas máquinas, Federico y Andrés, esperan en el andén, sumidos en el frío neblinoso de la mañana.

—Buenos días, señores —se adelanta Julio—. ¿Con ganas?

Los muchachos asienten y dan los buenos días. Llevan casi una hora en la estación, ya que los fogoneros deben presentarse en el depósito de máquinas dos horas antes de la partida del tren. Julio mira hacia las vías; ahí está la Americana y, detrás, la Mastodonte que conducirá José y que tendrá que darle la doble tracción. Esta Americana es la locomotora preferida de Julio. Antes solía conducir una Mastodonte, pero unos meses atrás se había licenciado, porque las locomotoras también se jubilan; cuando ya no están en condiciones de bajar y subir los escarpados montes leoneses se las dedica a otros usos, a recorridos simples o a maniobras en las estaciones.

Julio y Federico se suben a la Americana.

—¿Qué tal el fin de semana, muchacho?

Federico abre la portilla de la caldera y procede a comprobar la presión.

—Pues tranquilo, don Julio. Con este frío no había ganas de salir de casa.

Es la rutina de todas las mañanas en las que salen con un tren; mientras el fogonero revisa la caldera y comienza a hacer acopio de briquetas de carbón, el maquinista comprueba el buen estado de la máquina; las provisiones de agua, carbón y aceite, los útiles necesarios, los frenos, los engrases y palancas, las válvulas y conductos del vapor... La comprobación les lleva algo menos de media hora. Una vez han terminado, Julio mira a su reloj de muñeca; van a dar algo más de las seis y media. En el andén hay ya decenas de personas en espera del correo-expreso.

De pronto, el jefe de la estación aparece tras la portezuela de la locomotora y saluda a Julio. Hace llamar, con un gesto, a José Dones, que está terminando de examinar la Mastodonte. José baja a las vías y aborda la entrada a la Americana.

—¿Ocurre algo? —pregunta Julio.

El jefe se dirige a ambos maquinistas.

—El tren correo de Madrid va con retraso. No se le espera hasta dentro de al menos una hora.

Julio pone los brazos en jarra. Arquea su bigote.

—Maldita sea. Pues empezamos bien el día.

Los primeros rayos de sol hacen que al fin haya horizonte. Daniel Baldomero lo esperaba con expectación, porque hasta ahora este tren ha viajado en un oscuro y siniestro túnel donde realidad y recuerdo se entremezclaban. Y, con la luz, de pronto el monte, de formas sinuosas, y el verde de los frondosos árboles y matorrales, y por ahí un pequeño riachuelo, un caserío o una aldea.

—Qué hermoso paisaje —exclama Almudena, mirando, junto a Daniel Baldomero, hacia la ventanilla.

Minutos después, el tren llega a León.

—¡Al fin! —exclama la mujer, que ya ha terminado su viaje.

Al contrario que en las anteriores paradas, una gran cantidad de viajeros se baja en esta estación de León. También muchos esperan, impacientes, pues son las ocho menos cuarto de la mañana y el tren lleva algo más de una hora de retraso. Daniel Baldomero ayuda con el equipaje a Almudena, que ya ha llegado a su destino. El muchacho sostiene la maleta de la mujer y se escabulle entre los viajeros que, cargados con su equipaje, también han terminado su viaje. En el andén, besos y abrazos los esperan desafiando al frío. Y habladurías, como la de dos mujeres: «Con qué retraso habéis llegado, ¿no?». Y otra: «Si supieras lo que ha pasado en Palencia... Una pelea de pareja, un tipo con un arma apuntando a su novia y a su amante... o algo así». Y otra viajera: «Digo, ha habido tiros y todo».

Daniel Baldomero avanza sorteando el gentío. Deja la maleta de Almudena en el andén y vuelve para ayudar a la mujer, a quien ofrece su brazo para que se apoye al bajar los escalones del vagón.

—Una hora más en ese asiento y no me hubiese podido levantar.

Se lleva la mano a la espalda, maldiciendo sus riñones. Luego mira hacia las ventanillas de primera clase.

—Permíteme un momento, muchacho —le pide.

Da algunos pasos hasta que no tarda en dar con ellas. Allí, en esa ventanilla, Julita mira hacia el ajetreo del andén. Almudena le hace señas y, cuando al fin logra verla, la joven avisa a su madre, que se asoma.

—¡Trinidad! ¡Ya me voy! ¡Que tengáis buen viaje!

—¡Un momento, que bajamos! No nos vamos a despedir así, mujer.

Un par de minutos después, madre e hija se apean del vagón y se hacen hueco entre las personas que abarrotan el andén. Pasan junto a un grupo de militares envueltos en el humo del primer cigarrillo de la mañana. Julita, tiritando de frío, va detrás de su madre. Daniel trata de marcharse al verlas, pero Almudena lo frena.

—¿Adónde vas, Antonio? ¿Quieres desayunar? Podemos parar ahí en la cantina de la estación.

—No, gracias, creo que voy a volver al asiento. Además, el tren estará a punto de salir.

—Insisto, muchacho. Además hay tiempo de sobra. Esta parada es algo más larga, pues tienen que cambiar las locomotoras.

Llegan madre e hija. Daniel Baldomero, rodeado de las mujeres, ya no puede escapar. Los cuatro se saludan y se dan los buenos días. El saludo entre los muchachos es frío y distante.

Trinidad se dirige a él con una sonrisa cortés.

—Quería darle las gracias, Antonio, por lo que ha hecho por mi hija.

—No hay de qué, señora.

—Quién iba a decírnoslo... —comenta, visiblemente apenada—. Aún no me explico qué ha podido ocurrir. Tan educado y tan guapo que era Jorge...

—Déjalo, madre, por favor —la reprende su hija.

Almudena intercede entre ambas.

—¿Os apetece desayunar? Antonio y yo vamos a ir a la cantina de la estación.

—¿Nos dará tiempo? —pregunta Julita.

Un revisor para junto a ellas. Almudena le da el alto.

—Oiga, señor, ¿hay tiempo para tomarse un café?

Este mira su reloj.

—Veinte minutos, no más. Vamos con retraso y hay que salir pronto.

—Pues lo suficiente —asiente Trinidad, y sonríe a Daniel—. Antonio, déjeme que al menos lo invitemos al café, o a unas porras, si le apetece, por lo que hizo por mi hija.

Le sorprende que siga tratándole de usted. A él, a un muchacho. Este intenta esquivar este nuevo ofrecimiento con evasivas, pero Almudena, tan convincente, lo coge del brazo y lo dirige hacia la cantina de la estación acallando toda excusa.

—Está bien —acepta, resignado, agachándose para coger la maleta de la mujer—. Pero déjeme que le lleve el equipaje, al menos.

Entran en la cantina. A pesar del bullicio de quienes han acudido a la llamada del café caliente, al fondo hay una mesa libre. Toman asiento.

—¿Qué tal estás, Julita? —pregunta Almudena.

La joven levanta la vista y sonríe.

—Bien, bien. Todo lo malo se quedó allí.

Parece sincera. O esto mismo piensa Daniel Baldomero contemplando a esta joven por la que hace horas arriesgó la vida y a quien ha pretendido sin éxito no volver a ver más. El camarero llega y todas piden café y porras. Daniel, acostumbrado, a pesar de su disfraz de gentilhombre, a la austeridad, solo pide un café cortado.

—Y cuéntenos, Antonio, ¿a qué se dedica? —le pregunta Trinidad mientras, en un gesto maternal, acaricia el pelo de su hija.

La respuesta llega pasados unos segundos. Las mujeres lo miran expectantes. Le ha costado, preso de la duda de si contestar como Daniel Baldomero o como Antonio, ese muchacho pulcro y trajeado que va a tomar un café en la cantina de la estación de León y cuyo pasado nadie conoce porque no existe. Daniel Baldomero, por el contrario, es ese pobre pícaro de Madrid sin apenas dinero y cuyo nombre ahora solo Julita conoce.

Finalmente, es Antonio el que contesta.

—En Madrid trabajaba en una pequeña taberna. Pero me cansé de ese trabajo y aquí estoy, volviendo a mis raíces. Tras la guerra me mudé a Madrid, pero yo soy de El Bierzo.

—Qué bonita tierra —apunta Almudena.

—¿Y le está esperando su familia?

—Así es. Mi familia me estará esperando en Villafranca.

Ha ocultado los ojos a las tres mujeres. E intentando preservar la mentira, voltea la conversación hacia madre e hija.

—Y ustedes viajan a Lugo, ¿no?

—Sí, vamos a un pueblecito llamado Monterroso —responde Trinidad—. Mi padre, que en paz descanse, nació allí. Emigró a Madrid hace muchos años. Yo ya nací en la capital.

—Lugo y El Bierzo están tan cerca que casi podrían considerarse lo mismo —contesta el muchacho—. De hecho, nosotros vivíamos muy cerca de los límites entre ambas provincias. Cuando alguien llegaba a nuestras tierras, no sabía decirnos si éramos gallegos o bercianos. Mi padre siempre decía lo mismo: «yo soy de mi familia».

Trinidad y Almudena sonríen. Es esta última la que habla:

—Qué razón tenía tu padre, muchacho. Gran parte de nuestros problemas han estado siempre en la obsesión por ponerle límites a todo, por querer separar lo inseparable, por aquello del de aquí para allá, tuyo, de aquí para allá, mío.

Todos, menos Julita —que mira absorta el ajetreo de la cantina—, asienten. Llega el camarero con los cafés, haciendo equilibrios con las tazas sobre una bandeja.

—Ahora les traigo lo demás —dice.

Trinidad da el primer sorbo sin que parezca importarle la temperatura.

—Qué ganas de un café calentito —exclama tras el vaho humeante que emana de su taza.

Cada vez más viajeros abarrotan la cantina. Para algunos, el viaje ha terminado. Para otros, aún continúa. Para algunos más, acaba de empezar. Decenas de personas hacen cola en las taquillas de la estación para ver si hay algún billete en el correo-expreso que les lleve de León a alguna de las paradas que se encuentran en el trayecto hasta Galicia. Y una y otra vez, la negativa: «No, lo siento, el tren va completo».

Mientras tanto, Trinidad y Almudena se afanan en rescatar viejas anécdotas de juventud, retándose a ver quién recuerda la más antigua y olvidada. Solo ríen ambas. Julita esconde la mirada en la taza de café mientras Daniel Baldomero la posa en el ventanal del bar, contemplando el trajín del andén. Hasta que Trinidad le llama la atención a su hija con un par de golpecitos en el hombro.

—¿Sabes, Julita? De pequeñas, Almudena y yo estuvimos enamoradas del mismo chico. ¿Qué habrá sido de él, por cierto?

—Ni idea, le perdí la pista hace muchos años. Creo que tuvo una novia y se casó. Debía de ser mucho más guapa que nosotras.

—Si es que de pequeñas no éramos muy guapas —exclama Trinidad—. Luego ya, de juventud, sí nos pusimos más monas. ¿Recuerdas aquello que decíamos cuando nos llamaban feas?

Almudena sonríe. El camarero irrumpe junto a las mujeres con un cartón de churros y porras, que deja sobre la mesa.

—Algo de que a las niñas feas, el Señor... ¿no?

Trinidad ríe. Le hace un gesto a su hija para que escuche la siguiente frase.

—A las feas, el Señor las desea; a las guapas, el demonio las coge por las patas.

Envuelto en la risa de las tres mujeres, en el aroma a café y a porras, Daniel Baldomero desvía la mirada de esta escena familiar y vuelve a posarla en el andén. Allí debería estar él, esperando a que el convoy vuelva a ponerse en marcha, fumándose en soledad el primer cigarrillo de la mañana. Siente el impulso de levantarse, irse sin ni siquiera despedirse y regresar al tren.

—¿Te ocurre algo, Antonio?

Es la voz de Almudena. Daniel Baldomero atiende de nuevo a la conversación y sonríe. Pero algo ha visto en el andén que le ha dejado pensativo. Dos miradas, dos miradas oscuras con las que se ha cruzado, dos miradas que no parecen ser casuales.

—Estoy bien. Es que apenas he dormido durante el viaje.

Da el último sorbo a su café. Intranquilo, mira de nuevo al andén, pero esas miradas, esos hombres detrás de ellas, se han esfumado. Las mujeres se terminan el desayuno y piden la cuenta al camarero. Es Trinidad, finalmente —y tras una breve disputa con Almudena—, la que paga.

Salen afuera. Se oye como el revisor arenga a los viajeros para que vayan tomando asiento en el tren. Es el momento de la despedida. Tras los abrazos y los deseos de buen viaje, Almudena sostiene su maleta y carga con ella perdiéndose por el edificio de la estación. Mira hacia atrás y sonríe a sus compañeros de viaje.

En el andén, los pasajeros vuelven poco a poco a sus asientos. A la cabeza, los operarios ferroviarios terminan de sustituir la locomotora con la que el tren venía por dos nuevas con las que subir y bajar los escarpados montes de León. Daniel Baldomero, que mira a lo lejos las maniobras de enganche, se dirige a madre e hija.

—Voy a volver a mi asiento. Que tengan un buen viaje.

No alargan la despedida como sí hicieron con la de Almudena, y se desean buen viaje por si ya no volviesen a verse. Entre Julita y Daniel no hay más que cortesía. El muchacho da media vuelta con un extraño nudo en el estómago.

Daniel Baldomero camina hacia la entrada del primer vagón de tercera. Un grupo de chicos jóvenes, casi adolescentes, atraviesan el andén y se dirigen al coche mixto. Los envuelve la algarabía propia de la juventud, el jolgorio de risas y bromas que acompaña a quienes no tienen por qué guardar la compostura en público. Los muchachos se agolpan en la puerta del vagón compitiendo por quién entra primero. En sus bolsos y mochilas puede leerse, bordado, «Betanzos Fútbol Club». Detrás de ellos va un hombre mayor, quizá el entrenador de este equipo de fútbol regional. «¡Tranquilos, chicos, hay sitios para todos!», se oye.

Al frente del convoy, sobre las vías, los maquinistas y operarios ferroviarios continúan con las maniobras de acoplamiento de las locomotoras. Los futbolistas se pierden por la entrada de su vagón, y sus risas y bromas dejan de oírse en este andén acallado de pronto. Daniel Baldomero camina hacia el primer vagón de tercera, anhelando un cigarrillo que llevarse a la boca. Resopla. Siente por primera vez que El Bierzo, su tierra, está cerca. No pisa tierra leonesa desde hace cuatro años, desde la guerra.

—Buenos días, señor.

Todo comienza con una voz. El caos comienza con esa voz. Alguien le toca por la espalda y le obliga a girarse. Ve unas manos grandes y firmes. Luego a dos hombres enfrente. Y, por último, dos miradas, aquellas que Daniel Baldomero descubrió posadas sobre él cuando tomaba café en el bar.

—¿Algún problema?

Tensos. Firmes. Ojos agudos y penetrantes.

—¿Podríamos ver su identificación, por favor?

Daniel Baldomero balbucea.

—Pues es que, ¿saben?, perdí la cartera en la estación de Palencia.

—Vaya por Dios.

—No habrá sido en el forcejeo con aquel chico, ¿no?

Asiente.

—Así es. De repente ya no la tenía. Se me caería en el andén.

—Fue usted muy valiente, le felicito.

Uno de ellos saca una pequeña libreta de uno de los bolsillos de su chaqueta. Luego un lápiz.

—¿Podría decirme su nombre?

—Antonio. Me llamo Antonio Rodríguez.

El hombre apunta en la libreta.

—¿Antonio Rodríguez qué más?

—Rodríguez Méndez.

—No se preocupe, Antonio. No se ponga tan serio. Son preguntas rutinarias. ¿Y adónde va y de dónde viene?

—Voy a Villafranca del Bierzo. Cogí el tren en Madrid.

El hombre apunta en su libreta a toda velocidad. Es el otro quien pregunta ahora.

—¿Y conoce usted a un hombre llamado Daniel Nahman Levi?

De repente, todos los miedos le sobrevienen y se concentran en el nudo que se le hace en la garganta. Luego un silencio. Y bisbiseos. Aunque intenta aparentar tranquilidad, le es imposible; se vuelve blanco y mudo. Y cuando está a punto de delatarse, una voz, esta vez femenina, lo salva.

—¿Cariño?

Julita aparece junto a los hombres y atraviesa el tenso espacio neutral entre Daniel Baldomero y ellos. Se sitúa junto al muchacho y le agarra del brazo. Les sonríe.

—¿Quién es usted, señorita?

—Yo soy la novia de Antonio. ¿Algún problema?

—Usted es la muchacha de Palencia, ¿no es así?

—Así es —les reta la chica—. ¿Podemos irnos a nuestros asientos?

Los hombres se comentan algo al oído. Dos, tres segundos largos, esperando a que le den el alto, a que saquen una pistola y lo esposen. Pero no ocurre. Asienten, finalmente.

—Está bien, disculpen. Que tengan buen viaje.

Daniel Baldomero y Julita continúan cogidos del brazo cuando suben la escalerilla de acceso al vagón y los dejan atrás, entre resoplidos y el aliento desbocado de quien ha visto cerca su final.

«¡Pasajeros al tren!», se oye.

23

El tren lanza una densa bocanada de humo y hace sonar su silbato. Al reanudar con lentitud la marcha sobre las vías, los lazos invisibles entre pasajeros y acompañantes comienzan a romperse, y el convoy los separa al calor de las despedidas y los brazos agitados diciendo adiós. Adelante, dos nuevas locomotoras dan la doble tracción necesaria para los escarpados montes leoneses. Son algo más de las nueve menos cuarto de la mañana cuando el correo-expreso 421 deja atrás la ciudad de León en dirección a Galicia.

—Madre, ¿puedes venir un momento, por favor?

Trinidad charlaba con Federico y Paca en el compartimento. La mujer se pone en pie y sale al pasillo, donde Julita la aguarda. Detrás de ella está Daniel Baldomero, a quien no esperaba.

—¿Ocurre algo? —Mira a ambos.

—No, no te preocupes. Simplemente, que Antonio se ha prestado a ayudarme con el trabajo de la facultad y voy a sentarme con él en el asiento que Almudena ha dejado libre. ¿Vale?

La mujer mira a Daniel con gesto de extrañeza.

—Pero ¿él entiende de literatura?

—Sí, madre. Es un experto lector de poesía.

Trinidad ya está levantada, en el pasillo, para hablarle a Julita al oído.

—Pero, hija, no está bien que os vean a los dos a solas. Ya sabes, con lo de Jorge tan reciente...

Julita agría el gesto.

—Madre, olvídate de Jorge, por el amor de Dios. Y del qué dirán. Por lo menos mientras estemos lejos de Madrid. Eso es lo que nos prometimos para este viaje, ¿no?

—Bueno, está bien —accede la mujer, al fin—, pero tened cuidado.

Se despiden con una sonrisa. Los muchachos atraviesan el pasillo y salen a la pasarela, dejando paso a varios viajeros que hacían el camino inverso.

—De verdad, Julia, que no es necesario.

—Que no es molestia, Daniel.

El torbellino de viento los enmudece. Entran en el co-che-bar cerrando tras de sí la portezuela. Atraviesan el pasillo de compartimentos de pasajeros para llegar al restaurante, donde decenas de viajeros se toman el café de la mañana con la prensa del día rondando por las mesas. Una vez el tren ha salido de la estación de León, las paradas se vuelven más asiduas, por lo que el convoy está ahora más abarrotado que nunca. Daniel Baldomero y Julita zigzaguean entre las mesas y se asoman a la pasarela.

—No hace falta que estés conmigo, en serio.

—Pero vamos a ver —insiste Julita—. Si les hemos dicho a esos hombres que tú y yo somos novios, ¿no es lógico que ambos viajemos juntos?

Atraviesan el pasillo del coche mixto. En varios de los compartimentos se oye a los jugadores del equipo de fútbol. En el resto, solo hay rumores de voces.

—Quizá no vuelvan.

Julita habla bajando el tono de voz. Mira a su alrededor.

—Si están buscando a Daniel Nahman Levi, lo mejor es que continúes siendo Antonio Rodríguez de la mejor manera posible.

Daniel enmudece. Sabe que Julita tiene razón, y accede. Atraviesan la última pasarela y se meten en el primer vagón de tercera. En este compartimento, el aire denso y pesado de toda una noche de viaje ha sido ya renovado. Hace incluso frío, que se coló por las rendijas y por las ventanillas abiertas en la estación. Solo hay dos asientos vacíos, los de Almudena y Daniel.

—Gracias por guardarnos el sitio, Benito.

Benito Quintanilla les sonríe. Julita toma asiento primero y se coloca junto a la ventana, robándosela a Daniel, quien se sienta entre ella y Benito.

—¿Cómo va el viaje? —les pregunta el hombre.

—Pues muy bien —contesta Daniel, parco.

Julita le sonríe cortésmente.

—Yo no sé a vosotros, pero a mí se me está pasando volando. Con esto de que vayamos parando de estación en estación, al final no te enteras. ¿Sabéis? Cuando era niño solía hacer este mismo viaje al menos una vez al año. Mi familia era de un pueblecito de la cuenca minera, pero emigramos a Madrid cuando yo era pequeño. Entonces el viaje duraba varios días. ¡Y mira ahora, en apenas uno! Cómo evoluciona el mundo... Da un poco de miedo, ¿no? Todos estos cambios. O será que yo ya estoy mayor...

—¿Mayor, usted? —responde Julita—. Con lo joven que se le ve.

El hombre ríe.

—Gracias, muchacha. Pero a la edad no podemos engañarla. Y por muy jovial que pueda parecer, mi espalda ya no puede más. —Se lleva las manos a los riñones—. Menos mal que ya me queda poco, pues bajo en Astorga. Ah, por cierto, me han sobrado unos higos que me llevé para el viaje, ¿queréis?

Benito rebusca en su bolso de mano y saca otra bolsa con fruta. Daniel Baldomero lo rechaza con cortesía, y Julita hace un gesto de negación mientras le agradece el ofrecimiento. El hombre abre el higo y le quita la piel. El jugo le rebosa las manos y le resbala por las muñecas. Caen algunas gotas sobre su pantalón. Ríe.

—¡Cómo me estoy poniendo! Madre mía. Siempre me pasa lo mismo. Si mi mujer, que en paz descanse, me viese...

—¿Quiere un pañuelo? —pregunta Julita—. Tengo uno aquí en el bolso.

—No, no te preocupes, chiquilla. Muchas gracias. Ya tengo uno aquí, por si las moscas. Lo llevo siempre conmigo.

El hombre mete la mano en el bolsillo de su abrigo y saca un pañuelo de tela. Luego moja una punta con saliva y se lo restriega en el pantalón hasta hacer desaparecer la mancha.

Julita lo contempla, hasta que aparta la vista de la escena y la posa sobre el horizonte. El paisaje es una manta verde que parece tensada por sus cuatro esquinas. Allí, a lo lejos, un campanario, como una flecha clavada en el manto, avisa de la existencia de un pequeño pueblo. Tiene alrededor, salpicadas, varias casas encaladas.

—¿De verdad quieres que te ayude con el trabajo? —le pregunta Daniel.

Julita vuelve al vagón a bordo de una sonrisa que ni ella misma esperaba.

—No me importaría. Estoy algo atascada.

Coge su bolso y saca la deshojada *Revista de Occidente*.

—¿Es cierto que has leído a María Zambrano, o solo lo dijiste para hacerte el interesante?

—Sí, he leído algo de ella. De verdad. Hace unos años conocí a un maestro de escuela llamado Baldomero con el que conviví un tiempo. Baldomero llevaba siempre consigo una mochila cargada de libros, desde filosofía hasta política y poesía. A pesar de cuánto pesaba esa mochila, nunca se separaba de ella. Decía que era de los pocos tesoros que tenía. Bueno, más bien de los que le quedaban. Muchas noches, al calor del fuego, leíamos algunos fragmentos y pasábamos horas discutiendo sobre ellos. María Zambrano era una de sus autoras preferidas.

—Ojalá en la universidad hubiese profesores como él. Allí, para la mayoría de los catedráticos, apenas hay cultura en España más allá de Unamuno y Baroja. ¿Cómo pretenden que estudiemos literatura si quieren hacernos borrar los últimos treinta o cuarenta años?

—¿Y cómo hacéis para leer lo actual?

Julita mira a Benito Quintanilla, que se afana por comer el segundo higo tras haber terminado el primero. La joven responde bajando el tono de voz.

—Tenemos un grupo de trabajo que se reúne a puerta cerrada, y hay compañeros que se arriesgan a traernos libros de los autores que... ya sabes, no se pueden leer así abiertamente. Además, en las tertulias de los cafés o en el Ateneo de vez en cuando se lee a alguno de ellos, aunque siempre con el cuidado suficiente.

Julita sonríe al recordar aquellos acalorados debates de los intelectuales a los que asistía como espectadora. Nunca se atrevió a participar en ninguno a pesar de que había compañeros suyos que sí tenían la valentía, o la osadía, de contestar y rebatir a Serrano Anguita o a Jardiel Poncela.

—¿Has asistido alguna vez a una tertulia literaria?

—¿Yo? —se sorprende Daniel Baldomero—. Nunca.

—Pues te encantaría. Aunque dicen que ahora ya no tienen nada que ver con las que había antes de la guerra. Imagínate oír a Lorca y a Machado en un mismo café... ¿Los has leído?

Daniel mira a su alrededor. Está acostumbrado a bajar la voz cuando habla de temas delicados, y la poesía es sin duda uno de ellos. Nadie puede poner a Lorca o a Machado en sus labios sin el debido cuidado.

—Sí, los he leído. Aunque a Baldomero, el maestro del que te hablé, no le entusiasmaba mucho Lorca. El bueno, decía, era Miguel Hernández, aunque este nunca se vendió tan bien como Federico. Eso sí, me confesó que no pudo reprimir las lágrimas cuando se enteró de su muerte. De cómo lo mataron a traición. «Nos han robado un premio Nobel —decía—. Los fascistas nos lo han robado.» Y también a Antonio Machado, por supuesto, que se murió de pena. Y a Miguel Hernández, cómo no. Cuando supe que había muerto en prisión, tampoco yo pude reprimir el llanto. Recordé que Baldomero lo defendía como la auténtica voz de su generación. El poeta de los combatientes. Y todas se apagaron. Todas esas voces. Supongo que de eso no os hablan en la universidad, ¿a que no?

Julita le responde al oído. Daniel nota el calor de su aliento.

—Qué va. Los del 27 no existen de clases para adentro, como te dije. Una vez un compañero citó a Lorca en un debate y el profesor le reprendió diciendo que en su aula no iba a permitir que saliese ese nombre. Que si lo habían matado en la guerra, sus razones tendrían. No sé, yo no he querido meterme nunca en esos temas, pero... ¿qué puede hacer de malo un poeta? ¿Una España sin esas voces es la España en la que querríamos vivir?

La joven vuelve a mirar a su alrededor y comprueba que nadie les ha escuchado. Benito Quintanilla charla con una pasajera del asiento delantero. Le enseña la piel de los higos y alaba la dulzura con la que su higuera da frutos.

—Creo que pasarán muchos años hasta que las recuperemos. Esas voces, quiero decir —responde Daniel.

Julita asiente. No está acostumbrada a hablar de política y, por ello, se le ha acelerado el pulso con esta conversación. Su madre se lo tiene prohibido. Y Jorge también, por supuesto. «La política no es cosa de mujeres», le recriminó su novio en más de una ocasión. Pero ella no puede evitar tener una opinión propia. Una opinión que, por primera vez, y sin saber muy bien por qué, ha compartido con este chico, con Antonio.

—En fin, que no me veo yo mucho en eso de las tertulias. —dice Daniel, cambiando de tema—. ¿Sabes? No sé yo si me habrían aceptado a mí en un lugar como ese, la verdad.

—¿Y eso? ¿Por qué? ¡Pues claro que te habrían aceptado! ¡Y escuchado!

El muchacho ríe, mordaz.

—Puede que parezca un hombre, no sé, de bien. —Se mira. Aún no está acostumbrado a verse así, con esa cabellera repeinada, con ese traje tan elegante como el de su Bar Mitzvah—. Pero si te dijera dónde vivía en Madrid... no te lo creerías, tenlo por seguro.

—¿Dónde?

—Venga, adivínalo —la reta.

—¿Y qué gano si lo acierto?

Daniel se acaricia el mentón.

—No sé... Yo no tengo mucho que ofrecerte. Aunque, pensándolo bien, allí adonde voy, por ejemplo, hay montones de libros. Bueno, deben de estar todavía ahí si nadie los ha tocado. Te los regalo todos... ¿Qué te parece?

Julita sonríe. Daniel contempla cómo se ilumina, igual que el niño que se presta a resolver una adivinanza. Al Sefardí le encantaban. Las adivinanzas.

—En una pensión —responde la joven con gesto infantil—. Vivías en una pensión de... ¿Lavapiés? Ah, no, espera. En La Latina. Sí, en La Latina. Allí hay muchas librerías, y te va más... ¿He acertado?

—Frío. Muy frío.

—Vaya. Deja que piense... ¿En un corral de vecinos de Tetuán?

—Frío. Creo que no lo vas a acertar nunca —dice riendo Daniel.

—En el barrio de Salamanca no es, eso seguro, pues no te he visto nunca por allí. No sé, ¿cerca de El Retiro?

—¿Salamanca? ¿El Retiro? —responde el muchacho, irónico—. Demasiado lujo para mí. Pero te daré una pista: vivía en un parque.

Julita arquea una ceja.

—¿En un parque? Querrás decir cerca de un parque. O junto a un par...

—No, literalmente. En Madrid vivía en un parque.

—¡Vaya! Pues eso sí que no lo esperaba. ¿En la Casa de Campo? No, más bien... A ver si resulta que vivías en el Campo del Moro con vistas al Palacio Real... —Julita se ríe.

—Te estás acercando. ¿Te doy otra pista? Seguro que más de una vez habrás pasado cerca de mi casa de camino a la universidad.

—¿De camino a la universidad? ¡No me digas que vivías en el parque del Oeste!

—¡Bingo!

—Pero ¡si está medio derruido! Y no hay casas por ahí, que yo sepa...

—Sí, así es. Está todavía a medio levantar. La guerra fue especialmente dura en el parque. Pero van a comenzar en breve su reconstrucción. Y por eso he vivido ahí hasta ahora. Hasta ahora, porque nos van a echar a todos.

—¿A todos? Pero ¿había más gente viviendo en el parque?

La pregunta sorprende a Daniel. ¿Cómo es posible que no lo supiese? ¿En qué ciudad ha vivido esta chica desde que terminó la guerra? Desde entonces, cientos de familias han vivido en el parque del Oeste adecentando las ruinas, los búnkeres y los blocaos que aún quedaban en pie. Cientos de familias con otras tantas historias a cuestas. Con sus verbenas y sus farolillos cuando llegaba la Navidad. Con sus humildes despertares de pan rancio y leche en polvo de racionamiento. ¿Acaso han sido invisibles para el resto de los madrileños?, se pregunta.

—Vivían muchas familias ahí. Y siguen viviendo. Con varias de ellas he tenido una relación muy estrecha. Con don Marcial y doña Juani, por ejemplo. No sabes cuánto lograban sacar de las pocas pesetas con las que alimentaban a sus hijos. Yo vivía junto a ellos, en una casamata.

—¿Casamata? ¿Qué es eso?

—Un pequeño búnker que durante la guerra debieron de utilizar para almacenaje de fusiles o armas. Era la más pequeña de todas las ruinas de guerra que quedaban en pie en el parque, pero para mí era suficiente. Pagaba por el alquiler una peseta y media a la semana. Mi casera era doña Paquita, que vivió allí un tiempo hasta que se mudó a Chamberí.

—Pero ¿esa casamata era de su propiedad, o qué?

—Pues, sí y no. Es muy curioso, ¿sabes? Cuando terminó la guerra, cientos de familias se fueron al frente a buscar cobijo entre las ruinas de guerra. Doña Paquita tiró la puerta de la casamata y se metió allí con su familia. Y nadie nunca osó ya poner en duda su posesión. Ni tampoco la de la demás gente del parque.

—Vaya, pues no tenía ni idea de todo eso —declara Julita, sorprendida—. Donde yo vivo también se notó la guerra, pero no hasta ese punto. Supongo que he sido una privilegiada.

Agacha la cabeza, como si hablar de sus privilegios la avergonzase. Daniel le busca la mirada.

—Tú no tienes culpa de nacer donde has nacido. Ni de la vida que has vivido.

Julita hace silencio.

—Tal vez pienses que he tenido una vida fácil... —responde tras varios segundos—. Pero ¿sabes por qué estoy en este tren? Precisamente porque he decidido tomar las riendas y alejarme de esa vida acomodada. Y no es fácil, te lo aseguro. Mientras yo estudio en la universidad, muchas de mis amigas se han casado. Muchas ya tienen hijos o los esperan próximamente. Muchas son, en definitiva, un precioso florero junto a sus maridos. Así habría sido mi vida si hubiese sido fácil. Pero no la he querido de ese modo. Y... en fin, ya sabes cómo ha acabado todo. Menos mal que apareciste en el momento indicado.

Le regala una sonrisa a Daniel.

—Yo no hice nada extraordinario... —se excusa este.

Luego hay un silencio, que se alarga y se expande sin que los jóvenes se atrevan a romperlo. Julita vuelve a refugiarse en la ventanilla viendo correr el horizonte. A lo lejos, varios hombres pescan en un pequeño riachuelo. Uno de ellos parece haber cogido algo, pero el tren se aleja a demasiada velocidad para poder fijarse en el qué.

Algunos segundos después:

—¿Puedo leerla?

Daniel Baldomero le pregunta por la *Revista de Occidente*. Julita se la ofrece.

—Pues claro. Toda tuya.

El muchacho hojea las primeras páginas de la revista hasta pararse en el artículo de María Zambrano, «Hacia un saber sobre el alma». De pronto, unas palabras que creía olvidadas vuelven a su memoria. Es una noche fría, a la intemperie, bajo una pila de mantas con las que resguardarse. Todos los guerrilleros pegados unos a otros, para darse calor. Y la voz de Baldomero: «María Zambrano considera esencial el papel de la poesía para comprender la razón humana. La poesía es vital para que el hombre formule su visión del mundo, ya que la forma en que este estructura el concepto de razón y el de poesía es incompleta si entendemos a ambos por separado. La razón y la poesía tienen, en esencia, lo que a la otra le falta por naturaleza. ¿Lo has entendido, Daniel?».

Ahora habría respondido lo mismo que contestó en aquel momento: «No mucho, maestro, no mucho», y es por eso por lo que comienza a leer el artículo con interés. «María Zambrano es la mayor filósofa de nuestro tiempo. La autora malagueña ha desarrollado...»

—Ojalá supiese leer —lo interrumpe Benito Quintanilla, mirando a la revista—. Seguro que habría podido llevar otra vida. Me queda el consuelo, al menos, de que mis hijos sí fueron a la escuela.

Daniel Baldomero esboza una sonrisa complaciente.

—Pues con eso ya puede darse por satisfecho, Benito.

Vuelve a la lectura. «La autora malagueña ha desarrollado una extensa obra entre el compromiso cívico y el pensamiento poético...» Pero algo lo interrumpe de nuevo. Julita se ha quedado dormida y ha dejado caer la cabeza sobre el hombro del muchacho en un delicado equilibrio, como una estrella fugaz sobre él posada. Daniel, sorprendido, intenta no moverse, no respirar siquiera para no despertarla.

Los rayos de sol iluminan el rostro de la joven. La mira.

Es un ángel.

24

Un revisor de Renfe aparece tras la portezuela del vagón. Va enfundado en un pulcro uniforme azul, lleva calada la típica gorrilla y esgrime en su mano derecha las tenazas para picar los billetes de los pasajeros. Al verlo, Daniel Baldomero rebusca en un bolsillo del pantalón y saca su billete. Ya se lo han comprobado en dos ocasiones; la primera, entre Madrid y Ávila, y la segunda, entre Valladolid y Palencia.

El revisor comienza a picar los primeros billetes. Julita, junto a Daniel, aún continúa dormida. El muchacho le toca el brazo con delicadeza, intentando despertarla sin causarle sobresalto. Tras varios segundos, la joven abre los ojos y se reincorpora en su asiento.

—¿Tienes tu billete a mano? —le pregunta él.

—Sí, lo tengo en el bolso.

Julita rebusca ahí dentro hasta dar con el billete. Cuando el revisor se acerca a la bancada, es Benito Quintanilla el primero en ofrecérselo.

—A Astorga va usted, ¿no? —le pregunta el interventor.

—Así es. Aunque si usted quiere, le acompaño hasta el final del trayecto para hacerle compañía —dice riendo.

Otro chascarrillo, igual al que le soltó al anterior revisor. Este, más serio que aquel, apenas esboza una sonrisa protocolaria. Levanta la vista y mira a Daniel, que le ofrece el billete. Tras comprobarlo, arquea su bigote.

—Y usted a Lugo, ¿no?

El muchacho asiente con cortesía y, durante un par de segundos, ambos comparten miradas.

Por último, le llega el turno a Julita.

—Aquí tiene.

El operario ferrovial se ajusta las gafas para comprobar los datos del billete de la muchacha.

—Este no es su asiento, ¿verdad?

—No. Viajo en primera clase, pero me he encontrado con un amigo.

—Está bien, pero si llega alguien requiriéndole el asiento tendrá que volver al suyo.

Julita asiente. El revisor le devuelve el billete y se gira para continuar la ronda. Pero antes de abordar a los próximos viajeros, el hombre y Daniel Baldomero vuelven a cruzarse una mirada. Es solo una simple mirada, sin embargo, al muchacho le ha inquietado.

—¿Ocurre algo? —le pregunta Julita al oído.

Daniel, intranquilo, no quita ojo al revisor. Lo ve picando los billetes de los pasajeros y deseándoles buen viaje con una media sonrisa por debajo del bigote. Lo observa esperando, ansiando que el hombre se dé la vuelta y lo mire de nuevo, para poder confirmar así la terrible sospecha que ha comenzado a carcomerle: está siendo vigilado.

—No, no ocurre nada.

El niño del muñeco de trapo aparece de repente correteando por el vagón. El pequeño mira a Daniel y continúa su marcha. Llega al fondo y se sienta, esperando a su madre. Luego juega con el muñeco en el suelo de madera.

—¿Estás seguro? Te has quedado pálido.

Cuando el revisor termina de comprobar los billetes de los pasajeros, abre la portezuela trasera y hace entrar de nuevo el frío y el viento. Lo mira antes de perderse por la pasarela entre vagones.

Sí, no hay duda.

—Tengo que bajarme en la próxima parada —dice Daniel con voz trémula—. Me están buscando.

—¿Qué dices? ¿Cómo lo sabes?

Daniel se revuelve en el asiento. Siente la necesidad de tirarse por esa estrecha ventanilla por la que apenas cabe.

—El revisor tenía orden de vigilarme. Van a por mí.

—Quizá sean imaginaciones tuyas.

—Qué va...

Le tiemblan las manos. De pronto, el tren se ha convertido en una enorme jaula en movimiento que lo lleva, de forma directa, allí donde ocurrió todo lo malo. Gira el cuello y le habla a Benito.

—¿Qué hora es?

Benito, absorto en sus pensamientos, da un respingo sobre su asiento y mira su reloj de muñeca.

—Van a dar las diez y media de la mañana.

—¿Y cuánto queda para la próxima parada?

El hombre mira hacia la ventanilla de Julita como si intentase reconocer el paisaje.

—Deben de quedar veinte minutos para llegar a Astorga, donde yo me bajo.

Daniel Baldomero y Julita se miran y comparten el mismo pensamiento. Quizá no haya media hora.

—¿Qué hacemos? —susurra Julita.

El muñeco de trapo atraviesa de nuevo el vagón haciendo esta vez el camino inverso. El niño que va detrás sonríe a los muchachos y se pierde por el pasillo. Atrás se oye a su madre, regañándole.

—Solo hay una cosa que sé hacer bien en esta vida: escapar. En cuanto lleguemos a Astorga, saldré pitando. O eso, o me tiro a las vías con el tren en marcha.

Julita mira por la ventanilla y fija sus ojos en el paisaje.

—No sé yo qué es peor.

Daniel Baldomero tuerce el gesto. Se inclina para asomarse a la ventanilla y comprueba que la velocidad a la que el tren viaja y lo escarpado del relieve pueden resultar mortales.

—Maldita sea.

—Solo son veinte minutos. No es mucho tiempo de espera. Además, ellos piensan que te bajarás más tarde, y no ahora.

Él asiente. Contiene la rabia apretando los puños. A su alrededor, el ecosistema de este vagón apenas ha cambiado. Los pasajeros siguen absortos en sus pensamientos, en sus diálogos insulsos o en sus discusiones. Pero para Daniel, el viaje ha terminado ya. Ahora no es un viajero, sino un preso. Un preso a veinte minutos de escapar.

—Está bien.

Ya no hay más palabras entre los jóvenes, solo un silencio que, como el anterior, ya no los incomoda. Aun así, tampoco es el silencio de quienes han dejado de ser dos desconocidos, pues este silencio ha adquirido otro matiz: el del preso que espera, junto a una persona cercana, de confianza, la libertad o la condena, el silencio de quienes tienen concentrada, en algún punto de su corazón, toda la tensión de su cuerpo. Julita, que no comprende qué le ocurre a Daniel pero que tampoco se atreve a preguntárselo, disimula mirando por la ventanilla. Él se limita a intentar controlar la respiración y el pulso, destensar sus músculos y aparentar que lo tiene todo bajo control.

Los siguientes minutos serán largos.

Benito Quintanilla comienza a recoger su equipaje. Cierra el bolso de mano y saca las bolsas de fruta. Varios pasajeros se preparan también para bajarse en la estación de Astorga. Son casi las once de la mañana y el cielo está ahora nublado. Daniel Baldomero se pone en pie sintiendo que hace años que no usa las piernas.

—Estamos a punto de llegar —le dice Benito.

Daniel Baldomero finge una sonrisa.

—Yo me bajaré también.

Julita se levanta cuando nota que el tren ha comenzado a aminorar la marcha.

—¿Sabes qué vas a hacer cuando te bajes del tren?

Daniel se encoje de hombros.

—Ya veré. Soy un superviviente.

La sonrisa que esboza ahora no es fingida. Es, de hecho, aquella sonrisa de quien ve cerca, al fin, la libertad. Astorga comienza a vislumbrarse a través de la ventanilla. Pequeñas callejuelas, niños que corretean detrás de una pelota, mujeres cargadas con bolsas de la compra... Ante tal estampa, Benito, astorgano, aplaude.

—¡Ya llegamos a mi pueblo!

Daniel Baldomero balancea su cuerpo sobre sus zapatos, impaciente. Mira a Julita y vuelve a sonreír. Caminan hacia la salida, expectantes.

—Parece que llegó la despedida.

Y, de pronto, una duda, la añoranza de qué podría ocurrir si el viaje continuase junto a él. El tren comienza a frenar y Julita siente algo que jamás en la vida había sentido antes: la nostalgia del posible futuro, del qué podría haber sido.

Ya aparece el andén de la estación y las primeras personas. El convoy frena por completo. Las puertas se abren.

—Escríbeme —le pide ella.

—¿Adónde?

Julita mete la mano en su bolso y saca un lápiz y la *Revista de Occidente*. Arranca un trozo de hoja al azar y, apoyada sobre el respaldo del asiento, escribe a toda velocidad.

—Esta es mi dirección de Madrid. Escríbeme, por favor.

Benito Quintanilla se despide de los muchachos, agarra su equipaje y toma el camino de la puerta. Daniel Baldomero y Julita van detrás. Antes de abordar la salida, se abrazan.

—Ten cuidado, Julita. Y disfruta del resto del viaje.

—Y tú, Daniel. Mucho cuidado, por Dios.

Mira a un lado y al otro de la multitud. Busca a los hombres, a esas miradas inquisidoras, pero ni rastro. Y, por ello, no alargan mucho más la despedida. Daniel baja la escalerilla y le dice adiós con la mirada. El frío no es ya tan acusado en Astorga a pesar de que el encapotado cielo apenas deja pasar el sol. Decenas de personas abarrotan el andén. Decenas de personas que ya no existen para ambos.

—Ha sido un placer haberte conocido —dice él.

Julita sonríe otra vez. Cada uno es ya un recuerdo del otro.

—Corre, no pierdas tiempo.

Se gira y comienza a andar por el andén. No mira atrás. Reprimiendo su impulso de volver a verla, contempla la dirección escrita en ese papel con una pulcra letra de mujer. Julita vive en la calle Serrano, en la rica y opulenta calle Serrano. Entonces mira atrás y las miradas se conectan y se entrelazan una última vez. Julita, bajo el marco de la puerta del vagón, siente por él la añoranza de lo que podría haber sido y no será. Intenta esbozar una sonrisa, pero su gesto cambia en milésimas de segundo.

—¡Corre, corre, Daniel!

Daniel Baldomero no reacciona, o no reacciona a tiempo. Dos hombres aparecen de entre la multitud y le cortan el paso.

—¿Iba a alguna parte?

Los dos hombres, las dos miradas de antes, los de León, lo rodean.

—¿No se iba a bajar en Villafranca? Y su novia, ¿va a dejarla en el tren?

Julita baja al andén y aborda a los hombres.

—Oigan, ¿qué hacen?

—¡La tercera en discordia! A ver, señorita, acláreme una cuestión. ¿Puede decirme quién es Jorge de Vicente Sierra? Según nos han dicho, en Palencia hubo un altercado entre él, que era su novio, y usted. Si Jorge era su novio, ¿quién es este señor, su amante?

Y señala a Daniel con ímpetu, clavándole el dedo índice en el pecho. Ni Julita ni el muchacho contestan. El hombre sonríe ante el mutismo de los jóvenes. Es su compañero quien habla.

—Quitémonos las caretas, ¿vale, chicos? Somos de la Brigada de Investigación Social. Y usted es Daniel Nahman Levi, ¿a que sí?

Se acabó. Este es el último pensamiento de Daniel antes de dejarse ir. Se acabó; nadie puede escapar de la Social.

—Sí, soy yo.

Le flaquean las piernas. Los hombres, sonrientes, se jactan de su captura. Uno de ellos agarra a Daniel por un brazo y lo zarandea como a un guiñapo. El muchacho no opone resistencia alguna; de hecho, parece haberse ido de su cuerpo, como si ya no estuviese enfundado en ese traje azul bajo esa negra y frondosa cabellera. Julita intenta impedir el arresto, pero uno de los policías la aparta con un golpe brusco.

—¡Diles que es un error, Daniel! ¡Diles que tú no has hecho nada!

Pero Daniel no contesta. El policía que lo sostiene saca unas esposas de un bolsillo de su chaqueta. Agarra las manos del muchacho, se las lleva a la espalda y le esposa las muñecas. Solo Julita parece oponer resistencia, intentando llegar hasta él, intentando que las miradas se crucen una última vez y poder decirle a los ojos que haga algo, que luche contra esta injusticia.

Tras varios segundos, las miradas de ambos se encuentran, al fin.

—Te dije que no volvieras a acercarte a mí.

Sus ojos son un hondo y oscuro pozo. Julita, paralizada, no es capaz de reaccionar.

—Se acabó la despedida, guapa —interrumpe el policía que mantiene esposado al muchacho—. Daniel Nahman Levi, quedas detenido por el asesinato de Lucrecio Romero y de tu hermano Adif Manuel.

25

El día despunta en Madrid con la suave llovizna de casi todas las mañanas de invierno. El frío que acompaña al alba se cuela escurridizo por cualquier ventana, por cualquier tragaluz y por cualquier rendija de las casas, atraviesa los pasillos y aparece en los salones, en las habitaciones, allí donde alguien habite y sienta el aire helarse. Pero hay lugares, por el contrario, en los que el frío difícilmente puede hacerse presente. Cuando en el aire de algún lugar flota el aroma del vino y el humo de los cigarrillos, el perfume de una vieja cafetera haciendo café y las risas de los borrachos mañaneros, allí apenas hay frío. Por ello, aunque Rafael el Cojo no use calefacción en su taberna, nunca ningún parroquiano la ha echado de menos.

—¿Qué va a ser, Rodrigo?

Rodrigo es uno de sus clientes asiduos, uno a quien le gusta el buen vino muy por la mañana, antes de entrar a trabajar.

—Ponme un chatito, Rafael.

No todos los clientes de por la mañana son bebedores ávidos de empezar alegres el día. También son asiduas varias mujeres que, por amistad con Bernarda, entran a desayunar café y tostada o bollería. Luego, si alguna de ellas quisiera género de estraperlo, Rafael las despacharía con arroz, legumbres o carne, dependiendo de cuán llena tengan la billetera y cuánto estén dispuestas a pagar por unos filetes de cerdo o de ternera que solo se pueden comprar en el mercado negro.

Bernarda entra en la taberna hacia las diez de la mañana. El matrimonio no cruza palabra sobre lo ocurrido anoche: la borrachera, ese llanto de niño y aquella aparatosa caída.

—¿Qué tal la noche? —le pregunta él.

—Como todas.

Hacia las once de la mañana, Román y Pepito entran en la taberna discutiendo a voces sobre la jornada de fútbol de ayer. Un gol del delantero barcelonista Valle en el minuto cincuenta dio la victoria al equipo culé en casa del eterno rival.

—Aún no me creo que perdiéramos contra los catalanes. Podríamos haber marcado tres goles en la primera parte, pero ellos marcaron nada más empezar la segunda, y ahí se acabó el partido.

Pepito toma asiento frente a Rafael, que limpia unos vasos detrás de la barra. El tabernero saluda a sus parroquianos con un solo movimiento de ceja, como acostumbra cada mañana.

—¿Qué partido hubo ayer?

—¿Cómo que qué partido hubo ayer?, ¿en qué mundo vives, hombre? ¡Si llevamos toda la semana hablando de lo mismo!

Tiene razón Pepito. Durante la semana pasada, la tertulia futbolera se centró casi en exclusiva en el partido estrella de la decimotercera jornada de liga: el Real Madrid contra el F. C. Barcelona.

—Sí, sí, se me había ido. Lo oí en la radio. Dicen que el Madrid perdió de forma injusta.

Rafael, hincha tenaz del Atlético de Madrid, iba con los catalanes solo por esta vez, posicionándose contra Pepito y la mayoría de sus parroquianos. Solo Román, también colchonero, lo acompaña en la minoría atlética de su taberna.

—Así es. Barinaga falló lo que no se podía fallar; una incluso a puerta vacía. Pruden también tuvo un mano a mano contra el portero, que mandó a las nubes. Total, una mierda de partido. Lo peor de todo es perder en casa.

Rafael llena dos vasos de vino y los deja frente a los parroquianos. Román da un sorbo y deja el vaso sobre la mesa.

—Pues qué partidazo hicimos nosotros cuando ganamos en Cataluña. —El Atlético de Madrid jugó en casa del Español y ganó uno a dos—. Así que no hay mejor forma de empezar la semana: pierde el Madrid ante el Barcelona y gana el Atlético fuera. Ya estamos solo a dos puntos del liderato.

—Seguid soñando, que la liga la gana el Valencia o el Barcelona.

—El fútbol siempre da muchas vueltas. Hoy estás arriba y mañana abajo. Incluso el Madrid tiene aún opciones.

—¿A ocho puntos del líder? Difícil lo veo yo.

Pepito da un sorbo a su vaso de vino. Tras la derrota de ayer, su equipo está a ocho puntos de la cabeza de la tabla. Solo el Atlético aguanta el ritmo de los líderes.

Beben. Y nadie más entra durante el resto de la mañana. Hacia la una de la tarde, los parroquianos se marchan, algunos ebrios, y la taberna vuelve a su silencio oscuro y embriagado, con aroma a vino. Bernarda pela patatas en la cocina con la esperanza de que alguien entre a comer a mediodía. Un lunes en esta gris y hambrienta Navidad no ofrece muy buen panorama a las tabernas de barrio. Solo los fieles acuden a su cita diaria. Para hacer tiempo y también por curiosidad, Rafael el Cojo rebusca en uno de los bolsillos de su abrigo, colgado sobre la percha junto a la entrada de la cocina, y saca el cuaderno de Daniel Baldomero. Se lo lleva a la barra y, mientras espera a que alguien entre en la taberna, comienza a leer.

16 de noviembre de 1938, al alba

Han estrechado el cerco. Anteayer, anocheciendo, una patrulla de guardias civiles nos dio caza. Hubo intercambio de disparos. Yo, por primera vez, usé el arma, aunque no di en blanco alguno. Disparar un arma es sentirse, de repente, como Dios. Por unas milésimas de segundo, lo que tu dedo índice tarda en apretar el gatillo, tienes en tu mano la vida o la muerte de una persona. Quizá por ello no acerté a matar, porque no soy digno aún de tamaña empresa. Macario, diestro con el ojo y el gatillo, sí mató. A dos concretamente. Baldomero hirió a uno y Macario lo remató. El cuarto guardia civil huyó. Nuestro Ramón murió de un tiro en la cabeza en los primeros compases del fuego. No tuvo oportunidad de coger siquiera su fusil. Ramón era minero en Asturias y fue el último en unirse, junto con Iñaki, a nuestra partida de guerrilleros. Iñaki murió hace una semana. Ahora, Ramón. Han estrechado el cerco. Enterramos los cuerpos porque la sangre llama a los lobos, y decidimos huir de nuevo. Solo quedamos tres: Macario, Baldomero y yo. Escribo en el primer parón tras veinticuatro horas de huida. Macario dice que tenemos que subir a El Bierzo, que en esos montes que tan bien conozco estaremos más seguros, más alejados del fuego.

27 de noviembre de 1938

Sé que estamos en El Bierzo por ese pequeño abejaruco que acaba de volar sobre mí. El abejaruco es un pajarillo inconfundible por su cuerpo colorido. Su garganta suele ser amarilla, el pecho azulado, las alas rojizas y verdosas, el dorso amarillento, la nuca parda y la cola oscura. Más colores no hay en ningún otro pájaro, y no he visto uno desde que, hace dos años, dejé El Bierzo. Su canto, tan melódico, con ese priui-priui-priui tan sonoro, me ha transportado a la infancia, a cuando de pequeños mi hermano y yo jugábamos a ver quién encontraba —y sepultaba— las cuevecitas de los abejarucos. El abejaruco escarba con su largo pico en un talud una cueva que puede llegar a medir casi un metro, donde instala su nido. Este pájaro no suele alejarse mucho de los ríos. Hay uno no muy lejos. Es un pequeño riachuelo que lleva al Sil, y, por ello, debemos de estar entre Valdeorras y Ponferrada, o lo que es lo mismo, en los difusos y escarpados límites entre Galicia y El Bierzo. Si el Sil está cerca y, por tanto, las grandes ciudades, debemos adentrarnos más aún en lo profundo del monte. Esto mismo ha sentenciado Macario cuando ha dado fin a nuestro descanso. Sé que no volveré a escribir en varios días. El monte nos espera.

1 de diciembre de 1938

Supe que estábamos cerca porque era el Burbia el que bajaba por el monte. El rocoso río Burbia, con sus pedrizas y sus gravas en las orillas, enclavado en su estrecho valle, tan lleno de tabladas y de truchas. Hace años, diez o quince, padre nos llevó al Burbia y nos enseñó a pescar. «La pesca, hijos, es como cuando leemos un libro. Uno nunca puede llegar al final saltándose lo de en medio. Cuando tiramos la caña y el anzuelo se sumerge, solo queda esperar a que el final llegue. Como un buen libro. No podemos pretender que el pez pique en cuanto el cebo toque el agua. Pasarán horas. La pesca es, en esencia, un ejercicio de paciencia.» Aquel día, tras cinco o seis horas en la orilla del río, volvimos a casa con una cesta cargada de pescado. Pero hace unas horas, cuando veíamos bajar el Burbia, no teníamos ni tiempo ni paciencia para el arte de la pesca. Debía de ser el mediodía, pues el sol estaba arriba.

El que el Burbia estuviese ahí no solo significaba que llevaba truchas que no podíamos pescar, sino que, también, Villafranca del Bierzo estaba arriba, a pocos kilómetros, entre las orillas de ese río que veíamos pasar. De hecho, el agua que bajaba por ese cauce debía de haber pasado por allí. Quizá estuviese contaminada, viniendo de donde venía. La primera norma del guerrillero es alejarse de las ciudades y los pueblos.

La segunda, alejarse de los ríos. Incumplimos esta última al no separarnos del cauce del Burbia. Oímos un disparo y corrimos durante horas. Escribo esto en la primera parada, ocultos tras unos matorrales, mientras Macario y Baldomero toman aire y descansan. He vuelto al cuaderno a escribir, por si el Burbia significa nuestra muerte y aquí acaba nuestra huida o nuestra aventura.

Dos hombres entran en la taberna y atraviesan el bosque de mesas hasta llegar a la barra. Arrastran dos taburetes para tomar asiento frente a Rafael, haciéndolos chirriar sobre el suelo de baldosas. Rafael el Cojo, absorto en la lectura, ni siquiera se percata de la presencia de estos dos parroquianos que entran en la taberna para tomarse un vinito después del turno matinal.

—¿Rafael?

Bernarda irrumpe en la barra cargando con una cazuela humeante. El olor a cocido impregna todo el local.

—¡Rafael, por Dios, deja eso de una vez y atiende a Juan y a Fernando!

El tabernero levanta la vista y contempla a sus parroquianos.

—Lo siento, señores, ¿qué va a ser, lo de siempre?

Los hombres asienten. Cierra el cuaderno y vuelve a meterlo en el bolsillo del abrigo. Luego sirve dos vasos de vino fingiendo interés por sus clientes.

—¿Todo bien hoy?

—Como siempre, Rafael. Este mes casi no puedo pagar el alquiler. La cuesta de enero, ya sabes. Y mi hijo, ese gandul, que no quiere venir conmigo a la obra. Cómo son las generaciones de hoy en día, ¿eh? Solo quieren caprichos.

Dan un trago al vaso, al unísono. Luego intercambian palabras banales sobre el tiempo y sobre el fútbol hasta que Bernarda interrumpe la conversación.

—¿Algo para comer?

Tres hombres entran y toman asiento en una de las mesas. La vida vuelve a la taberna, como cada mediodía. Y Rafael, expectante por la historia del cuaderno de Daniel Baldomero, no volverá a la lectura hasta dentro de unas horas, en otro de los tiempos muertos de esta larga tarde tras la barra.

2 de diciembre de 1938, al alba

Escribo tras una noche entera sin dormir. Apenas tengo fuerza para mover el lápiz y garabatear las letras que cuenten qué nos ha ocurrido. Nos han desgarrado el alma. Lloro. Y aunque apenas puedo escribir, lo haré por él. Por su recuerdo.

Ayer tarde el frío era blanco y llevaba la amenaza de la nieve. Un frío puntiagudo del que no podíamos resguardarnos, pues durante nuestra larga huida nos deshicimos de las mantas y del exceso de equipaje. Ni siquiera había posibilidad de encender un fuego, ya que ello hubiese atraído a los lobos. Solo el calor de los cuerpos ajenos nos calentaba. Anochecía cuando, repentinamente, un grito nos hizo hervir la sangre, un grito que nos quitó el frío en cuestión de segundos, un grito que nos dio el alto en nombre del ejército nacional. Reculamos a cuatro patas, como animales acorralados, porque nosotros no somos más que animales del monte, tanto es el tiempo que aquí llevemos habitando. Un estruendo reventó el silencio y, luego, el silbido de las balas. Un hombre, oculto entre la maleza, cayó bajo el fuego de Macario. Cuando el sonido de los disparos se alejó de nosotros y volvió el silencio se oyeron unas voces que se repetían como un eco en varias direcciones. «¿Por dónde ha sido?» «¡Creo que por ahí!» «¡Vamos, marchad!»

Echamos a correr despavoridos, como siempre hicimos. La guerra para nosotros no es más que huir y escondernos, y morder como ratas. Pero nada más comenzar la enésima huida, Baldomero nos llamó la atención con una voz estremecida, una voz que le salía no de la garganta sino de más adentro. «Eh, parad, que estoy herido», dijo llevándose una mano a la pierna derecha. Tenía sangre. Mucha. Y ya apenas hubo tiempo para más, aunque Macario corrió a socorrerle, el maestro se derrumbó y comenzó a rodar por un terraplén. Una enorme hemorragia en su pierna dejaba un rastro de sangre por la maleza. Bajamos a por él hasta que dejó de rodar. «¡Idos!», gritó, con un último esfuerzo. «¡Ni hablar!», contesté. Macario sacó su navaja y cortó el pantalón de Baldomero para comprobar la magnitud de la herida. A pesar de que yo no sé distinguir muy bien cuándo una herida está fea, esta lo estaba sin lugar a dudas. Macario taponó la hemorragia con el trozo de pantalón cortado. «¿Qué tal está?», preguntó el herido. «Estupendamente», mintió su compañero. Cargamos con Baldomero y buscamos, a unos metros, unos matorrales bajo los que escondernos. En silencio, sin mover un músculo, esperamos a oír de nuevo las voces y a que la noche cayera, porque la noche era nuestra única vía para poder salir de ahí con vida.

El haz de una linterna rasgó con lentitud la honda oscuridad de los árboles. Al instante aparecieron otras luces. Se oyeron pasos y se vieron sombras. «Han debido de irse por aquí», dijo alguien. Las luces, las sombras y las voces pasaron de largo. Brevemente, una luz perdida alumbró abajo en el terraplén, donde estábamos, pero no acertó a iluminarnos.

Aunque apenas veía su rostro, Baldomero estaba pálido como un hueso pelado. «Háblame de Miguel Hernández», le dije. Era su poeta preferido, la voz de los combatientes, como él decía. La voz de quienes resisten al fascismo. Pero Baldomero ya no tenía fuerza para sus acalorados debates. «Miguel Hernández es el último gran poeta —solía decir—, el único que no se ha aburguesado.»

De repente, un potente haz de luz iluminó los matorrales e hizo el día en la noche. Macario, rápido y ágil como un gato, cogió su fusil y apuntó hacia la luz, amenazando con un disparo que, de producirse, atraería irremediablemente al resto de los lobos. Cuando la linterna iluminó a Baldomero y centró su acción en la profusa herida que apenas podíamos taponar, pude ver la cara del hombre gracias al reflejo de la luz. Rompí el silencio con un grito mudo. No podía ser. Ese hombre no podía ser él.

Era mi hermano, a quien hacía más de dos años que no veía. Adif Manuel apuntaba con su luz a Baldomero y, con un arma, a Macario, quien, a su vez, le apuntaba a él. Nuestras miradas se encontraron y en los ojos de mi hermano vi pasar toda nuestra infancia. Dio varios pasos hacia atrás, como si yo no fuese más que una aparición, un fantasma del pasado, y desvió la luz. «¿Has encontrado algo, Manuel?», se oyó a varios metros. El haz de la linterna volvió a iluminarme durante un par de segundos, como si mi hermano quisiese comprobar que era yo quien estaba ahí y no una alucinación. Cruzamos las miradas de nuevo. A pesar de su barba y de su pelo repeinado, de su uniforme de soldado y del arma desenfundada, era mi hermano mayor, aquel que un día se fue a la guerra para ganarse el favor de su suegro. Y a pesar de que parecía haber envejecido veinte años, su voz seguía siendo la misma. «No, aquí no hay nada», dijo, perdiéndose en la oscuridad.

Unas tímidas y crujientes pisadas se llevaban a mi hermano de vuelta a los recónditos escondrijos del bosque y del pasado. Su compañero, que guiaba con su luz el camino de ambos, le dijo: «Démonos prisa, que don Lucrecio no quiere que andemos de noche por aquí». No oí la voz de mi hermano contestándole. Creo que, efectivamente, no le contestó, que se limitó a quedarse callado, como siempre hacía, porque mi hermano nunca fue muy hábil con las palabras.

Cuando el silencio y la oscuridad se hicieron, Baldomero apretó los dientes y contuvo un grito de rabia. «Háblame de Miguel Hernández, maestro», volví a pedirle mientras buscaba a tientas su mano ensangrentada y se la agarraba con fuerza. Estaba fría. «¿Quién era ese?», preguntó Macario. No le contesté. «Háblame de Miguel Hernández», volví a pedirle a Baldomero, pero no obtuve respuesta. Grité, nervioso: «¡Maestro, háblame de lo que sea, pero háblame!», mientras apretaba con más fuerza su mano, en un intento de transmitirle la vida que a mí me sobraba y que a él se le iba.

Un búho ululó, y luego ya no hubo sonidos. Solo un hilo de voz que, temblorosa, salió de la boca del maestro. Primero dijo un nombre, el de su mujer. Sé que era su mujer porque nos habló una vez de ella.

«Amalia...», dijo, letra a letra. A-m-a-l-i-a.

Y luego recitó unos versos. «Retoñarán aladas de savia sin otoño...» Pegué la oreja a su boca, intentando oír qué decía. «Reliquias de mi cuerpo que pierdo en cada herida...» Baldomero recitaba, muy bajito, «Porque soy como el árbol talado, que retoño...».

Y la vida se le fue, «porque aún tengo la vida», derramada sobre el monte, y se quedó ahí, como el árbol talado, como la savia sin otoño que escribió el poeta de los combatientes.

26

La muerte es silencio, desolación y llanto que pasea por los pasillos de este hospital de León atestado. Apenas hay medios y forma de atender a los heridos. Los sanitarios, enfermeros y médicos del hospital resoplan, maldicen, se dan ánimos. Y vuelven a la lucha. En uno de los pasillos del hospital, tumbado sobre unas mantas en el suelo, un muchacho malherido habla.

—Yo estuve con ellas durante gran parte del viaje.

Luego tose. Manuel Alejandro contempla sus heridas, las quemaduras y los rasguños que le atraviesan la cara. Pero la mayor herida parece estar ahí, dentro de sus ojos; en su mirada, en la que aún parece repetirse la tragedia. Una y otra y otra vez.

—¿Y sabes dónde están?

El muchacho tose de nuevo. Un herido lanza un grito a lo lejos. Dos enfermeros que atravesaban el pasillo aligeran el paso para socorrerle. El lamento eriza la piel de Manuel Alejandro, no así la de Gabino, que se mantiene detrás de ellos, impasible, como insensible al dolor.

—Creo que sé dónde pueden estar.

Manuel Alejandro se inclina hacia delante, a un palmo del muchacho.

—¿Dónde?

—Creo que en el hospital de Ponferrada. Oí que allí se llevaron a los últimos heridos.

Gabino interviene.

—Ponferrada está a algo más de cien kilómetros. Si nos damos prisa, podemos llegar en poco más de una hora.

Una neblina, tenue y maloliente por el hollín de la locomotora y por el aceite que engrasa las máquinas, se cuela en el vagón correo. El humo de los cigarrillos deambula y se camufla en el aire. Tosidos y gruñidos acompañan al traqueteo cadencioso del tren en funcionamiento. Tres hombres —Daniel Baldomero y los agentes de la Social— comparten espacio donde viaja la correspondencia y la paquetería de correos.

—¿Un cigarrillo?

Como una sombra sibilina, uno de los agentes avanza por el vagón y se acerca a Daniel. Casi no hay luz que dibuje la silueta de estos hombres, que haga vislumbrar sus caras o sus expresiones. Las cartas y la paquetería que desde Madrid van hacia el norte no necesitan iluminación y, por ello, la única luz que alumbra este compartimento es la que entra por las angostas ventanillas. El hombre extiende un cigarrillo a esa figura que, frente a él, dibuja la opaca luz de la estancia.

—Gracias.

De repente, la brevedad de una cerilla. Daniel da la primera calada al cigarrillo.

—¿Por qué Antonio Rodríguez?

Es la voz del otro agente, sentado sobre una caja en el otro extremo del vagón. Sus palabras atraviesan el coche-correo y se pierden cuando llegan al final, donde los otros dos se encuentran. Decenas y decenas de cartas, correspondencia y paquetes de correos cruzan la Península para llegar a su destino. Cartas de amor o de desamor, cartas de familiares y amigos separados, ajustes de cuentas, citaciones judiciales, recibos o impuestos, paquetes y mercancías.

—Lo elegí al azar. Creo que escuché el nombre de Antonio de camino al andén, y Rodríguez era apellido de un operario de Renfe, según vi en su placa.

Casi se oye la sonrisa en la boca del hombre.

—Eres todo un personaje, ¿sabes?

Su compañero recorre el vagón y se sienta junto a él. Le sigue la estela de humo de su cigarrillo.

—Sí, menuda pieza.

Mientras el otro saca algo del interior de su chaqueta. Es un papel que ha comenzado a desdoblar con cuidado.

—«Es probable que Daniel Nahman Levi, alias Daniel Baldomero, viaje en el correo-expreso que salió ayer de Madrid a las 20.30 con destino León y Galicia —lee el hombre en voz alta—. Tiene entre veintidós y veinticinco años de edad y es de raza judía. De alrededor de metro ochenta de estatura. Complexión delgada. Blanco, moreno de pelo. Viste un traje azul oscuro con camisa blanca y corbata. Viaja solo, probablemente en un coche de tercera. Destino desconocido, quizá El Bierzo, de donde se cree es originario. Se le acusa de: uno, colaboración con el ejército rojo durante la guerra; dos, pertenencia a la guerrilla armada, a la partida de Macario Garay, alias el Gato; tres, autor material del asesinato de don Lucrecio Romero Borja, empresario y propietario de tierras, colaborador con el alzamiento y el ejército nacional en El Bierzo; y cuatro, autor material del asesinato de Adif Manuel Nahman Levi, su hermano. Debe procederse a su arresto y traslado inmediato al juzgado de Ponferrada, donde será puesto a disposición judicial.» ¿Qué te parece, muchacho?

—Menudo historial —remata el otro.

Pero no responde. Daniel chasquea la lengua y luego, no sin dificultad, da otra calada al cigarrillo. Una cuerda de apenas un metro atada, en un extremo, a una enorme caja de mercancías y, en el otro, a las esposas que lo mantienen preso le ofrece un escaso radio de movilidad, el suficiente al menos para llevarse el cigarrillo a la boca. A pesar de la delicada situación en la que se encuentra, intenta disfrutar del tabaco a sabiendas de que este podría ser el último cigarrillo que fumará en mucho tiempo.

—¿Tienes algo que añadir a esto?

Una sonrisa se atisba en la boca del muchacho.

—¿Ya me estáis juzgando?

Durante varios segundos les envuelve el ensordecedor estrépito metálico del tren sobre la viguería de un puente. A través de las ventanillas puede verse que el convoy atraviesa un pequeño río. Cuando el silencio vuelve, uno de los policías lo rompe con su voz tosca y honda, de acento castellano.

—No te preocupes, que contigo no hará falta ni juicio. Dos tiros, pum pum, en la nuca. Y santas pascuas. No tienes escapatoria. Si crees que vas a volver a casa, la llevas clara, muchacho.

Daniel Baldomero no responde. Agacha la cabeza y se termina el cigarrillo con una larga calada. Se sienta en el suelo de madera apoyando la espalda en la caja a la que está atado.

El convoy arriba al pequeño apeadero de La Granja de San Vicente y hace su reglamentaria parada. Los policías se asoman a una de las angostas ventanillas de este coche-correo para contemplar el ajetreo del andén. Decenas de viajeros se bajan y otros suben. Se oye cómo entran en los vagones y toman asiento. También las máquinas al ralentí, esperando a reanudar la marcha. Se oye de todo, pero Daniel Baldomero ya no está en el tren.

Las palabras del policía lo nublan todo. Se le repiten. «Volver a casa. Volver a casa.»

Alguien, hace mucho tiempo, le prometió que alguna vez volvería a casa.

Y le parece que lleva toda la vida esperándolo.

—Todo el pensamiento anarquista gira en torno a dos ideas fundamentales, Daniel.

Es la voz de Baldomero, pedagógica, instructiva como siempre, en una tarde de finales de un septiembre lánguido con el que se restaura, en las montañas, ese frío y recóndito aislamiento que durante unos meses echa abajo el verano con su buen tiempo. Porque septiembre es también un estado de ánimo.

—¿Y cuáles son?

—La primera, que la libertad está por encima de todo.

—Pero ¿puede haber libertad y un orden a la vez?

Que el verano se vaya significa que los días comienzan a hacerse más cortos y las noches más largas. Y, ante la proximidad del invierno, más peligrosas, ya que los lobos agudizan la caza con la esperanza de acabar con la guerrilla antes de las nieves, cuando ya apenas podrán subir a los montes. Por ello, en otoño, los días transcurren dentro de una cueva y a través de unos prismáticos, aquellos con los que se ve venir los movimientos de los guardias a lo lejos. A veces, durante días, el único sonido que les recuerda a la vida humana es el del lejano silbato de los trenes o el del pastor que llama a su rebaño con un grito.

—Según los anarquistas, sí. La anarquía no significa libertad sin orden, sino sin líderes. Ni Dios, ni amo, como dijo Bakunin. Élisée Reclus, un francés miembro de la Primera Internacional, defendía la anarquía como la máxima expresión del orden. Del orden basado en las cosas naturales, sin coacción ni violencia. Y no olvidemos a Proudhon, que decía que la libertad no es hija del orden, sino su madre. La anarquía significa orden sin burocracia. Orden basado en la armonía y el respeto. Frente a esta idea, muchos piensan que el hombre es incapaz de vivir libre. Que necesitamos a alguien que nos dirija.

Baldomero y Daniel charlan tumbados sobre unas hojas secas. Junto a ellos, Ramón e Iñaki juegan a los naipes. A unos metros, Macario intenta dormir un poco de siesta bajo la sombra de un roble de grandes ramas, con la cabeza apoyada sobre una manta doblada varias veces sobre sí.

—Una vez oí a mi padre decir que el hombre no es libre por sí mismo sino porque Yavé quiere. Y que lo mismo que nos da la libertad, nos la puede quitar.

Baldomero mira a los ojos de Daniel.

—¿Y tú qué piensas, muchacho?

—Yo pienso que el hombre sí debe ser libre, pero que su libertad... no sé, tiene que ganársela, ¿no? Es decir, que no se debe cimentar en una cuestión natural, sino social. ¿Me entiendes? No sé si me he explicado bien.

—Perfectamente. —Baldomero sonríe—. De hecho, mucho mejor que algunos cantamañanas. ¿Y el Estado, qué función crees que debería tener?

—¿El Estado? Pues no sé. En realidad, todavía no sé muy bien qué es lo que es... es decir, para qué vale y eso. Mi padre no me hablaba mucho de política, ya lo sabes.

—¿Qué es el Estado? A ver, no es muy difícil de comprender. Tú precisamente has hablado muchas veces de tu padre y del tipo de educación que te dio, ¿no?

—Sí.

—¿Me permites que lo use para un ejemplo con el que vas a comprenderlo mejor?

El muchacho asiente con un gesto de curiosidad.

—Pues bien, ahora piensa que tu padre no es solo tu padre, sino el padre de toda España.

Daniel suelta una carcajada infantil.

—¡Pues se iba a enterar todo el mundo! —exclama—. No habría habido guerra ni nada, con todas las collejas que habría repartido. A mi padre no le gustaba la política y por eso era muy reticente a hablar de ella. Por eso no oí nada sobre socialismo o sobre fascismo hasta que llegó la guerra.

—Si tu padre fuese el padre de todos los españoles, ¿cómo tendría que tratarnos a todos? ¿Habría de ser autoritario? ¿Permisivo? ¿Cuál tendría que ser su papel como padre?

El joven reflexiona mientras juguetea con una rama que ha encontrado en el suelo. La aprisiona contra sus dedos y la rompe en dos. Piensa en el Sefardí. En cómo les educó a él y a sus hermanos con la rectitud de una mano dura y unos largos sermones, que podían durar horas. Y con muchas lecturas de la Torá; allí, donde, decía, estaba la clave para ser buenos ciudadanos. Se permite algunos segundos en los que se va a la Casa Ladina, a algunas de las lecciones con las que su padre les instruía sobre ciencias o sobre leyes. Y se da cuenta: a pesar de cuán autoritario era el Sefardí, siempre les pidió que pensasen por sí mismos. Que tuviesen esa libertad.

—El Estado debería permitir garantizar que todo el mundo pudiese ser libre —responde, finalmente—. Y que nadie se imponga a nadie, ¿no? Y castigar, a su vez, a quienes entorpezcan la libertad de los demás. Y a quienes quieran dominar a otros, ¿no? Puf, no sé, estoy hecho un lío —resopla el muchacho—. ¿Qué significa eso, maestro? ¿Esos son ideas comunistas... o fascistas? Todavía no entiendo muy bien esto de las ideologías.

Baldomero ríe de pronto.

—Eso significa que piensas por ti mismo, como bien te decía tu padre; y, en los tiempos en que vivimos, eso es algo realmente valioso.

—¿Y la segunda idea? —interrumpe Ramón, que ha dejado el juego de cartas para oír la conversación—. Dijiste que el anarquismo se basaba en dos ideas fundamentales, maestro. ¿Cuál es la segunda?

—Ah, sí. La segunda es la del poder de la educación para formar personas en libertad. —Mira a Daniel y le dedica una sonrisa—. Los anarquistas consideran que jamás llegarán el final de la opresión y la sociedad igualitaria si no se educa a los niños para ello. Y ¿sabéis una cosa? Ahora os hablo como maestro. Solo nos hace falta una, una generación de niños educados en libertad, para que España deje atrás el oscurantismo. Para que el país progrese. Progrese no sé ya si hacia la sociedad igualitaria con la que sueñan los anarquistas, pero sí al menos a una, la que sea, con la que hayamos dejado atrás, al fin, todo lo que nos ha empujado a la guerra. El odio, la cerrazón y la barbarie que ha roto el país en mil pedazos. En mil pedazos a España.

—No me vengas con mierdas, maestro —tercia Macario recostado bajo el roble—. Los anarquistas lo veis todo muy fácil... ¿Qué tendrá que ver la educación aquí? A España la ha roto ese hijo de puta de Franco, que sublevó a los regulares, y ya está.

—¿Yo, anarquista? —le replica el maestro—. Yo solo soy un maestro de escuela. Nunca he hecho política. Y, como Daniel, tampoco me aclaro mucho en el juego de las ideologías. El problema de las ideologías radica en que la mayoría de quienes las promueven intentan convencer a los demás de que la suya es la auténtica. La verdad absoluta. Yo soy más racionalista que otra cosa.

—¿Raciona... qué? —pregunta Daniel.

—Vaya, ¿tampoco te dejó tu padre leer a Averroes o a Descartes? —resopla Baldomero—. Según los racionalistas, un hombre debe tener una ideología cuando llegue a ella a través de la lectura y la reflexión, y nunca a través del discurso o de la coacción de los demás. Si no, corremos el riesgo de que alguien nos manipule o, peor aún, que el fanatismo nos ciegue. Por eso debemos cultivar nuestra capacidad de reflexionar.

—Aunque mi padre era muy autoritario —responde Daniel retomando aquella reflexión de antes sobre el Sefardí—, siempre me pidió eso mismo; que pensase por mí mismo.

Baldomero asiente con una sonrisa de conformidad. Hasta que Iñaki les interrumpe, cortante:

—A mí no me ha cegado nadie, maestro —exclama mientras baraja los naipes para empezar otra partida de cartas con Ramón—. Yo me fui a la guerra a matar fascistas. ¿Qué haces tú aquí si no, *kabenzotz*?

Baldomero se acaricia el mentón. Mira a Iñaki, tan distinto a él, pero tan cercano. Depende tanto de su compañero para sobrevivir como dependía de su madre cuando los unía el cordón umbilical.

—Yo era maestro de escuela. En el pueblo de al lado se llevaron al maestro una noche y ya no volvió. Me adelanté a ellos alistándome en la milicia que el alcalde formó junto a los del sindicato de mineros. No tuve otro remedio que luchar en esta guerra. Al principio, sí, os diría que luchaba por un ideal. Por la libertad, por ejemplo. Y por un montón de consignas que todos nos repetíamos allá hace dos largos años para convencernos de que había que abandonar nuestros hogares para coger un fusil. Luchábamos por la libertad, por la república, contra el fascismo... ya sabéis todos. Pero, si me preguntáis ahora, os seré sincero: yo ya no lucho por España. Se me fueron los ideales en esta maldita guerra. Puede parecer egoísta, y supongo que vosotros sí que lo hacéis; lucháis por España o por la España que defendéis contra quienes se levantaron aquel verano del 36 que tan lejano parece. Yo lucho por regresar a casa. Solamente por eso. Por no ser un recuerdo en la mente de mis hijas. Porque puedan vivir en paz. Por volver a darles clases a mis alumnos. Por seguir leyendo a Miguel Hernández.

Baldomero hace silencio pensando, tal vez, en aquellos días. En por qué está él ahí, en los montes. En el último beso a sus hijas, por ejemplo. En el último abrazo a Amalia. En sus palabras de despedida para con ella: «Tranquila, esto será cosa de unos meses». Y en sus brazos agitándose mientras los separaba el furgón que lo llevaba al cuartel de reclutamiento.

—Pues si hacemos caso a la prensa... —le interrumpe Ramón—, la llevamos clara.

El guerrillero extiende el brazo hasta un ejemplar de *La Voz de Asturias* al que hace algunos minutos le había arrancado varias páginas para limpiarse el culo. Es uno de esos periódicos que los aviones franquistas esparcen por los montes para que los guerrilleros lo lean y se desmoralicen. Baldomero pide que no los cojan, pero las necesidades fisiológicas pueden más que los ánimos y el papel de periódico es más apacible que la hojarasca tras hacer de vientre.

Ramón les vuelve a leer a sus compañeros el titular, como hizo cuando lo encontró sobre la maleza:

La derrota sigue siendo completa, tanto en la tierra como en el aire. El triunfo absoluto del ejército nacional llegará a través de las armas o de una rendición sin condiciones

Solo Iñaki, algunos segundos después, se atreve a decir algo, pero apenas hay convicción en sus palabras.

—Pues si creen que nos vamos a rendir, la llevan clara.

Ramón resopla. Coge el mazo de cartas e insta a su compañero a que lo corte por la mitad. Luego vuelve el silencio. Daniel rebusca entre la hierba hasta hacerse con otra rama con la que juguetear entre sus dedos. Lleva el ceño fruncido. Baldomero advierte su preocupación; al igual que él, el muchacho tampoco está en la guerra por ideales ni convicción, sino por accidente.

—Tranquilo, Daniel, algún día terminará la guerra y tendremos al fin la paz. Algún día volveremos a casa.

Baldomero esboza una sonrisa. Pero Macario, que se ha puesto en pie apoyándose sobre el tronco del roble, interviene para borrarla. No le gustan las sonrisas al guerrillero, diría cualquiera, viéndole. Da algunos pasos hacia el ejemplar del periódico que Ramón dejó a su lado. Se agacha, hace una bola con él y la lanza a varios metros.

—«Algún día» son palabras peligrosas, maestro. Esconden un nunca.

27

Dentro de la cabina del maquinista, Luis Razquín vocifera. Se le mueve el bigote bajo la nariz y arroja algunos esputos involuntarios. Frente a él, estoico, Julio Fernández, negando con la cabeza, excusándose. Ha parado más de lo debido en León, pero el maquinista no lo ve seguro. No tal y como se lo piden.

—¡Que no, caray! —grita—. Que no lo veo, don Luis. Ni ellos tampoco.

Mira a sus fogoneros, que esperan detrás de él. Luis Razquín es el jefe de la circunscripción de Tracción de León. Viaja en el tren y controla que todo esté en orden en el correo-expreso. Toma aire y responde.

—Julio, por Dios, que el tren acumula más de una hora de retraso, ¿sabe qué significa eso? Porque parece que no.

Y le recita:

—Suspensión de sueldo por un retraso prolongado. Pérdida de empleo si el retraso se debe a negligencia del maquinista o de alguno de los fogoneros. ¿Quiere que siga?

El maquinista se rasca la coronilla por debajo de la gorra.

—Pero vamos a ver, don Luis. Si la Mastodonte se queda aquí, por el caldeo en los ejes, ¿cómo pretende que la Americana, con problemas en los frenos, llegue hasta Galicia? ¿Y la rampa de Brañuelas? Cago en la Virgen.

—Ya lo hemos hecho más veces. Esos problemillas suelen ocurrir, y nunca ha pasado nada. Y usted es un buen maquinista, Julio. Y podrá solventarlo.

Le indica que mire hacia el andén. Hacia aquellos pasajeros que se agolpan para bajar o para subir al correo-expreso.

—Es Navidad. Mire cuánta gente llega con retraso a sus casas. ¿Cómo vamos a cancelar un viaje por eso? ¿Cómo quiere que dé la cara por ustedes si dejamos aquí a toda esta gente?

Pero el maquinista sigue sin verlo. Sin la Mastodonte, la Americana está vendida; hace ya varias paradas que le detectaron problemas en el freno y, sola, sin la doble tracción, podría darle algún quebradero de cabeza. No, no es seguro.

—Usted es un buen maquinista, Julio —repite su jefe.

Vuelven la vista hacia el andén. Hacia toda esa gente. Chasquea la lengua y, finalmente, asiente.

—Está bien. Salgamos. —Da orden a los fogoneros a que enciendan la caldera—. Pero yo no me hago responsable de nada.

Luis Razquín le da una palmada en el hombro en un gesto de aprobación.

—¿Qué va a ocurrir? No sea agorero.

Minutos después, la Americana lanza una densa bocanada de humo. Se oyen los silbatos que anuncian la salida y las últimas llamadas de los interventores a los viajeros rezagados. Algunas manos dicen adiós.

Una pequeña máquina de maniobras deja cuatro vagones vacíos en el cargadero de Santibáñez para volver a la estación de Torre del Bierzo con tres vagones cargados de carbón. El maquinista Gonzalo López contempla el fuego de la caldera e inicia la marcha hacia Torre. Aunque arrecia este frío invernal, el calor del hogar de la máquina mantiene calientes a maquinista y fogonero, que llegan incluso a sudar a pesar de las bajísimas temperaturas. Hay que temer al verano junto a estas calderas.

—En realidad, don Gonzalo, los jóvenes de Torre no tenemos más oportunidades que la del ferrocarril.

Gonzalo López es un recio y experimentado ferroviario cuya vida, al igual que las de centenares de vecinos de Torre, se vio ligada a los trenes desde la niñez. Empezó como fogonero, tiznado por el hollín y deslomado por las paladas de carbón, porque, haciendo bueno el dicho, nadie es fraile antes que monaguillo. Es maquinista desde hace más de treinta años, tantos que la memoria apenas le alcanza a recordar sus primeras paladas como fogonero. El fogonero que ahora lo acompaña, un muchacho llamado Alfonso, aspira, como él hace treinta años, a ser maquinista algún día. Para ello estudia a diario, a pesar de que apenas sabe leer y escribir.

—Tienes razón, Alfonso. Antes quienes no teníamos ni tierra ni ganado solo podíamos dedicarnos o a las minas o al ferrocarril. Ahora nadie tiene tierra ni ganado, y las minas están cada vez peor. Lo único que queda en Torre es el tren. Tú sigue estudiando, que el tren tampoco es cosa fácil.

Los fogoneros, para ascender a maquinista, deben reunir varios requisitos; a los conocimientos básicos del funcionamiento de las máquinas se les debe unir la experiencia de varios años y la superación de los exámenes pertinentes. Incluso tampoco es fácil ser fogonero; el reglamento de las Compañías Ferroviarias establece que para ser fogonero es preciso saber leer y escribir, tener de dieciocho a treinta y cinco años, ser robusto, poseer buena vista y buen oído, y pertenecer a algún gremio relacionado, como el de los herreros, los caldereros o los ajustadores.

Paco, el hijo de don Gonzalo, va en la máquina. El joven mira por la ventanilla contemplando el paisaje berciano. Una espesa niebla oculta el horizonte.

—Ahora solo tenemos la esperanza o del carbón o de conducir una de estas —se lamenta este, que, como Alfonso, también aspira a ser maquinista.

—Al menos, mientras las máquinas funcionen con carbón, tendréis futuro —contesta su padre.

Alfonso echa una palada en la caldera.

—¿Y cómo iban a funcionar si no?

El maquinista controla el freno de la máquina ante la cercanía de la estación sentado sobre su banqueta.

—Algún día avanzarán tanto que ya no hará falta el fogonero, y el maquinista solo tendrá que apretar un botón.

—Entonces ¿quién mantendrá el fuego de las calderas?

—¡Que no te enteras, Alfonso, que no hará falta ni carbón!

Llegan a Torre varios minutos después. Joaquín Domenech, el jefe de la estación, los espera junto a las vías con gesto inquieto. Es algo menos de la una de la tarde. Este se asoma a la locomotora.

—Buenas tardes, don Gonzalo.

—Buenas. Va a tener usted que cambiar de vía, pues el correo tiene que estar al llegar.

—¿El correo? —pregunta el maquinista extrañado—. Pero si pasa a diario por aquí a las diez o las once de la mañana... Qué de retraso lleva, ¿no?

—Así es. Dese prisa.

Joaquín da media vuelta y se dirige a su oficina. Gonzalo ordena a su hijo que baje al andén, pero este rehúsa, por las prisas.

—Es igual, padre, dele —contesta Paco sin bajarse.

Para moverse a la vía contraria, la máquina debe llegar hasta la entrada al túnel número 20 y hacer allí el cambio de agujas. El túnel número 20 está situado a apenas medio kilómetro de la estación de Torre, atravesando el monte de Peña Callada. Gonzalo resopla y mira hacia el túnel, y vuelve a poner en funcionamiento la máquina de maniobras para dirigirse hacia allí. Joaquín Domenech, desde el andén, los mira con cara de preocupación. No son buenos los retrasos. Lo trastocan todo. Y contempla a las decenas de personas que esperan al correo en el andén, malhumoradas.

Entre las cajas de correspondencia y cartas no hay palabras que acompañen al traqueteo de las máquinas contra las vías. Daniel Baldomero se limita a mirar por una de las angostas ventanillas de este vagón y contemplar el paisaje montañoso. Intenta irse a El Bierzo, pero apenas le vienen buenos recuerdos. El tren alterna pequeñas subidas con grandes bajadas que encara con brío. Por momentos puede verse el horizonte, montañas a lo lejos o algún pueblo, aunque la mayoría de las veces la única visión a través de las ventanillas es la de una gran pared de roca que enclava al convoy en una enorme trinchera. De vez en cuando viene un túnel y, con él, la completa oscuridad. Tras la salida de uno de esos túneles, uno de los policías se pone en pie y le habla a su compañero.

—Voy a ir a por un café al coche-bar, ¿quieres uno?

—Está bien.

El hombre atraviesa el vagón con dificultad.

—Vuelvo enseguida. —Abre la portezuela trasera y se pierde, segundos después, tras la pasarela.

Vuelve el silencio al vagón, que, ante la velocidad con que ha tomado una bajada, chirría y se zarandea.

—¿Sabes, Daniel? Dicen que van a avisar a las hijas de Lucrecio Romero para que sean las primeras en recibirte. No te esperabas tan buen recibimiento, ¿a que no?

Marina. Marina estará allí, esperándole, y no precisamente para darle un beso, como él había soñado de pequeño. La última vez que ambos se vieron en Villafranca del Bierzo, hace años, ella le juró que por mucho que se escondiese en los montes o en las ciudades, se gastaría hasta el último céntimo de la fortuna de su padre para encontrarlo.

—Qué alegría.

—Alegría la nuestra. ¿Sabes que tu cabeza tiene recompensa? Pero tranquilo, que no vamos a cortártela. Supongo que eso ya lo harán las hijas de Lucrecio Romero.

No hay contestación. Daniel, de hecho, no ha prestado atención a las palabras de su carcelero. Ha sido el primero de ambos en darse cuenta de que algo parece no ir bien. El tren va muy rápido. Demasiado rápido para lo abrupto del trayecto. El traqueteo hace que todo tiemble: tiemblan las maderas del vagón, las ventanillas, las cajas de mercancía y también los hombres. El policía, que advierte ahora, con un gesto de extrañeza, la rapidez del convoy, vuelve a levantarse para mirar por la ventanilla.

—Sí que lleva prisa el maquinista.

Mucha prisa. El convoy atraviesa otro puente a toda velocidad. El ruido de la viguería dura apenas un instante. Daniel pregunta preocupado:

—¿No vamos muy rápido?

Casi no puede articular palabra. Las sacudidas del vagón hacen que le tiemble la voz. El tren afronta otra bajada y todo, de pronto, se inclina hacia delante. A ello le sigue un silbato, que lanza la locomotora como un bramido atronador. Y luego otro. El policía se agarra a la caja de mercancía en la que está sentado. Jadea. Y Daniel lo imita, poniéndose en pie y aferrándose como puede a una de las cajas junto a él.

Luego un túnel en curva, que lo inclina todo de nuevo. La locomotora brama, con un silbido tras otro. Daniel Baldomero y el policía aprietan los dientes y aguardan. De la boca del segundo surge un rezo, «Ay, Dios, ay, Dios», como otra caja más a la que agarrarse. El correo-expreso pasa por el apeadero de Albares en milésimas de segundo, entre silbidos de locomotora y una densa nube de humo que alerta del peligro. Las decenas de personas que esperaban a que el tren parase lo han contemplado pasar en tres, cuatro segundos. Visto y no visto. Como un fantasma.

Luego una subida y, en la cima, otra bajada. La última hasta Torre del Bierzo. Hasta allí, doce coches empujan a una locomotora que avanza como si se deslizase por una pista de hielo. A la deriva, el correo-expreso aborda la afilada pendiente a una velocidad suicida. De repente, otra vez la oscuridad.

Y una maraña de silbidos antes de que el caos se desate.

28

La niebla envuelve Torre en esta mañana invernal. Sus pequeñas casas, salpicadas entre el verde, su campanario, su plaza y
sus minas apenas se entrevén. Dentro de una pequeña oficina
de la estación ferroviaria del pueblo, Joaquín Domenech, el
jefe de la estación, cuelga el teléfono y rumia. Chasquea la
lengua. Ha sido avisado de que el correo-expreso acaba de
salir de León. Mira al reloj de pared y comprueba la hora; son
las once de la mañana y el tren lleva más de una hora de retraso. El correo-expreso 421 procedente de Madrid y con destino La Coruña es el único convoy de pasajeros que se espera
en toda la mañana. Avisa por megafonía de este retraso y oye,
procedente del andén, algunas voces que hacen ver su enfado.
«Debería llegar sobre la una menos cuarto si no acumula más
retraso», informa. Algunas de esas personas abandonan el andén y atraviesan la estación de vuelta al pueblo minero de Torre. Se asoman a la oficina de Joaquín y le expresan su enojo
ante el enésimo retraso del correo. «Yo no puedo hacer nada,

lo siento», se excusa el hombre. Revuelve los papeles de su mesa, mira al reloj, ve pasar los segundos y, al instante, posa sus ojos en el calendario de pared que aún continúa mostrando el mes de diciembre de 1943. Descuelga el calendario y lo sustituye por el de 1944 que guarda en un cajón de su mesa. Minutos después, sale al andén y, a pesar del frío, enciende un cigarrillo. El retraso del correo es tan acusado que va a trastocar el poco tráfico de la mañana. Tras la última calada al tabaco, vuelve a su oficina y hace unas llamadas.

Es casi la una del mediodía y aún no hay noticias del expreso. Joaquín chasquea la lengua. Descuelga el teléfono y llama al apeadero de Albares, por si allí tuviesen noticia al respecto. Albares de La Granja es una pequeña aldea de apenas una veintena de casas construida a expensas del ferrocarril. No hay noticia desde que salió de León, le dicen. El teléfono suena minutos después. Llaman de Bembibre. Lo descuelga. Escucha, resignado. Y asiente. «Está bien, está bien, si no hay más remedio...» Cuelga. Sacude la cabeza y pone los brazos en jarra. Ha dado permiso para que un carbonero, parado en Bembibre, reanude su marcha. Este tren tenía que cruzarse ahí con el correo-expreso, pero, ante el retraso de este, el cruce se producirá en Torre y no donde estaba previsto. Se rasca la coronilla. «Me cago en...»

A través de la ventana de su oficina ve llegar a Gonzalo López y su pequeña máquina de maniobras con tres vagones detrás. Arrecido, sale al andén, donde decenas de personas esperan pacientemente al correo-expreso. Está su vecina Dolores, aguardando al correo, el cual toma todas las mañanas para visitar a su hijo en Bembibre. Muchos de los que aquí toman el tren lo hacen para dirigirse a la feria de este pueblo vecino, que coincide con las fechas navideñas. Aborda a Gonzalo López y a sus fogoneros para pedirles que se cambien de vía.

El maquinista obedece, y Joaquín los contempla maniobrar hacia el túnel número 20, hasta que oye que vuelve a sonar el teléfono de su oficina. Corre hacia allí y se apresura, jadeante, a descolgar. Llaman de Albares, y la llamada es breve y concisa, apenas un puñado de palabras.

Reacciona tras un par de segundos. Luego, la prisa. El caos. El jefe de la estación corre hacia el andén gritando, pidiendo ayuda, con la cara pálida y descompuesta, haciendo aspavientos casi con todo su cuerpo.

—¡Echad traviesas y piedras en la vía! ¡El correo baja sin frenos!

Nadie, por el desconcierto, reacciona de forma contundente. El jefe de la estación corre, desesperado, en dirección al túnel número 20. Ahí está su mayor inquietud, pues Gonzalo López acaba de iniciar las maniobras para el cambio de vías. Y no le dará tiempo. No con el correo bajando desde Albares sin frenos.

—¡Salid de ahí, por Dios, salid de ahí!

Pero es en balde. Súbitamente, al bramido incesante de las locomotoras le acompaña la visión del correo-expreso, que, como una bala entre la niebla, aparece a lo lejos con una enorme columna de humo saliendo de sus chimeneas. No hay tiempo para nada. El tren atraviesa la estación como una larga sombra de doce vagones y entra en la boca del túnel lanzando aullidos de alerta.

No hay sonido, solo recuerdo, eco atrapado, el estruendo repitiéndose una y otra vez, haciendo vibrar los tímpanos y rebotando en las paredes del cráneo. No hay visión, porque no hay luz, los ojos se abren aunque no ven nada. En el olfato hay carbón, acero, polvo y madera. En la boca, el regusto ferroso de la sangre. Y una voz que tiembla y se pierde danzando entre los nuevos vacíos del vagón.

—¿Oiga? ¿Está ahí?

Dos manos esposadas buscan, a tientas, estabilidad. Luego, un grito mudo, el dolor de una muñeca quizá rota tras las esposas.

—¿Señor, está bien?

No sabe el nombre de su carcelero. Hinca la rodilla en el suelo y se apoya con la mano izquierda. Sigue sin oír ni ver nada. Todo está sumido en una plácida oscuridad, como si la realidad hubiese intercambiado la luz por las tinieblas. El muchacho da un primer paso y descubre que aquello por lo que anda no es el suelo, sino una de las paredes del vagón. El coche-correo está tumbado sobre uno de sus laterales, descarrilado. El muchacho avanza a ciegas arrastrando la cuerda que antes lo ataba a una caja, que debe de haberse roto. Teme encontrarse con alguna otra irrealidad, con una caja sobre una de las paredes o una ventana donde el techo. Extiende sus manos intentando acertar a cualquier objeto que se encuentre delante.

—¿Oiga?

Tropieza con una caja. Al ponerse en pie, no sin dificultad, da un giro tratando de encontrar algo de luz a su alrededor. Nada. Todo está envuelto en la mayor de las tinieblas.

—¿Señor?

Camina buscando una de las portezuelas, pero no sabe hacia dónde están el comienzo y el final del vagón. Algo entorpece, de repente, su lento avance. Se agacha y, a tientas, palpa el cuerpo del agente de la Social. Lo zarandea, «Oiga, ¿está bien?», hasta que se da cuenta de que ahí no hay vida. En la cabeza tiene una enorme herida que sangra profusamente. Hace algo más de una hora, este hombre le ofreció un cigarrillo. Mientras daba la primera calada a aquel cigarrillo observó cómo se guardaba la caja de cerillas y el tabaco en un bolsillo de su pantalón. Hacia ahí va. La encuentra en el bolsillo derecho. Rasca la cajetilla y, de pronto, esos ojos, los mismos que lo miraban en la estación de León, vueltos hacia dentro, abiertos ante el espanto de la muerte. La luz del fósforo le dura para dar una rápida ojeada al vagón. Nada está donde estaba antes.

Enciende otra cerilla. La sujeta con su mano dolorida mientras, con la otra, hurga entre los bolsillos del traje del cadáver. Busca la llave de las esposas, gracias a las cuales se ha salvado, pues la cuerda a la que estaban atadas frenó la sacudida. No está en los bolsillos del pantalón, tampoco en los exteriores de su chaqueta. ¿La tendrá su compañero? Enciende una cerilla. Luego otra. Y mientras la luz titila e ilumina brevemente la cara del policía, sin vida, hace bingo. La llave aparece en uno de los bolsillos interiores de su chaqueta. Resopla.

Deshacerse de las esposas le cuesta tres cerillas. Ya liberado, intenta hacer girar la muñeca derecha, pero un dolor agudo y punzante le sacude todo el brazo.

Enciende otra cerilla y busca la portezuela trasera con la mirada. Va hacia ella y aborda el pomo. Tira de él, pero le es imposible abrir. La puerta está atrancada. Tira otra vez, y también es en balde. Tira una última vez y, de pronto, una fuerza empuja la puerta desde el otro lado.

La puerta se abre, y Daniel Baldomero cae hacia atrás contemplando qué hay al otro lado. Una finísima luz apenas imperceptible ilumina el desastre; en lo que antes era la pasarela que unía los dos vagones y que ahora es un amasijo de hierros inconexos, sin sentido alguno más allá del caos provocado por el choque, el otro policía está preso y agonizante. Sus labios piden ayuda de forma desesperada, se abren y se cierran agónicamente, pero a Daniel le es imposible advertir ningún sonido, tal fue el estruendo que acompañó al caos y que aún resuena dentro de su cabeza como un eco incapaz de salir de ella.

—¡Ayuda, ayuda!

Al fin oye algo, aunque sea la desesperación de este hombre que fue por café y no volvió. Ante esos brazos que intentan agarrarse al marco de la portezuela, ante esa cara cuyos ojos parecen salirse de un momento a otro de sus órbitas, el eco del estruendo abandona los oídos de Daniel y se pierde por este maloliente aire de aroma a carbón y acero. El muchacho se recompone de la impresión, se pone en pie y atraviesa el marco de la portezuela. Enciende una cerilla y contempla al hombre con la brevedad de la luz del fósforo. El hombre grita.

—¡Estoy atrapado! ¡Ayúdame!

Las piernas se le han quedado sepultadas bajo los hierros. Apenas hay espacio donde moverse y, menos aún, donde tirar, tan cerca están un vagón del otro, arrimados como un acordeón. La cerilla se apaga y Daniel enciende otra.

—Sujétala —le pide al agente, dándole el fósforo.

Un pequeño hilo de sangre le resbala por la frente, partiendo de algún punto de su cabellera. No hay ninguna otra señal que indique, en este hombre, el desastre ocurrido. Sus piernas debieron de atenuar todo el golpe. Una enorme mancha marrón se extiende por su chaqueta y su camisa. Es café. El agente debía de atravesar la pasarela llevando dos humeantes tazas de café cuando el convoy alcanzó la velocidad suicida y chocó dentro de este túnel. Daniel se inclina e intenta tirar de su cintura. Vuelve el punzante dolor de su muñeca. La luz que el hombre sujeta se apaga y, de nuevo, la terrible oscuridad.

—Estoy atrapado.

Luego, el chasquido y la luz. Daniel Baldomero vuelve a posarla en la mano del policía y se inclina hacia abajo. En la transición de una luz a otra, la cara de este hombre ha palidecido. Su voz ya apenas tiene fuerza. De pronto, escupe sangre.

—¡Ayúdame, por favor! ¡No me dejes!

Daniel Baldomero tira de unas vigas inamovibles. El dolor vuelve a la muñeca.

—¡No puedo, es imposible!

La luz se va. Chasquea la lengua. Abre de nuevo la cajetilla y coge una cerilla. Deben de quedarle tres o cuatro. De pronto, una idea irrumpe en su mente e impide, por momentos, que vuelva a rascar la cajetilla para hacer la luz con el fósforo. «Este hombre es el único que en este tren sabe mi verdadera identidad», piensa. Su mano izquierda, que sujeta la cerilla, le tiembla. Oye varios gritos que atraviesan el túnel y se pierden como un eco. El debate, en su cabeza, dura escasos segundos. Aunque le parece una eternidad. En su mente se suceden las imágenes de todos aquellos hombres que se quedaron en el monte, durante la guerra. Aunque muchos merecían morir, eran hombres. Aunque sus muertes significaban la supervivencia, eran hombres. Tras un acalorado debate interior, enciende, al fin, la cerilla.

—Sujétala.

Pero la luz se resbala de esos dedos y se pierde ahí abajo entre los hierros. Daniel se apresura a encender otra cerilla y, tembloroso, ve que la luz ilumina a un cadáver. Se permite varios segundos de silencio. Luego cierra esos ojos, que aún se mantienen abiertos.

Vuelve a encender otra luz. Hurga en el interior de la chaqueta del cadáver hasta que da con lo que buscaba. Lee brevemente: «Es probable que Daniel Nahman Levi, alias Daniel Baldomero, viaje en el correo-expreso que salió ayer de Madrid a las...». Sujeta la cerilla con la boca y, bajo el titilar tembloroso de la luz, rompe el papel en decenas de pedazos que se pierden por el amasijo de hierros.

Daniel Nahman Levi se va con ellos. Ha muerto en el accidente.

Un segundo antes solo hubo silencio. Los gritos de los viajeros, los bramidos de la locomotora y los chirridos de los frenos inservibles se callaron, de pronto, cuando la luz fue la primera en abandonar el tren y lo sumió todo en tinieblas. El convoy entró en un túnel y, luego, el enorme estruendo hizo descarrilar los primeros vagones de la composición y sacudió a sus pasajeros como el niño que juega a agitar una botella llena de insectos. El mayor miedo fue el que acompañó a ese segundo en que todos sabían que la tragedia se aproximaba y los gritos se esfumaron para oír el silencio.

—¿Madre, estás bien?

Diez minutos antes, Trinidad tranquilizaba a Julita diciéndole que aquella velocidad con que el tren bajaba era algo normal. «Vamos con un poco de retraso, hija», dijo. Cinco minutos antes, Trinidad intentaba calmar los gritos de Francisca —a quien tampoco podía acallar su marido—, que decía que el tren había perdido los frenos y que iban a colisionar con algo de un momento a otro. Un minuto antes, entre los silbidos desesperados de la locomotora del tren, Trinidad agarraba la mano de Julita y cerraba los ojos ante la inminencia de un choque. Ahora aún los tiene cerrados.

—¿Madre?

El vagón ha descarrilado de las vías, pero no ha volcado. Ello se debe a que la parte delantera se ha empotrado contra el segundo coche-correo y este ha frenado el golpe. El peor parado ha sido el primer coche-correo, que solo tiene delante el furgón de carga de la locomotora y ha absorbido, casi íntegro, el choque.

—Estoy bien, estoy bien.

Trinidad abre los ojos e intenta incorporarse. Se ha dado un buen golpe contra las mujeres del asiento de enfrente, Francisca y Eloísa, aunque no ha resultado grave. Está desorientada. Federico y Julita también salieron disparados hacia delante, y, como la madre de ella, tampoco han resultado heridos de gravedad.

—¿Todos bien?

Es la voz de Federico. El hombre se precipitó contra Gabriel y se golpeó con la pared delantera. A pesar de ello, solo tiene varios rasguños en la mejilla que no revisten gravedad. Se pone en pie intentando salvar la inclinación del vagón y ayuda a su mujer a incorporarse. Luego a Trinidad.

—Estoy un poco mareada —dice la mujer.

Entre Federico y Julita la ayudan a acomodarse de nuevo en su asiento.

—¿Estás bien ya, madre?

Trinidad asiente. El bolso de Julita también ha salido lanzado y, por ello, los libros, revistas y enseres que la joven guardaba están ahora esparcidos por todo el compartimento. También una de las maletas de Gabriel, que se ha abierto por el golpe y ha desperdigado el equipaje, ropa en su mayoría. El hombre se apresta a recogerlo.

—Debemos de haber chocado con otro tren —exclama Federico, mirando por una de las ventanillas del compartimento.

Julita abre la ventanilla y se asoma. Solo hay oscuridad. La pared del túnel está a menos de un metro de distancia, aunque puede sacar la cabeza y mirar a un lado y al otro. Hacia delante, los coches-correo yacen descarrilados e imposibilitan la visión. Hacia atrás sí se advierte, a lo lejos, la luz de la boca del túnel. Los últimos vagones parecen no haberse inmutado por el choque y, de hecho, algunos viajeros han comenzado a bajar a las vías por su propio pie. Un militar se asoma a una de las ventanillas del coche de primera y mira en derredor. Encuentra la mirada de Julita iluminada por la luz que emana de su compartimento. Le habla, aunque la joven apenas puede oírle por el griterío que los rodea.

—¿Están bien por ahí, señorita?

—¡Sí, nada grave! ¿Y por ahí?

—¡Bien, algunos rasguños solamente!

Trinidad tira de su hija y hace que vuelva al compartimento.

—¡No te asomes! ¡Podría ser peligroso!

Federico intenta abrir la puerta del compartimento, pero se ha atrancado por el choque. Le pide a Gabriel que le ayude y, entre ambos, tiran de la puerta con fuerza. Están a punto de descolgarla cuando se abre. Los hombres se asoman al pasillo y comprueban que apenas hay espacio para salir. Decenas de viajeros han dejado sus compartimentos y pretenden abandonar el vagón.

—¿Qué hacemos? ¿Nos vamos?

Federico entrecierra la puerta para acallar los gritos. Gabriel coge la mano de Eloísa y tira de ella. Cargan con su equipaje.

—Mi mujer y yo sí, desde luego.

Abren la puerta e intentan avanzar por el pasillo. Una marea humana cada vez más numerosa lo abarrota, taponando la salida trasera, la única por la que pueden escapar los pasajeros. La puerta delantera, debido al descarrilamiento, se ha solapado con el coche-correo y ha quedado bloqueada.

—Creo que lo mejor es quedarse aquí y esperar a que nos indiquen qué hacer. Es lo más seguro —declara Trinidad.

Francisca asiente. Gabriel y Eloísa caminan a duras penas por el pasillo y se pierden entre los empujones. Se oye un enorme griterío. Todos los vagones de primera y segunda clase han quedado dentro del túnel. Julita vuelve a asomarse por la ventana. Muchos viajeros, ante el colapso de los pasillos, han comenzado a saltar por las ventanillas para bajar a las vías.

—¡Podemos saltar por la ventana! —propone.

Pero Francisca se opone con rotundidad.

—¡No he pagado un billete de primera clase para tener que salir por una ventana!

Trinidad le da la razón con un gesto de afirmación. Tira de su hija y le ordena que se siente junto a ella.

—No nos moveremos de aquí.

El desconcierto es total. Nadie sabe nada, ni siquiera los revisores y operarios ferroviarios que llaman a la calma envueltos en una total incertidumbre. Afuera de los vagones, decenas de personas atraviesan este oscuro túnel para salir por su boca este, la que da a la estación de Torre del Bierzo. Son minutos interminables.

Hasta que, de repente, una voz. Alejada, casi imperceptible.

—¡Julita, Julita!

La voz atraviesa el pasillo del vagón y se cuela entre todas las voces y gritos de los viajeros que han salido de sus compartimentos. Julita se asoma y mira el gentío del pasillo, pero no reconoce a nadie de entre las cabezas que van y vienen y se empujan.

—¡Calma, señores, calma! —grita un militar apostado bajo una viga de madera que, por el choque, se ha desprendido del techo del vagón—. ¡Actuemos como caballeros!

La voz vuelve a llamarla. Julita da algunos pasos haciéndose hueco entre varias personas para mirar hacia el fondo del vagón, en cuya puerta trasera se agolpan los viajeros que pretenden salir al túnel. Oye como su madre le pide que no salga del compartimento, pero hace caso omiso. Mira hacia la puerta. Ahí están Gabriel y Eloísa intentando abandonar el vagón. Hasta que lo ve. A él. Yendo hacia ella.

—No puede ser...

Daniel se hace paso entre la aglomeración de viajeros en la puerta trasera del vagón. Va en sentido contrario. Una mujer, al verle, le pregunta: «¿Adónde vas, muchacho?», pero él no atiende a nada ni a nadie salvo a aquellos ojos que, al otro lado del vagón, lo miran. Sorprendidos. Esperanzados.

—¡Julita! —grita.

—¡Daniel!

Caminan el uno hacia el otro. Empujan al resto de la gente y desoyen a quienes les piden que mantengan la calma. Julita levanta la mano y la extiende hacia Daniel atravesando el vacío entre varias cabezas. Y en un espacio intermedio, los dedos se entrelazan.

Algunos segundos después, los muchachos consiguen, al fin, encontrarse. Y leves sonrisas navegan en un rostro y en el otro. Y ojos que vibran de pronto, vidriosos. Ninguno de los dos se atreve, pero ansían el abrazo. Un empujón del militar que intenta avanzar por el pasillo y dejar atrás a ambos facilita el acercamiento. Y se funden. Su rubia cabellera se mece en el hombro dolorido del muchacho, y, a su vez, él posa su mentón en la maraña dorada de su pelo. Solo dura un par de segundos, pero todo se calla y se frena, y el tiempo deja de correr dentro del abrazo.

—Pero, no puede ser, ¡te quedaste en Astorga! —exclama Julita.

—Me metieron en el coche-correo para llevarme a Ponferrada. Estaba ahí, esposado, cuando ocurrió el choque.

Hace girar su muñeca. Un agudo pinchazo le recorre el brazo.

—¿Estás bien?

—Sí, no es nada, no te preocupes. Ahora escúchame, Julita. Hay mucha gente ahí fuera intentando salir del tren. Pero nos hemos quedado dentro de un túnel y temo que pueda ser difícil. Hay que salir rápido de aquí. ¿Dónde está tu madre?

Julita gira la cabeza y señala hacia la puerta del compartimento.

—Sigue en el compartimento. Dice que no quiere salir.

—Está bien, vayamos para allá y...

Pero no hay tiempo para más. De repente, el silbato, el bramido de una locomotora vuelve a escucharse. El estruendo rebota en todas las paredes del túnel y se expande de camino a la boca este. Nadie lo esperaba. Los muchachos se miran desconcertados. El silbido suena de nuevo y, enseguida, vuelve a sonar más fuerte. El griterío se desata y todos los viajeros, atemorizados, se ponen en movimiento. El juego de silbidos continúa durante algunos segundos más hasta que, otra vez, sobreviene el silencio.

El terrible silencio que antecede a la tragedia.

29

El caldo de puchero borbotea. Saltan los garbanzos, la patata y el escuálido hueso de pollo dentro de la olla metálica. El agua se hace vapor y se pierde camuflada por la niebla de esta mañana navideña. Dentro de la locomotora Santa Fe, el maquinista Victoriano Lecuona toma asiento sobre varias briquetas de carbón. Su fogonero, Manuel, lo imita. Ambos son vecinos de Torre. Cierran el cofre de las herramientas para usarlo como mesa y apartan el caldero del vapor. Para calentarlo, los ferroviarios usan un ingenioso truco con el que aprovechan el calor de la locomotora: por medio de un tubo empalmado a la caldera, se inyecta vapor a alta temperatura en la olla.

Visto el retraso del correo-expreso, maquinista y fogonero deben comer en Bembibre, donde la locomotora Santa Fe y veintisiete vagones de carbón se hallan estacionados. La Santa Fe es la joya de la corona, la locomotora más potente con la que cuenta Renfe en las zonas de montaña, construida expresamente para trazados como el de la dura rampa de Brañuelas. Es capaz de arrastrar casi quinientas toneladas de peso a una velocidad media de treinta kilómetros por hora, superando una subida o una bajada de casi quinientos metros en apenas veinticinco kilómetros, los que distan entre Brañuelas —a una altitud de casi mil cien metros— y Bembibre —a algo más de seiscientos—. A esta escarpada rampa se la conoce como la de Brañuelas, que baja del puerto del Manzanal hasta el pequeño pueblo minero de Torre del Bierzo.

Los ferroviarios se sirven el puchero en dos cazos y lo soplan al unísono. Aunque el frío en Bembibre hiela la sangre, el caldo está tan caliente que les resulta imposible tomarlo. Miran al andén, una gran multitud de personas esperan al correo-expreso que baja el puerto del Manzanal desde Astorga, Brañuelas y Torre. Victoriano sorbe el caldo y siente como una lengua de fuego le atraviesa el esófago.

Los minutos pasan sin noticias del correo. Tal es el retraso que lleva que el jefe de la estación, Jacinto Ruiz, se asoma al andén y busca con la mirada a los operarios de la Santa Fe para darles el permiso de salida. El carbonero no puede esperar más.

—Cambio de planes. Te cruzarás con el correo en Torre, por el retraso que lleva.

Victoriano asiente. Jacinto Ruiz le entrega el Boletín de Cruzamiento en Vía Única y se dirige al andén. A medio camino se gira y vuelve hacia atrás.

—Una cosa: aviva la marcha cuanto puedas para no detener al correo. Dale brío.

El maquinista vuelve a la locomotora y arenga a Manuel para que se termine el puchero para salir cuanto antes. El fogonero da un largo sorbo al humeante cazo y luego rebaña con el cucharón el condimento. Tiene las lágrimas saltadas por el calor del caldo.

—Venga, en marcha.

Victoriano enciende las máquinas mientras el fogonero echa algunas paladas de carbón en la caldera. Desde la estación se oye la campana del andén, la que indica a los viajeros la salida o la llegada de algún tren. Una densa bocanada de humo sale por la chimenea de la Santa Fe y avisa de su inminente salida. El convoy comienza a desplazarse por las vías y deja atrás Bembibre envuelto en una gran humareda. Le esperan diez kilómetros de subida hasta Torre del Bierzo.

La tragedia es una enorme nube que oscurece todo El Bierzo. La misma desolación, el mismo silencio del hospital de León se encuentra en el de Ponferrada, a más de cien kilómetros de distancia. Torre queda entre ambas, y Gabino González ha evitado pasar junto al pueblo minero, el epicentro de la catástrofe, para no sacudir la emoción de sus acompañantes. Casi veinticuatro horas después del accidente, el túnel número 20 continúa ardiendo, consumiendo las maderas y los hierros del correo-expreso y los otros trenes implicados. Por ello, al llegar a la aldea de Albares de La Granja, próxima a Torre, en lugar de tomar la carretera principal, ha desviado el coche hacia una pequeña pista sin asfaltar. El vehículo trepida ante las piedras y desniveles del camino y avanza despacio. Aparecen por Bembibre tras atravesar vías pecuarias y caminos de ganado.

—¿Estás bien, Antonio? —le pregunta Manuel Alejandro.

Está pálido. Recordando, quizá, el caos del túnel. Pero en realidad el muchacho, a medida que se adentra en El Bierzo, no deja de pensar en su padre: ha creído verlo en ese pastor que guiaba a las decenas de ovejas que pasaron junto al camino.

—¿Antonio?

Aún continúa sin atender a ese nombre.

—Sí, sí, estoy bien —responde tras varios segundos.

Luego vuelve a mirar por la ventanilla del automóvil, ensimismado. Solo habla al ver Torre en el horizonte.

—Si muchos de nosotros estamos vivos es gracias a los vecinos del pueblo, que se volcaron con el accidente.

Luego un largo silencio hasta el hospital de Ponferrada.

El muchacho es el último en bajar, debido a sus heridas. Manuel Alejandro lo ayuda a apearse del coche y lo acompaña, ofreciéndole su brazo, hasta la entrada del hospital. Ahí dentro se encuentran con las mismas camas en los pasillos y los mismos lamentos perdidos. Hay un bullicio de personas preguntando por sus familiares. Algunos gritos y llamadas a la calma. Tras hacerse hueco, los hombres se asoman a la oficina de recepción. Habla Manuel Alejandro.

—Buenos días. Buscamos a dos mujeres que iban en el tren accidentado.

La recepcionista resopla. Coge varios papeles de su mesa y se ajusta las gafas sobre la nariz.

—Dígame sus apellidos, por favor.

—Martínez-Touriño, Trinidad. Y Schmidt, Julia María. Se deletrea así: s, c, h, m, i, d, t. Schmidt.

La mujer comprueba, con el dedo índice sobre los papeles, cada nombre apuntado, cada persona detrás de la tragedia. Manuel Alejandro y Daniel Baldomero esperan con expectación, con un nudo en la garganta.

—No, aquí no están, ni en la lista de heridos ni en la de fallecidos.

Un nuevo jarro de agua fría. Manuel Alejandro y Gabino se miran y, al unísono, maldicen para sí.

—Pero aún hay muchos heridos sin identificar. Además, los médicos todavía tienen que actualizar esta lista. Pueden darse una vuelta por los pasillos o preguntar en las habitaciones.

Le dan las gracias. Manuel Alejandro da media vuelta, refunfuñando. Gabino aún se mantiene asomado a la ventanilla de recepción.

—Oiga, ¿podría usar su teléfono? Soy periodista y necesito llamar a la redacción para saber si hay novedades.

La mujer accede tras unos segundos de indecisión. Gabino se dirige a Manuel Alejandro y al muchacho herido, que han comenzado a caminar por el pasillo.

—Adelantaos, iré enseguida.

Un celador atraviesa el pasillo arrastrando una camilla. Lleva a un hombre con la cara quemada. Manuel Alejandro se estremece.

—Oiga. Estaba buscando a unos heridos que no están en la lista. Dos mujeres, madre e hija... ¿Le suenan?

El celador contesta pasando de largo con la camilla.

—¡Pregunte a un enfermero o a un médico!

Avanzan por el pasillo y se asoman a las habitaciones. Ninguna de estas caras pertenece a Trinidad o a Julita. Aparece un médico. Va cruzando el pasillo con premura y su bata se agita tras de sí. No tiene aspecto de haber dormido mucho. Tampoco reconoce los apellidos.

—La única Trinidad que ha llegado aquí es una mujer de treinta y cinco años que viajaba con su marido. Tampoco me suena el nombre de Julia. Lo siento.

El médico se pierde por el pasillo. Gabino aparece detrás de él, con paso rápido.

—¿Alguna novedad? —pregunta a Manuel Alejandro.

—Ninguna. ¿Y tú?

—Ya sabemos qué ocurrió con la Mastodonte, por qué se la apartó.

—¿Qué fue?

—Caldeo. La Mastodonte se apartó en La Granja por caldeo en uno de sus ejes.

—¿Y eso qué es?

—Una caja de engrase estaba demasiado caliente. Por eso la locomotora no pudo continuar.

Escuchan a Gabino con atención.

—Durante las largas horas de viaje en el tren, ningún pasajero se percató de estos problemas. Nadie sabía nada. Centenares de personas condenadas por una maldita caja caliente en una de las locomotoras.

—Pero ¿cómo se pudo continuar con ese viaje? Es de locos.

—La prisa, la maldita prisa. Aunque sabían que la Americana tenía problema de frenos, decidieron continuar solo con esa locomotora ante el retraso que el correo llevaba. Qué maldita casualidad...

Los hombres asienten estremecidos. Gruñen y fruncen el ceño. La tragedia pendió de un fino hilo de azar durante horas. Como fantasmas, los tres deambulan por los pasillos del hospital de Ponferrada, rodeados por el llanto y las lágrimas. Buscando en balde.

La Santa Fe sale del túnel número 21 y aborda el túnel siguiente, el número 20, que se encuentra junto a la estación de Torre. La distancia que separa a ambos túneles es de apenas quinientos metros. Victoriano aviva la marcha de la locomotora y arenga a su fogonero Manuel para que meta algunas paladas de más en el hogar.

—Dale, muchacho, que se vea bonito.

Es una especie de tradición; a los maquinistas les gusta entrar en las estaciones lanzando humo negro por la chimenea.

Tras el choque con el correo-expreso, la máquina de maniobras del maquinista Gonzalo López ha salido disparada fuera del túnel y ha perdido sus tres pequeños vagones. Tras varios segundos a la deriva, aún sobre las vías, el maquinista ha logrado coger las riendas y pararla dando contravapor a la salida del túnel. Contusionado, el maquinista mira hacia atrás. La máquina que conduce ha quedado a más de un centenar de metros de la boca oeste del túnel número 20. Los tres vagones que la máquina llevaba yacen desperdigados sobre las vías, como un cadáver. El correo-expreso que los ha embestido se ha quedado dentro del túnel.

—¿Estáis bien?

Alfonso, su fogonero, se lleva la mano a la cabeza. Tiene una pequeña brecha en la frente por un golpe contra la portezuela de la locomotora. Paco, el hijo del maquinista, ha podido agarrarse bien a un asidero y no ha sufrido daños. Únicamente se le ha derramado una aceitera y le ha manchado los pantalones. Es el primero en bajarse de la locomotora, y sube a la trinchera junto a la vía para limpiarse la pernera. Alfonso sale por la izquierda y Gonzalo hacia la derecha. De pronto, alguien da voces en lo alto del túnel número 20, alguien que, por su posición elevada, puede ver las vías a la salida del túnel contiguo. Es Antonio Rivera, primo de Alfonso y fogonero también. Ha debido de correr hacia lo alto del túnel ante el estruendo del choque.

—¡Viene un tren! ¡Salid de ahí!

Alfonso se apresura a subir a la trinchera y ponerse a salvo, pero Gonzalo sigue parado al otro lado de la máquina de maniobras. Horrorizado, el maquinista se ha dado cuenta de algo: los cables que movían las señales de aviso de parada y alto del túnel número 20 se han roto tras el choque con el correo y la señal se ha quedado abierta. Eso significa que el tren que viene hacia ellos tiene señal de entrada en el túnel y no frenará su marcha hasta que probablemente embista a las locomotoras paradas sobre las vías.

—¡Don Gonzalo! ¡Qué hace!

Alfonso observa cómo Gonzalo corre vía adelante haciendo señales de alto. A un centenar de metros, el maquinista Victoriano Lecuona, a bordo de la Santa Fe, apenas puede reaccionar. Tras advertir los aspavientos desesperados de Gonzalo López, se apresura a frenar la marcha; cierra el regulador, aprieta el freno con todas sus fuerzas y acciona la palanca de cambio. Su fogonero cierra la puerta de la caja de fuego a la espera de que el convoy pueda frenar a tiempo y evitar el choque. Pero la distancia que separa a la Santa Fe de la máquina de maniobras es demasiado corta. Las seiscientas toneladas que lleva tras de sí son imposibles de frenar en los apenas cien metros de distancia que separan a ambas locomotoras. La Santa Fe embiste a la máquina y la arrolla, y ambas se precipitan hacia el correo-expreso que yace dentro del túnel. El tercer vagón del carbonero, el furgón del jefe del tren, debido a su poco peso descarrila y sale disparado contra la trinchera derecha, adonde Gonzalo López se había tirado, huyendo de las vías, cuando el choque era ya inminente. Don Gonzalo, un recio y experimentado maquinista de sesenta años de edad, se pierde bajo el vagón como a quien le atrapa una violenta ola. Su fogonero contempla la tragedia con una terrible sensación de impotencia. Un nudo en el estómago le hace tirarse al suelo. Apenas articula palabra, solo gemidos, cuando su primo, Antonio Rivera, y Paco, el hijo de don Gonzalo, llegan para preguntarle por el maquinista.

El muchacho solo acierta a señalar a aquel vagón atravesado.

De pronto, una algarabía de ruidos. El estruendo de los hierros que se contraen y se retuercen, las maderas que se desgajan y los vidrios que se rompen. El estallido se expande, golpea y desaparece, pues, tras un par de segundos, nadie oye nada y la tragedia se convierte en cine mudo.

Julita apenas reacciona. Daniel Baldomero, en cambio, sí, lo justo para volver a rodear a la muchacha con sus brazos antes de que la fuerza los empuje hacia lo más hondo del vagón. Un vagón que también es arrastrado, que se arquea como un acordeón y que agita a sus ocupantes con la fuerza de una explosión carente de metralla. Daniel recibe la mayoría de los golpes; protege a Julita con sus brazos, sus piernas y con todo su ser, la resguarda del terror y el estruendo, y aunque no puede evitar que esa madera oscilante, perdida entre el vaivén, le rasgue una pantorrilla, ni tampoco que sienta la fuerte acometida contra la pared del fondo, ha evitado en ella mayor daño. Quizá ha evitado incluso que muera, tal es la fuerza de los golpes recibidos.

Cuando el sonido vuelve a sus tímpanos, Julita levanta la vista y mira a su alrededor. Decenas de personas se retuercen y gritan, aunque no las oye, pues, desde las profundidades del túnel, un silbido ininterrumpido atraviesa los vagones descarrilados como el lamento de una de las máquinas implicadas en el accidente. Daniel Baldomero, a su lado, le aprieta la mano.

—¿Estás bien? —pregunta él.

Pero, en medio del griterío, de las heridas y del desconcierto, Julita solo piensa en su madre. Chilla, pero su voz no se oye, apenas traspasa este pasillo infestado de voces, de gritos, de alaridos pidiendo auxilio, de lamentos, de pérdidas, de desconcierto. Julita agarra a Daniel con todas sus fuerzas e intenta ponerse en pie. Ambos, tumbados en la posición en que la sacudida los ha dejado, parecen un guiñapo guardado en un baúl rodeado de otros muñecos de trapo. Aunque la joven sangra por una herida en la pierna, se pone en pie con arrojo y vuelve a mirar en derredor. La mayor parte de las vigas de madera del vagón han saltado o han chocado unas contra otras como un acordeón que se contrae. De igual forma se encuentran los cristales rotos de las ventanillas o las puertas de los compartimento que el golpe ha roto y sacado de sus marcos. Julita mira hacia una de esas puertas, tras la cual debe de estar su madre.

—¡Tenemos que buscar a mi madre! —grita, señalando hacia ahí.

Daniel Baldomero logra ponerse en pie. Estrecha la mano a Julita y se hace hueco entre los cuerpos que se mueven y los que no. Una mujer grita pidiendo auxilio y Julita se agacha a socorrerla. Mientras tanto, Daniel afronta la entrada al compartimento de Trinidad apartando una madera atravesada que bloquea la puerta. Y de pronto, tras ella, surge la mano de un hombre, Federico.

—¿Estáis bien ahí dentro? —pregunta Daniel.

—¡Sí! ¡O eso creo!

Daniel se afana por abrir hueco, pero la puerta está atrancada. Detrás de la mano de Federico solo advierte su cara ensangrentada intentando abrir la puerta.

—Tenemos que hacerlo a la vez —sugiere Federico desde el otro lado—. Empuja tú que yo lo hago desde aquí.

Finalmente logran abrir un hueco por el que ya cabría una persona. Julita se asoma al interior del compartimento.

—¿Madre? —llama con el peor de los presentimientos.

Un hilo de voz apenas imperceptible, disimulado por el lamento de aquella locomotora cuyo silbido no acaba, se oye entre los asientos, que se han soltado de sus agarres y se encuentran volteados en el suelo.

—¡Estoy aquí!

Julita entra como un torbellino en el compartimento por el hueco de la puerta y se lanza a socorrer a su madre. Daniel va detrás. Entre ambos empujan el asiento y auxilian a la mujer. Tiene varios cortes y contusiones en la cara, aunque según parece nada de gravedad. Mientras tanto, Federico se apresta a ayudar a Francisca, que, como Trinidad, también ha quedado aprisionada en los asientos. La mujer sí parece haberse hecho más daño, pues sangra mucho por la nariz y varias magulladuras le atraviesan el rostro. Su marido saca un pañuelo de su chaqueta e intenta parar la hemorragia.

Julita se tira a los brazos de su madre para besarse en las mejillas.

—Estamos bien, madre. Nosotros estamos bien.

—¡Ay, gracias a Dios!

Daniel Baldomero ayuda a Trinidad a incorporarse. Le ofrece su mano a la mujer e intentan caminar hacia la puerta. Apenas puede moverse. El muchacho se asoma a la despedazada ventanilla del compartimento, cuyos punzantes cristales amenazan y por la que casi no hay hueco para poder salir. Afuera no cesan los gritos, que continúan camuflándose con el aullido perdido de aquella locomotora que sigue silbando. Mira por la ventana evitando apoyarse en los cristales rotos.

Apenas entra luz, por la oscuridad del túnel, y comprueba en qué posición ha quedado el vagón tras el choque; atravesado, casi en diagonal, con ambas salidas taponadas por las paredes de hormigón del túnel. Se vuelve hacia el interior del compartimento.

—Hay que salir de aquí como sea.

Afuera, el griterío y el lamento de aquella locomotora. Adentro, la indecisión.

—Pero ¿cómo? —pregunta Julita, mirando por la ventanilla junto a Daniel.

Varias personas han saltado a las vías e intentan hacerse hueco entre el amasijo de hierros y maderas que son ahora los primeros vagones de este tren.

—Podemos saltar por la ventanilla, subir a aquellas maderas y encaramarnos a lo alto del vagón. Por abajo no podremos avanzar.

Apenas hay luz que ilumine el camino que Daniel propone. Julita y él miran hacia esa improvisada ruta y sus ojos se encuentran en un mismo punto: aquel cadáver atrapado bajo las vías. Julita lanza un grito, llevándose la mano al rostro. Daniel Baldomero la agarra de la mano intentando canalizar ese miedo.

—Mírame. Sé fuerte. Hay que actuar rápido y con decisión, ¿me has oído?

Julita reacciona tras varios segundos. Toma aire y asiente. Coge la mano de su madre y tira de ella. Trinidad, asustada, no se opone, y comienza a caminar torpemente a través del compartimento con la ayuda de su hija y de Federico, quien ayuda también a su mujer. Los jóvenes se cruzan una última y decidida mirada antes de saltar por la ventanilla, evitando, a duras penas, los cristales enclavados en el marco. Algunos los cortan y sangran.

Una enorme explosión proveniente de una de las locomotoras ensordece a los viajeros, vuelve a retumbar en sus tímpanos y a romper sus voces. Otra vez el caos. Y centenares de gritos ahogados que acompañan al estruendo.

30

Le tiemblan las manos. Joaquín Domenech descuelga el auricular del teléfono de su oficina y marca un número. Lo hace al tercer intento. Su voz, titilante, que aparece y se desvanece, da cuenta de la tragedia que acaba de ocurrir. Mientras habla, no aparta los ojos de las vías a través de la ventana, donde decenas de personas corren hacia el túnel número 20.

—¿Juan? Andrés. Sí, Andrés, rápido, manda ayuda a la estación, ha ocurrido un accidente, un grave accidente dentro del túnel. Sí, el túnel número 20.

La voz al otro lado del teléfono, más serena, le pide calma. Joaquín Domenech apenas puede contener las palabras atropelladas que le salen de la boca.

—El correo ha chocado ahí dentro con dos trenes. Sí, con dos trenes. Rápido, Andrés, por Dios, llama a la Guardia Civil de León y Ponferrada. Y a los bomberos, a los bomberos también. Yo llamaré a la ambulancia.

Andrés es guardia civil en Torre del Bierzo. En esta mañana navideña es quien está de guardia en el cuartel. Juan, el jefe, debe de estar en casa. Joaquín termina la llamada y hojea una agenda telefónica a toda velocidad.

—¿Hospital de Ponferrada? Soy el jefe de la estación de ferrocarril de Torre del Bierzo. Ha ocurrido un accidente aquí, junto a la estación, dentro de un túnel. Sí, dense toda la prisa que puedan, por Dios, que es grave.

Cuelga el teléfono y se asoma al andén. Apenas un par de minutos después de desencadenarse la tragedia, Torre ya se ha movilizado para socorrer a los heridos. El hombre baja a las vías y corre hacia el túnel. Seis de los doce coches del correo-expreso han quedado ahí dentro, descarrilados y amontonados. En la boca del túnel se halla el coche mixto de primera y segunda clase y, detrás de él, todos los coches de tercera, que se han librado del oscuro infierno. A pesar de que cuando se produjo el primer choque sí estaban dentro del túnel, la Santa Fe y sus veintisiete vagones de carbón los han empujado afuera, donde una gran cantidad de personas se acumula, heridas por los golpes e histéricas por el miedo.

Joaquín Domenech no puede articular palabra. Paralizado, sobrepasado por la tragedia, observa cómo todo se mueve a su alrededor. Gente yendo y viniendo. Heridos, sanitarios, cadáveres. No deja de oírse el silbido de una de las locomotoras implicadas en el accidente.

—Madre mía... —dice con un enorme nudo en la garganta.

Deambula por las vías. Oye gritos y el crepitar de las llamas dentro del túnel. Y de pronto, como un rugido, una explosión. Los gritos se hacen entonces más incesantes. Las voces más desesperadas. Y gotean los viajeros saliendo a duras penas del túnel, por su propio pie, cubiertos de sangre y hollín, con caras de alivio.

La humareda y las llamas, tras la boca del túnel, se acrecientan.

—¡Agua, necesitamos agua! —se oye—. ¡Agua!

Joaquín Domenech reacciona, al fin. Lo ha recordado de pronto, esas tuberías que atraviesan el túnel. Llama la atención del jefe de la Guardia Civil y apunta con su temblorosa mano hacia lo alto.

—Ahí arriba hay una balsa de agua con dos tuberías. Disparad para que el agua mane. ¡Vamos!

Juan lo ordena a sus agentes.

—¡Disparad a las tuberías, rápido!

Los agentes desenfundan sus armas y disparan. Ninguno acierta el blanco en los primeros disparos, por los nervios. A partir del tercer o cuarto disparo empieza a brotar el agua por uno de los tubos, mansa primero y torrencialmente luego, corriendo por el tubo y la boca del túnel y cayendo sobre el coche mixto, que se halla debajo. El agua, el anhelo de muchos, la vida de todos, es ahora la única esperanza para las decenas y decenas de personas que continúan dentro, consumiéndose o huyendo de las llamas.

El fuego brama y crepita y, avivado por las lámparas de gas de los vagones, salta de los coches-correo hacia el primer coche de primera clase, provocando gritos y empujones entre los pasajeros que aún se mantienen dentro del mismo. Mientras tanto, los que han conseguido salir, atraviesan el angosto pasillo que ha quedado entre la pared del túnel y el lateral del vagón, sorteando a duras penas los hierros y las maderas atravesadas. Ahí, solo las llamas, de imparable avance, hacen luz entre el humo negro que acompaña al fuego y comienza a perderse, varias decenas de metros adelante, por la boca del túnel.

En ese improvisado pasaje, Daniel Baldomero y Julita ayudan a Trinidad a avanzar.

—Venga, madre, tú puedes. ¡Sé fuerte, por Dios!

La mujer resopla. Aprieta los dientes y da unos pasos hasta que vuelve a tropezar. Apenas puede caminar.

—¡Camina, madre, por el amor de Dios!

Dios en la boca de Julita. Dos, tres, cuatro veces, como también en la de esa voz que se oye, de pronto, detrás de un pequeño hueco de maderas atravesadas del vagón de primera por las que alguien muy menudo podría salir a las vías.

—¡Llévense a mi nieto, llévenselo, por el amor de Dios!

Julita se asoma. Apenas se ve nada dentro del hueco hasta que una mano desesperada surge. Y una cabecita asoma.

—¡Sáquenlo de aquí, por favor!

Es un niño pequeño. Julita y Daniel se aprestan a ayudarlo; él tira de una madera para agrandar el hueco y ella tira del niño mientras su abuelo empuja desde dentro del vagón.

—¡Lo tengo! —grita la joven.

El niño llora, pero su llanto apenas se oye por los demás gritos y por el crepitar del fuego que sigue avanzando. Finalmente, consiguen sacarlo del vagón, y el niño, indefenso, se aferra a los brazos de Julita.

—¡Abuelo, ahora tú!

Le grita al interior del vagón.

—¡Yo voy luego, cariño! ¡Tengo que ayudar a esta gente! ¡Tú vete con la señorita, que yo saldré más tarde! —responde su abuelo entre tosidos.

Pero el niño se resiste. Y comienza a patalear de entre los brazos de Julita para volver al vagón por el agujero, con su abuelo. Solo así la muchacha lo reconoce, al fin. La pasada noche, en la estación de Ávila, este niño tropezó dos veces con ella. Nino se llama.

—Te llamas Nino, ¿a que sí? Pues escúchame, Nino, ahora tenemos que salir de aquí, ¿vale?

—¡No! ¡Quiero ir con el yayo!

El abuelo asoma la cabeza por el hueco. Tiznado por el humo y con algunas heridas en el rostro, le habla, sereno:

—Nino, tienes que ser un hombre, ¿vale? Como siempre te he dicho. Ahora tienes que salir de aquí con esta chica, ¿de acuerdo? Nos veremos fuera dentro de un rato.

Se mantienen la mirada durante un par de segundos, hasta que el niño accede. Vuelve a aferrarse a los brazos de Julita y mira a la abertura hasta que los ojos de su abuelo desaparecen.

—Todo saldrá bien, Nino, ya verás —le dice Julita mientras arenga a Trinidad a continuar.

Esta, cogida del brazo por Daniel, le sonríe.

Algo se le ha conmovido al ver a su hija con el chiquillo. Nunca la vio así, ocupándose de un niño pequeño. Julita no tiene hermanos ni primos de los que cuidar, de los que aprender a ser madre. Y eso siempre le dolió a Trinidad. «Mi hija no sabrá criar a un hijo», se decía. Hasta que ahora, de pronto, lo ve. Su determinación. La valentía con la que está cuidando de ella mientras acurruca al pequeño y le habla con dulzura maternal.

La coge del hombro y se acerca a su oído. Le susurra:

—Serás una buena madre, Julita.

Y ambas se sonríen. Y se estrechan la mano con fuerza.

—Porque tengo la mejor madre —responde la muchacha.

Se permiten un par de segundos antes de continuar, y ambas sienten, de pronto, que nunca nada les había unido tanto como esa mirada cálida y esas manos fuertes.

Una nueva explosión se oye dentro del vagón de primera clase. Y, a continuación, el rumor de un griterío.

—¡Abuelo, abuelo! —grita Nino en los brazos de Julita.

Esta aprieta al niño contra su hombro y contiene sus sacudidas. Y siguen avanzando hasta que, algunos metros más adelante, el coche-bar, descarrilado de forma transversal, les impide seguir marchando hacia la salida. Varios pasajeros se agolpan ahí, incapaces de continuar. Algunos intentan saltar por encima del vagón, impulsándose con algunas maderas sueltas, mientras otros procuran encontrar algún resquicio para adentrarse por el lateral y continuar el sendero de las vías. Ahí, entre la pared de hormigón del túnel y la parte trasera del coche-bar, varios hombres pretenden apartar unos hierros amontonados que, hace solo diez minutos, formaban parte de la pasarela de acceso al vagón.

Daniel le hace un gesto a Julita. Por ahí se podría pasar. Deja a Trinidad en manos de su hija y se apresta a ayudar a los tres hombres que intentan deshacer el amasijo y crear un pasillo.

Daniel empuja hacia arriba una gran viga de madera atravesada mientras los demás abren un hueco entre los hierros, de apenas un metro cuadrado, por el que, de pronto, se cuela la luz de la boca del túnel a lo lejos.

—¡La salida! —gritan.

Los hombres se agolpan ansiosos para salir por la abertura, sin orden ni turno, hasta que Daniel se queda el último a la espera de que lleguen los demás. Julita, que carga con Nino y ayuda a su madre a continuar, lo mira, esperanzada.

—¡Tú primero, Nino! —le dice al niño.

Deja al niño sobre las vías y lo empuja para que se encarame al hueco. Pero este titubea. De entre sus labios se entrevé un «Yayo» del que todavía no se ha desprendido.

Julita se agacha para hablarle.

—Tu abuelo está bien, Nino, créeme. Ahora tienes que salir por ese agujero. ¿Ves aquella luz? —Le señala la luz que se cuela por la abertura—. ¡Tienes que correr hacia allí!

Y dos, tres segundos de indecisión tras los que el niño asiente, se encarama al amasijo de hierros y repta por el hueco con una rapidez pasmosa, propia de un chiquillo acostumbrado a jugar con sus muñecos a ras de suelo.

Finalmente, Daniel, que aún sostiene la gran viga de madera con la que han logrado abrir la oquedad, lo ve alejarse siguiendo el sendero de las vías hacia la salida.

—¡Ahora usted, Trinidad! —se dirige a la mujer.

—¡Venga, madre, te toca!

Julita empuja a su madre, pero Trinidad avanza con mucha dificultad. Pone un pie torpe sobre un hierro y toma impulso para sostener la mano que Daniel Baldomero, desde el amasijo de hierros, le tiende.

—¡Un esfuerzo más!

Le sostiene la mano lo suficiente como para tirar de la mujer. Hasta que, de pronto, varios pasajeros salen del coche-bar a través de un hueco lateral y se lanzan hacia las vías.

—¡Por ahí! —grita uno, señalando hacia Daniel y las mujeres.

Corren hacia ellos con voces trémulas, el cuerpo tiznado por el humo de dentro del vagón, heridos. Detrás de ellos se advierten las llamas, que avanzan de forma inexorable.

—¡Esperen, por Dios, esperen! —grita Julita, llamando a la calma.

Pero ninguno la escucha. Hacen a un lado a la muchacha y luego a Trinidad, y se agolpan en la abertura empujando también a Daniel, quien a duras penas puede sostener la mano de la mujer.

Son solo cinco hombres, pero a los muchachos les parece una jauría, la estampida de unos animales desesperados en el África selvática. Trinidad tropieza ante la fuerza de la multitud y cae sobre los hierros amontonados.

El muchacho apenas puede reaccionar. Una vez los hombres han logrado escapar, se incorpora sobre los hierros y se apresta a levantar la viga, que se ha precipitado sobre el amasijo de hierros. Mira hacia la luz que se entrevé al final del túnel.

Pero, ya a apenas unos metros de ellos, el fuego.

Daniel gira la cabeza y contempla cómo el coche de primera clase, del que salieron a duras penas, es ya pasto de las llamas. Contiguo a él, el coche-bar ha empezado a arder. Del humo y del calor sofocante salen varias voces que se pierden entre el griterío y el crepitar del fuego. Una de ellas tal vez sea la del abuelo de Nino. O la de muchos de sus compañeros de viaje.

—¡Tenemos que darnos prisa! —exclama mientras se agacha para ayudar a Trinidad.

La mujer se incorpora con mucho esfuerzo. Levanta la cabeza y mira desorientada a su alrededor.

—Ayudémosla entre los dos —le sugiere Daniel a Julita—. Tira tú por la cadera y yo lo haré por los hombros.

Julita toma impulso y tira de su madre, que, aturdida, es incapaz de reaccionar. A medida que los segundos corren, el fuego avanza en el coche-bar y el calor se hace cada vez más insoportable. Tira una segunda vez de Trinidad, y la mujer, esta vez, sí acompaña al empuje de los muchachos. Pero es en balde, pues algo la impide moverse. Julita aparta unos hierros de encima de su madre y comprueba el porqué: su pierna derecha se encuentra atrapada. La muchacha resopla e intenta mantener la calma. Toma aire y actúa: agarra uno de esos hierros que oprimen la pierna de su madre e intenta tirar de él, aunque aparta la mano al instante. Está muy caliente. Aun así, no ceja en su empeño, vuelve a agarrarlo, pero, aun quemándose las palmas, no consigue apartarlo. De pronto, una lengua de fuego, procedente del coche-bar, roza la espalda de Daniel, que ha podido retirarse en el momento justo para que no lo alcance la llama. La viga que sostenía se vuelve a caer y, de nuevo, tapia la salida. El muchacho titubea: o ayuda a Trinidad o vuelve a empujar la viga hacia arriba para crear de nuevo la apertura.

Apenas pueden respirar, por el humo.

Julita, entre tosidos, le habla a Trinidad:

—Tienes un hierro atravesado en la pierna. Madre, ¿lo notas?

Trinidad sacude la cabeza.

—¡Tienes que ayudarme, Daniel!

El fuego está más cerca cada vez. Los gritos, más apagados y lejanos. El muchacho tose.

Hasta que accede. Deja la viga de madera y se agacha para socorrer a Trinidad. Comprueba que el hierro que le ha atravesado la pierna proviene de la barandilla de la pasarela que daba acceso al coche-bar, y que esta se encuentra sujeta al resto del vagón. Tira de la barandilla con fuerza. La mujer, ahora sí, nota el dolor, y lanza un grito hondo y rasgado.

—¡Sé fuerte, madre! —le arenga Julita.

Y de nuevo todas las fuerzas de las que Daniel puede hacer acopio. Y otra vez.

Y otra vez.

Pero es imposible. Lo intenta. Lo intentan, Julita y él y lo poco que Trinidad puede hacer tumbada sobre el amasijo de hierros.

—¡Una vez más, madre!

Y de nuevo otra vez, y otra, hasta que Daniel es el primero en darse cuenta de la terrible evidencia: para poder sacarla de ahí habría que cortarle la pierna.

Y la evidencia lo paraliza.

Mientras, Julita grita, vuelve a poner a Dios en sus labios, tose y tira del hierro que apresa a su madre sin percibir cómo el fuego le quema las palmas de las manos.

Y dos, tres segundos más sin que Daniel reaccione.

—¡Daniel, por Dios, ayúdame!

Pero este se encuentra absorto, de pronto, en la mirada de una Trinidad cuyos ojos, como dos candiles, han conseguido que todo se apague. Que no vea otra cosa a pesar del crepitar del fuego, del crujido de las maderas ardientes y de los intentos desesperados de Julita por liberarla.

Se miran.

—Escúchame, Antonio... —le habla a Daniel.

Al otro lado del amasijo de hierros, Julita continúa haciendo esfuerzos en vano.

—¡Madre, intenta moverte, madre!

Las llamas lanzan desde el coche-bar una luz hiriente. A pesar de ello, Daniel continúa con los ojos puestos en Trinidad.

La mujer lo mira con firmeza y con una asombrosa serenidad.

Porque lo ha decidido. Quedarse.

—Llévatela. Sácala de aquí. No dejes que se me muera, por Dios bendito.

De nuevo tres, cuatro segundos interminables.

El fuego les rodea.

—¡Que te la lleves! —grita—. ¡Ahora! ¡Ya!

Solo entonces reacciona. Daniel se incorpora sobre los hierros y rodea con sus brazos a Julita. La muchacha comienza a gritar, desesperada, en un lamento cadencioso e impotente.

—¡Madre, no, madre, no te dejaré!

Luego la aúpa mientras, con sus últimas fuerzas, vuelve a levantar la viga de madera sobre los hierros.

Y allí, a una decena de metros, un hilo de luz se escapa de la boca del túnel.

Uno, dos pasos. Y otro. Cree, por momentos, que no llegará, que todo habrá quedado en balde. Mira hacia la luz al final del túnel. Y otro paso. Las llamas le hostigan, intentan atraerle de nuevo hacia dentro.

Pero el fuego ya no le quema. Ni nada le duele ya.

Todos sus sentidos se concentran en aquella luz. Y en Julita, que se ha desmayado en sus brazos. Daniel mira sus párpados cerrados y recuerda cuando, hace solo unas horas, ella se quedó dormida sobre su hombro. A pesar de las heridas, del tizne del hollín y la sangre, del surco de lágrimas que corren y dejan un cráter en sus mejillas, a pesar de que nada ahora es lo mismo, sigue pareciéndole un ángel.

Dos pasos más. Apenas puede respirar. Y está a punto de dejarse ir, de asomar a ese limbo difuso entre la conciencia y el sueño. Da un último paso sin fuerzas cuando Julita comienza a resbalársele.

Y lanza un último grito, un «socorro» que apenas le sale sin voz.

Un socorro que alguien, de quién sabe dónde, oye. Y de pronto una mano sujeta a la muchacha. Daniel levanta la cabeza y se gira. Es el Sefardí, impoluto, con su kipá y su talit. Le habla en ladino con su voz honda y poderosa:

«*El Dio es tadrozo ma no olvidazo.*» Dios es tardío, pero no olvidadizo, hijo.

Se sonríen. Y otra mano aparece de entre la oscuridad del túnel, y luego otras. Su madre y sus hermanas. Adif Manuel también. Y Baldomero, más atrás, con su guerrera y su mochila al hombro, empujándole.

Todos le insuflan fuerzas para que vuelva a sujetar con ímpetu a Julita y dé unos últimos pasos.

31

Al fin se oyen. Las sirenas rompen el denso silencio con el que Torre del Bierzo se ha echado a la calle, con el que sus habitantes van y vienen de la estación hacia el pueblo cargando carretillas o cubos de agua. Las ambulancias, al fin. Y un resoplido de alivio común.

—Santo Dios... menos mal, al fin —exclama Joaquín Domenech, mirando hacia la carretera de Bembibre.

El jefe de la estación colabora en las labores de rescate como uno más con los vecinos del pueblo. Junto al coche mixto que se halla en la boca del túnel, ayuda a aquellos que, llenando cubos y barreños con el agua que baja de las tuberías, intentan apagar el fuego del túnel. Ya apenas se oyen gritos dentro. Intenta mantener la calma, tomar aire y controlar la situación, pero la tragedia le ha superado; cada cadáver que ayuda a cargar, cada herido que ve pasar con un miembro destrozado o ausente, le desgarra. ¿Pudo prevenir este cúmulo de accidentes dentro del túnel? ¿Será todo culpa suya?

Mira a los muchachos del Betanzos Fútbol Club, que, sentados junto a las vías, lloran con amargura por la muerte de tres de sus compañeros. Verlos le estremece. Al fondo de la trinchera, detrás de los futbolistas, hay una pila de cadáveres cada vez más extensa.

—¡Tome, Joaquín!

El cubo, que debe pasar a otro compañero para que otro más, frente a la boca del túnel, lo arroje. Luego el cubo viene de vuelta, vacío. Lo sigue con la mirada hasta que se encuentra con la de Julio Fernández, el maquinista de la Americana sin frenos, que sentado sobre la trinchera, atormentado, no despega las manos de la cabeza. Afortunadamente pudo salir por su propio pie del túnel entre el primer choque y el segundo, y se libró de la tragedia. Un guardia civil, de los primeros que llegó al lugar del accidente, lo custodia; ha sido el primer arrestado.

—¡Aquí tiene, Joaquín!

Otro cubo. Va de mano en mano hasta que es arrojado en el túnel. De pronto, de ahí, surge una voz. Un grito ahogado. Varios hombres corren en estampida en aquella dirección, sin importarles las llamas. Luego se oye un «¡Venid aquí, hay alguien!», con el que Joaquín reacciona dirigiéndose hacia el túnel y su insoportable calor.

Un muchacho, tiznado por el humo, sostiene en brazos a una joven inconsciente, o quizá muerta. Da dos pasos más hasta que hinca las rodillas en el suelo y cae desplomado.

Abre los ojos. Lo ciega el sol, a pesar de que apenas ha salido y está oculto entre las nubes. Se incorpora, aturdido. Un enfermero le cura las heridas de la cara. Todo se mueve a su alrededor; personas que van y vienen, heridos, fuego. Y la recuerda.

—¡Julita! ¿Dónde está Julita?

—¿Quién?

El muchacho levanta la vista y busca a la chica.

—¡La joven a la que he rescatado! ¡Julita, se llama Julita!

Joaquín Domenech, a unos metros, sigue ayudando a los heridos. Ha oído al joven, que lleva puesta su chaqueta; como salió del túnel con la camisa hecha jirones por el fuego, el jefe de la estación se la quitó y se la puso sobre los hombros.

—Tranquilo. Debieron de llevársela en la primera ambulancia al hospital de Ponferrada.

Resopla de alivio. Sonríe. Intenta ponerse en pie, pero el enfermero se lo impide.

—No se mueva, por favor. Está muy herido.

Qué más dan las heridas. Ha sobrevivido. Y ella también. Mira en derredor como si hubiese vuelto a nacer. Qué agradable es el cierzo frío de las montañas, ese que tanto le recuerda a su casa. Ese que mecía los robles de la Casa Ladina.

Recuerda algo, de pronto. Se echa la mano a los bolsillos del pantalón y rebusca en ellos. Apenas puede mover las manos. Pero la encuentra; está en el derecho, intacta. La llave con la menorá que rescató de la casamata del parque del Oeste, y que le ha acompañado durante el viaje.

La contempla hasta que vuelve a desmayarse.

Manuel Alejandro, Gabino y el muchacho del tren continúan recorriendo pasillos del hospital, gritando en todos ellos el nombre de Julita y de Trinidad. Y siempre el mismo silencio o la misma negativa de los sanitarios. La incertidumbre, las horas de búsqueda infructuosa, y el terrible desenlace cada vez más evidente, aterran al tío de Julita. El desenlace fatal: Trinidad y Julita muertas en aquel túnel o bajo alguna de esas mantas que tapan los cuerpos que se acumulan en los hospitales de la comarca.

Resoplan. Se permiten un alto.

—Tengo que recuperar el aliento —exclama Manuel Alejandro, afectado de su asma crónica.

Se lleva las manos a las rodillas e inhala con una fuerte bocanada. Algunos segundos después, recuperado, levanta la vista. Mira a Daniel, que se mantiene expectante, a su lado. Observa sus heridas. Y, de pronto, lo piensa: no, este chico no ha sido del todo sincero.

Lo empuja con fuerza hasta arrinconarlo.

—Deja de ocultármelo, Antonio, por el amor de Dios. Sé que sabes algo más de lo que dices.

Sí, en sus ojos se atisba: le oculta algo. Pero este no contesta. Hace silencio. Al cabo de algunos segundos, Gabino media entre ambos.

—Vamos, vamos, no le presiones. Sigamos buscando. Tiene que estar aquí. Al hospital de Ponferrada se llevaron los últimos heridos.

Pero Manuel Alejandro no se da por vencido. Agarra el brazo bueno del muchacho y, con una mirada, vuelve a pedirle la verdad.

—Ya se lo he dicho, se llevaron a Julita y no pude saber adónde. Intenté preguntar por ella, pero enseguida me subieron en un tren que montaron en Torre para llevar a los heridos al hospital de León.

Aún hay sangre en la rasgada camisa que le asoma bajo la chaqueta del jefe de la estación. Y también en sus heridas, en las quemaduras a medio curar.

—Venga, Manuel Alejandro, sigamos —interviene Gabino.

Entran en una habitación y preguntan a una mujer que, sentada junto a la cama, le sostiene la mano a un herido.

—Lo siento, no hemos visto a esa señorita. Mi hijo, el pobre, iba en el primer coche de tercera. Venía de León de ver a su novia. —Se le rompe la voz.

El herido respira a duras penas, con un jadeo intermitente. Salen al pasillo y, de pronto, una voz.

—¡Oigan!

Los hombres se giran y ven que un médico avanza con rapidez hacia ellos.

—¿Sí?

Silencio expectante.

—Ustedes preguntaban por una muchacha llamada Julia, ¿no?

Una luz se enciende en los ojos de Manuel Alejandro y del muchacho herido. Asienten. El médico jadea.

—Sí, es mi sobrina. ¿La han encontrado?

—Acompáñenme, rápido.

El hombre da media vuelta. Vuela el bajo de su bata tras de sí.

—Pero ¿la han encontrado?

Es la voz de Daniel, a quien más le cuesta seguir los veloces pasos con los que avanzan por el pasillo.

—Hay muchos heridos que aún no hemos podido identificar. Entre ellos, una muchacha que llegó ayer en las primeras tandas. Estaba inconsciente, con síntomas de asfixia por inhalación de humo, con quemaduras importantes en manos y brazos. La chica recuperó la conciencia cinco horas después de llegar al hospital. Cuando abrió los ojos y se dio cuenta de dónde estaba, empezó a llamar desesperadamente a su madre entre lágrimas, con el corazón encogido, con un llanto tan acongojado que tuvimos que sedarla. En sueños también llamaba a su madre. Intentamos por todos los medios, cuando despertó, que nos dijese qué le había ocurrido en el accidente y cuál era su nombre.

Doblan una esquina y suben unas escaleras. Pasan junto a una fila de heridos que a Manuel Alejandro le parece eterna.

—¿Y lo dijo? ¿Dijo su nombre? —pregunta Manuel Alejandro.

—Sí, lo dijo hace unas horas, cuando recuperó la conciencia durante un par de minutos. Dijo que se llamaba Julita, y pensamos que podría ser la Julia que andan buscando.

«¿Eres tú, Julita?», se dice Manuel Alejandro.

El médico señala a una de las últimas habitaciones de este pasillo.

—En las habitaciones tenemos a los heridos más graves. No dejamos pasar a los familiares, pero con ustedes haré una excepción, por si pueden reconocerla. Guarden silencio, por favor.

Luego se lleva el índice a los labios y les invita a pasar.

—¿Julita?

En su blancura, en su tersa y delicada piel hay un sosiego irreal, una quietud que parece ilusoria. Avanzan con miedo a que se despierte. Dan un par de pasos delicados, rodeando la cama, y la contemplan como quien ve una mariposa posarse sobre una hermosa flor.

A pesar de los demás heridos de la habitación, es como si no hubiese nadie más. Su tío se acerca y la acaricia. Contiene el llanto.

—¿Y su madre? —pregunta al médico.

—No sabemos nada.

Daniel, detrás de ellos, se abre paso. Mira a Julita. Y se decide al fin a contarlo.

—Su madre murió para que ella viviera.

Manuel Alejandro vuelve la mirada hacia él y descubre, en esos profundos ojos oscuros, que no hay mentira en sus palabras.

Se lleva las manos a la cabeza. Se queda sin aire.

—N-no... no puede ser...

Tembloroso, se sienta en la cama y mira a su sobrina.

—Tenías que decírmelo. Era mi hermana...

No puede contener las lágrimas.

—Lo siento, no encontraba las fuerzas...

Vuelven a mirar a Julita. Quizá esté ahora, en sueños, en Galicia, correteando por esos verdes prados que tanto añoraba. Quizá esté con su madre, o leyendo uno de sus libros, o en una de las tertulias de café a las que tanto le gustaba ir. Son oscuros y extraños los caminos del sueño.

—¿Tú la ayudaste?

El muchacho se acerca a la cama. Asiente. Ante la cercanía de Julita, su corazón se acelera. Tiene delante —cree— lo más hermoso que en su vida jamás ha contemplado. La calma en su naricilla al respirar lento le transmite, además, una sensación que nunca antes había sentido por otra persona; una entera plenitud, una paz completa al verla, por fin, a salvo.

—Sí, yo la saqué del túnel.

Manuel Alejandro acaricia el pelo de Julita. El muchacho mira el acto de ternura y ansía poder imitarlo.

—Muchas gracias. De verdad.

Se miran, cómplices. El hombre vuelve a Julita y se recrea en la caricia. No se ha dado cuenta de que, de pronto, una lágrima repentina brota de uno de los ojos del muchacho y baja la escarpada piel de su mejilla. Luego, otra lágrima.

—Volvería a montarme en ese tren solo por conocerla otra vez...

Suspira. Manuel Alejandro lo mira mientras su mano continúa acariciando la suave quietud de su sobrina. El muchacho, de pronto, cambia el gesto.

—Pero ahora tengo que irme —exclama.

—¿Cómo?

Miradas vidriosas y silencio.

—Que tengo que irme.

Y una penúltima mirada hacia ella.

—¿Adónde? ¿Por qué?

Sus ojos siguen llorando, ahora sin mesura. El llanto le sale al exterior como si brotase de dos tubos e intentase apagar el fuego de la boca de aquel túnel.

Y con la voz hecha jirones:

—Porque tengo que volver a casa y cumplir una promesa. Al menos puedo irme en paz, porque sé que está a salvo.

Se inclina hacia Julita y, oliendo su aroma ya inconfundible, la besa en la mejilla. Luego da un paso hacia atrás y rodea la cama para dirigirse a la puerta de la habitación. Ante el gesto desconcertado de Manuel Alejandro, que no entiende la razón de esta repentina despedida, el muchacho se para en el marco de la puerta y vuelve la vista atrás para deleitarse con una mirada hacia Julita.

La última.

—Dígale que Daniel está a salvo. Que lo he logrado.

Una última imagen cuyos detalles intenta grabar a fuego en su memoria: sus rubios cabellos, sus largas pestañas, sus redondas mejillas, su tez blanca, su nariz pequeña, sus labios carnosos, su mentón delicado, su aroma, su gesto sosegado.

Durante el resto de su vida, piensa, amará esta imagen de Julita.

Y ansiará el camino hacia sus labios.

CUARTA PARTE

LA LLEGADA

32

Rafael abre la puerta de casa y se resguarda del frío de afuera asiendo las solapas de su abrigo. Cruza el umbral y pregunta por su mujer sin obtener respuesta. Enciende un candil y se dirige a la cocina a calentar un poco del caldo que se ha traído de la taberna. Vuelve a llamarla, pero, de nuevo, el silencio. Bernarda no ha vuelto a casa cuando hace algo más de una hora se despidió en la taberna. En esta fría noche, debe de estar dándole su calor a Picio el Mercero, el hombre con el que comparte su corazón desde hace tantos años, al menos, que él sepa, desde que su matrimonio se derrumbó.

Todo lo demás, excepto el corazón, lo comparte con este tabernero que, tras calentarse la cena, se sienta, con gesto lento, en el humilde sillón del salón. Ambos, sillón y dueño, se quejan, hacen ruido mientras el hombre acomoda su trasero haciendo un cráter en el cojín.

Rafael se vuelve a quejar, aunque nadie lo oye. La verborrea típica. «Puta vida. Cago en la puta.» Luego abre el cuaderno de Daniel Baldomero y se apresura a continuar la lectura. Solo la historia de este muchacho le salva de la soledad de quien no tiene calor alguno en su hogar, apenas el del caldo cuyo vaho humeante contempla bailotear en el aire.

Da un sorbo antes de soplar un poco. Piensa en Daniel, que debe de estar ya en su tierra, con su familia. Feliz. «Y me cago en Dios —se dice—, feliz, yo con él.»

Aún no lo sabe. Lo del tren, lo de El Bierzo. Da otro sorbo. Sigue leyendo.

Hace cuatro meses que no escribo. Es el 11 de abril de 1939 y viajo en un tren. El final de la guerra, hace diez días, me cogió en los montes, a un kilómetro de Villalbino. El día primero de abril, de pronto, se celebró en el pueblo un pequeño desfile de la victoria con banderas franquistas y vivas al Caudillo vencedor. La guerra había terminado y, a partir de entonces, ya no había nada por lo que luchar y los montes perdieron su sentido. Villalbino está en la comarca Laciana, entre Babia, Omaña, El Bierzo y la frontera con Asturias. Llevaba casi cuatro meses moviéndome por la frontera, sin dormir más de un día en el mismo sitio, cargando con un fusil sin apenas otros pertrechos que unas mantas, algunos enseres y este cuaderno. De ahí la razón por la que en estos cuatro meses no haya escrito nada. Lo último que escribí en este cuaderno está fechado, de hecho, en el 2 de diciembre de 1938, cuando Baldomero Jiménez murió en aquellos confines de El Bierzo a los que nos llevó la guerrilla. No hay día que no recuerde al maestro. Macario y yo lo enterramos a la mañana siguiente con sus libros. En la eternidad, Baldomero seguirá siendo sabio, porque sus lecturas seguirán acompañándole.

Desde hace cuatro meses hasta hoy, decía, no ha habido un solo momento en que pudiese escribir. Perdí el lápiz, además, hará cuestión de dos meses, en una huida desde un monte cercano a Páramo del Sil. Todos los guardias civiles de todos los pueblos de León y, sospecho, de toda España casi, buscan a Daniel Nahman Levi. Ahora viajo de polizón en un vagón de carga de un tren con destino a Madrid. Esta es mi nueva vida: me llamo Daniel Baldomero Fuentes Sánchez y nací en Burgos, en una familia campesina. Mis padres y mis hermanos murieron de alguna forma en la guerra y mi casa fue destruida en algún terrible bombardeo. Como no tengo a nada ni a nadie, viajo a Madrid en busca de una segunda oportunidad. ¿Se creerá alguien esta historia? Quizá nadie. Creo que el maquinista de este tren, a quien he sobornado con todo el dinero que tenía, no se la ha creído. Al menos el dinero lo hará callar.

En fin, son muchísimas las horas que aquí me aguardan y, para paliar la espera, he incluido en el trato ese lápiz que asomaba por el bolsillo delantero de la chaqueta del maquinista. Continúo mi historia por donde se quedó aquel lejano 2 de diciembre de 1938.

Tras la baja de Baldomero, la partida del guerrillero Macario Garay quedó herida de muerte y reducida casi a su mínima expresión. Macario y yo volvimos a adentrarnos en la inmensidad del monte que tanto conocíamos, como los animales de la fauna berciana que nunca dejamos de ser. Tantos eran los meses que llevábamos en los montes que ya veíamos como el búho, oíamos como el conejo, corríamos como el gato y cazábamos como el lobo. Pero esta vez me negué a aquellas huidas que nos hacían avanzar durante kilómetros y kilómetros, de día y de noche, atravesando las comarcas de El Bierzo, La Cabrera o La Cepeda. No, esta vez no quería moverme de los alrededores de Villafranca, a pesar del cerco que debían de estar haciendo para cazar a un guerrillero cuya cabeza tenía recompensa, Macario, apodado el Gato por cómo huía, por lo difícil que era cogerlo. «Pero ¿estás loco, Daniel? —me contestó—. ¡Quedarnos aquí es la muerte!»

Aquel día llovía, y la lluvia se colaba entre las hojas de los árboles en finos hilos cristalinos. «Mi hermano. Era mi hermano el soldado que ayer nos salvó la vida. Creo que no sabe qué fue lo que pasó hace años. Debe saberlo.» Macario me miró y sus ojos se mezclaron con un hilo de lluvia que, de repente, cayó entre nosotros. Macario era en gran parte responsable de aquello que había pasado tiempo atrás, y por eso, creo, aceptó continuar unos días en Villafranca del Bierzo. «Dos días solo», propuso. Le di las gracias y corrimos a resguardarnos de la lluvia que comenzaba a hacerse más incesante.

Aquella noche no dormí pensando en mi hermano y en Baldomero. Tampoco dormí a causa de un frío terrorífico, porque el invierno pasado fue devastador. La guerrilla sufrió más por las heladas y las nieves del 38 que por el fuego de los fascistas. En aquellas largas noches arrecidas solo dormíamos dos o tres horas seguidas. Y de puro cansancio. Pero aquella noche no dormí ni un minuto, por el frío, por mi hermano y por Baldomero, y me encontró el alba en vela, acompañado, en las divagaciones de la vigilia, de las voces del maestro que seguían repitiendo alguna de sus arengas sobre política o literatura. Cuando Macario se despertó, comimos algunas sobras de la cena de aquella noche y partimos a Villafranca. No sabía muy bien cómo iba a acceder a mi hermano, pero tenía que hacerlo. Adif Manuel debía saber qué era lo que había ocurrido más de dos años atrás, por qué razón estaba yo en los montes y luchando en una guerra por la que nunca mostré interés alguno.

Villafranca del Bierzo estaba a tres kilómetros monte abajo. Según nos habían contado algunos pastores de la zona, el pueblo fue ocupado por los sublevados desde que comenzó la guerra. Y el cacique local, don Lucrecio Romero, tomó las riendas del poder gracias a su apoyo económico a la sublevación. Los políticos, profesores, mineros y artesanos que hubiesen tenido relación con la izquierda, desde los partidos republicanos hasta el partido socialista o los sindicatos, fueron mandados a paseo. Atravesamos el monte y nos acercamos a menos de un kilómetro del núcleo urbano, una delgada línea que, en casi dos años de lucha en los montes, nunca habíamos traspasado. Tal y como escribí algunas hojas atrás, la primera regla del guerrillero es precisamente alejarse siempre de las ciudades. «Y bien, Daniel, ¿ahora cómo pretendes llegar hasta tu hermano?», me preguntó Macario. Aún no lo había pensado.

Yo sabía que a mi hermano nunca le había importado madrugar. Hasta que se fue a la guerra era él el encargado de levantarse al alba para ocuparse de las ovejas. Y a pesar de que no debían de ser más de las siete cuando traspasamos el kilómetro que circunvalaba Villafranca, la línea que nunca un guerrillero podía traspasar, era posible que Adif Manuel ya estuviese haciendo alguna tarea matutina. Esto mismo se lo hice ver a Macario, y continuamos la marcha, acercándonos a Villafranca con la esperanza de que Adif Manuel estuviese en algún lugar del pueblo y no en su cama, quizá haciendo una guardia u ocupado en alguna labor que don Lucrecio le hubiese mandado. Continuamos hasta que, ya adelante, se divisaron las primeras casas y las primeras tierras villafranquinas. Entonces Macario me frenó y dijo: «Espera. Creo que tengo una idea: si tu hermano está ya despierto, hagamos que él venga a nosotros».

Rafael el Cojo aparta los ojos del cuaderno y se levanta del sillón con dificultad. Va al mueble bar y coge una botella de vino. La descorcha y se sirve en una pequeña copa. No es solo Daniel el único que le acompaña en la soledad.

El fuego. Una de las normas del guerrillero, aparte de la de huir de las ciudades y de los ríos, era la de tener mucho cuidado con el fuego. Había otras muchas normas; por ejemplo, camuflar las entradas a las cuevas y guaridas, enterrar siempre la comida y cualquier resto que dejáramos, también las heces, o no usar jabón al bañarnos, pues hace espuma río abajo. Pero el fuego era algo esencial porque, con el humo y la llamarada, anuncia la posición del guerrillero. Por eso había que hacerlo siempre con las hojas y la leña más seca que se pudiese encontrar, evitando con ello la llama alta y el humo denso. Pero ahora íbamos a hacer todo lo contrario: encender una hoguera que pudiese verse desde el núcleo urbano de Villafranca. Durante algunos minutos reunimos leña blanda y una buena yesca con la que encender el fuego. Lo prendimos con una cerilla y ardió enseguida. Esperamos a que las llamas alcanzasen su mayor altura y luego sofocamos la hoguera. El denso humo negro se elevó hacia el cielo como la chimenea de una fábrica. En más de dos años en los montes encendiendo fuegos clandestinos, nunca había podido apreciar cuán atrayente era una buena llamarada. Una vez apagado el fuego, corrimos a escondernos tras unos matorrales lejanos a la espera de que el pez picase el anzuelo. Lo hizo, finalmente, media hora después.

Adif Manuel apareció por el sendero que conducía a Villafranca con su fusil en alto. Detrás de él, otros dos hombres le cubrían, con sus armas, el flanco izquierdo y el derecho. Se acercaron a las brasas aún humeantes y rastrearon el perímetro. A una distancia de unos veinte metros, Macario y yo los observábamos. Nadie más apareció por el sendero. Eran tres y nosotros otros tres, pues el factor sorpresa siempre añadía un hombre al grupo de guerrilleros escondidos. Así se ganó la guerra de la Independencia, contaba siempre Baldomero. Dos contra tres que era en realidad un empate. Intenté pensar en cómo aprovechar el factor sorpresa para que ni un solo disparo fuera realizado. Era esencial. Macario, un hombre más de acción y menos de pensamiento, se me adelantó. De pronto salió de los matorrales como un felino que acecha a su presa, ágil y silencioso. Por algo le llamaban el Gato. Me apresuré a ir tras él. Ver cazar a Macario era todo un espectáculo: agachaba la cabeza y caminaba con tal sigilo que ni siquiera hacía sonar las hojas secas bajo sus pies. Apuntaba con su fusil de tal forma que, de ser visto, su presa ni siquiera habría tenido tiempo de pensar en quién era el hombre que tenía delante. Si hubiese querido, Macario habría acabado con la vida de los tres hombres en cuestión de segundos, con tres certeros y mortales disparos. Pero no. Se limitó a pegar un grito con el que, de repente, tres cabezas se giraron hacia esos dos fusiles que las apuntaban. «¡Tiren las armas!»

Aquello podría haber sido un acto suicida. Pero ninguno de estos tres hombres, con familia en Villafranca, quería morir aquel día. Adif Manuel, al reconocerme junto a Macario, fue el primero en tirar su arma al pasto. Luego les habló a sus compañeros: «Paco, José, tirad las armas», les dijo. Parecía tener cierto mando sobre ellos, pues le hicieron caso de inmediato. Luego mi hermano caminó hacia mí. Creo que sabía que yo no iba a dispararle y que toda la estratagema del fuego y la emboscada tenía como objetivo el encuentro entre ambos. «¡Para!», le gritó Macario. Pero mi hermano siguió caminando hacia mí, con la mirada puesta en mis ojos. Se dirigió a mí a tres o cuatro metros: «Supongo que querrás hablar conmigo», me dijo. Aterrorizado, solo acerté a asentir con la cabeza, mientras en mis manos temblaba el fusil y lo apuntaba a duras penas. Giró la cabeza y se dirigió a sus compañeros: «¡Paco, José, volved al pueblo!». «Pero ¡Manuel!», replicó uno de ellos. «¡Haced lo que os digo, volved al pueblo!»

Adif Manuel se quedó en franca desventaja cuando los hombres se perdieron por el sendero. No importó. Tiré mi arma y ambos avanzamos hacia el otro. Frenamos a un metro de distancia. «A medianoche, en el pajar de la hacienda de don Lucrecio», me dijo. Luego, Adif Manuel dio media vuelta, fue hacia su arma y se perdió sendero abajo sin mirar atrás.

El tintineo de unas llaves frente a la puerta de la calle rompe el silencio reinante. Bernarda entra en casa y se frota las manos mientras aprieta contra sí las solapas de su abrigo. El falso matrimonio se saluda con indiferencia.

—Pero ¡enciende la chimenea, hombre de Dios! ¿Acaso no tienes frío?

—Apenas hay leña. Métete en la cama y listo.

Bernarda atraviesa el pasillo refunfuñando y se pierde tras la puerta de su habitación. Rafael da un trago a su copa de vino y vuelve a la lectura.

El tren ha hecho una parada en alguna estación y, durante quince o veinte minutos, he temido que alguien entrase en el vagón y descubriese mi existencia. Ni siquiera sé dónde hemos parado, pues el vagón solo tiene unos pequeños tragaluces por los que apenas se cuelan los rayos de este sol que está menguando. La noche debe de estar al llegar, y como este vagón no tiene iluminación, no podré continuar escribiendo. Me apresuro a seguir antes de que la oscuridad me ciegue.

Creo que lo primero que dijo Macario cuando Adif Manuel desapareció por el sendero de vuelta a Villafranca fue que su citación no era más que una trampa. «Tu hermano es el enemigo, Daniel. Y nuestra cabeza vale mucho.» Macario sugirió que huyésemos, pues Paco y José, y quizá también mi hermano, habían debido de dar la alarma en el pueblo y varias partidas de lobos iban a estar a punto de subir a los montes a darnos caza. «Vete tú, que yo me quedo», le dije. Lo entendió tras varios intentos de convencerme. Y ya no cruzamos más palabras. Le oí un «ten cuidado» cuando, como un animal del bosque, se perdió entre los árboles y yo permanecí ahí plantado junto a los rescoldos de aquel fuego que habíamos encendido hacía veinte minutos. El grupo guerrillero de Macario el Gato se desvaneció, y yo me quedé solo en un monte en el que había sentido centenares de emociones durante esos años. Pero nunca la de la soledad.

Pasé el día entero escondido hasta la llegada de la noche. Aprovechando la oscuridad, bajé a casi los últimos árboles que cercan Villafranca y rodeé el pueblo hasta asomarme a la enorme hacienda de don Lucrecio. Mientras esperaba la llegada de la medianoche me sobrevinieron los recuerdos de aquellos años en que mi única preocupación era escribirle versos a Marina.

A medianoche bajé al pajar como una sombra y empujé el portón. Como suponía, estaba abierto. La oscuridad era absoluta ahí dentro. Anduve entre las tinieblas con el único sonido del crujir seco de la paja bajo mis pies y algún resuello adormecido de las vacas del establo contiguo. Cerré el portón y hablé casi sin voz: «¿Adif Manuel?». De pronto se oyó el chasquido de una lámpara al encenderse, e, inmediatamente después, un fogonazo de luz me cegó por momentos. Al otro lado del pajar, Adif Manuel sostenía la lámpara y caminaba hacia mí. «¿Estás solo?», me preguntó. «Sí.» «¿Y Macario?» «Se ha ido.» Dejó la lámpara en el suelo y se sentó sobre un montón de paja. «No dejo de darle vueltas a algo: cuál será la maldita razón que te ha llevado a tirarte al monte con esos asesinos.» Tomé asiento junto a él y lo miré. En su mirada encontraba una mezcla de miedo, rabia y melancolía. Apuesto a que ambos pensamos, al unísono, en la Casa Ladina.

«Creo que hay una historia que no conoces. O que no conoces del todo. Déjame que te la cuente. —La luz de la lámpara chispeó y, por unos instantes intermitentes, nos vimos sumidos en la total oscuridad—. Yo no soy el único que anda con asesinos.»

Me he ido varias páginas atrás y he comprobado, ante mi sorpresa, que hay un gran agujero en este relato. Aún no he contado todo lo que ocurrió. Todo lo malo. Quizá porque durante estos años no he sido capaz de escribir sobre ello. Así que volveré a dar un salto hacia aquel verano de 1936 en que Adif Manuel se fue a la guerra y, un día, Marina descubrió por mi culpa que el Sefardí ocultaba a tres guerrilleros en el almacén de la lana. Retomaré la historia justo en ese mismo punto.

Cuando quise darme cuenta, Marina corría despavorida por la cuadra dirigiéndose hacia la Casa Ladina. Corrí tras ella, pero Marina era mucho más rápida. Cuando llegué al salón, pálido y jadeante, la astuta chiquilla fingía un dolor de tripa y apremiaba a su padre a que volviesen a casa. Cómo de inteligente debía de ser su mente para maquinar toda esa mentira y fingir no haber realizado tal hallazgo en el escaso minuto en que corrió desde el almacén de la lana hasta el salón de mi casa. Su artimaña surtió efecto y minutos después la comitiva de don Lucrecio dejaba la Casa Ladina.

Entonces cometí el segundo gran error de mis, por aquel entonces, dieciséis años de vida. Para que padre no me castigase por haber entrado, contra su voluntad, en el almacén de la lana, no le conté qué había ocurrido ahí dentro. Aquel calor sofocante del almacén, tórrido y cercado por el olor a estiércol y lana, aquellos tres hombres en ropa interior, aquellas guerreras colgadas de una percha, aquella expresión en el rostro de Marina, asustada y sorprendida, corriendo a los brazos de su padre. Aquellas imágenes me persiguieron durante esa noche, una plácida noche de verano en la que ni un roble se movía. No pegué ojo y, por ello, fui el primero en advertir los pasos, golpes y gritos de todos aquellos soldados que irrumpieron de pronto en nuestra casa.

Aún no hay día, dos años después de aquello, que no me estremezca, aún no hay semana en que, durante varias noches, no me despierte oyendo esos pasos, esos golpes, esos gritos. Escribo y aún se me hace un nudo en la garganta, me tiemblan las manos y un calor sofocante me sube hacia los ojos rebosantes de calladas lágrimas.

El frío ya apenas puede ser aplacado por el vino. Rafael el Cojo aparta la lectura y va hacia su habitación. Se desviste y se enfunda el mismo pijama que, hace unos días, Daniel Baldomero se puso para dormir en esta misma cama. Continúa la lectura cobijado entre sus mantas.

Tenía dieciséis años y mi única reacción fue meterme debajo de la cama. Así de cobarde era. Pero un estruendo abrió de repente la puerta de mi habitación y vi las sandalias de mi padre y el bajo de la túnica con la que dormía. «¡Sal de ahí, Daniel!», me gritó. Repté desde mi guarida y me puse en pie frente al Sefardí, que cargaba con su rifle. Me empujó y me sacó al pasillo junto a mi madre y mis hermanas, que esperaban fuera temblando de miedo. Ni siquiera la protección de nuestro padre podía tranquilizarlas. «Es solo una confusión», decía. Creo que por aquel entonces yo era el único que sabía que el Sefardí había estado escondiendo a soldados republicanos, y, por ello, mi miedo era mucho mayor. Al otro lado de ese rostro que intentaba evitar que cundiese el pánico, padre también debía de sentir un miedo atroz y absoluto. Los golpes se concentraron en la puerta de la casa y nos pidieron que abriésemos en nombre de España. Yo por aquel entonces no entendía cómo era posible que un soldado pudiese pedirle a alguien que abriese la puerta de su casa en nombre de un país. No tardé muchos días en darme cuenta, ya en los montes, de que la mayor victoria de los sublevados no había sido militar, sino ideológica: ellos asumen España como un concepto aliado a su causa, y la guerra no como una cuestión de hermanos enfrentados sino de la lucha de los españoles contra aquellos extranjeros que secuestraron España durante la República. «Daniel, escúchame. —El Sefardí me rescató del ensimismamiento y me miró a los ojos duros y suplicantes—. Tienes que hacerme un favor: coge a tu madre y a tus hermanas y llévatelas por la puerta al almacén de la lana. ¿Recuerdas que te dije que no podías entrar ahí? Olvídalo. Esperad ahí a que yo vuelva, ¿entendido? ¿Puedo confiar en ti?» Asentí, pero antes de despedirme de mi padre, quizá para siempre, no podía irme sin decirle toda la verdad. Sin confesarle que yo había tenido la culpa. «Padre, todo ha sido culpa mía. Esta tarde, la hija de don Lucrecio descubrió a unos guerrilleros en aquella habitación.»

El Sefardí palideció. Volvió a oírse aquella llamada en nombre de España al otro lado de la puerta de casa. Y mi padre me dedicó, acto seguido, una mirada no de rabia ni odio, sino de lástima. O eso creí ver en sus ojos. «No es culpa tuya, hijo, sino mía. Ahora idos, por favor.»

Cargué sobre mi espalda toda la responsabilidad que habían depositado en mí: cogí del brazo a mi madre y empujé a mis hermanas escaleras abajo, tomé la puerta trasera, atravesé los huertos y el establo en total oscuridad y entré en la habitación de la lana. Atrás se quedó el Sefardí y su rifle, aquellos golpes y aquella España que pedía a gritos entrar en nuestra casa.

El almacén estaba vacío. Ni rastro de aquellos milicianos. Algunos minutos después, no recuerdo cuántos, quizá diez o quizá sesenta, porque fue una espera interminable, se oyeron unos pasos. El Sefardí apareció tras la puerta y, aunque en principio mi madre, mis hermanas y yo esbozamos una sonrisa repentina, esta se borró de pronto, porque detrás de mi padre surgieron cuatro lobos con uniforme pardo que hoy sé que pertenecían al ejército sublevado. Le apuntaban con sus armas. Aun así, y ante los gritos de espanto de la familia, padre intentó tranquilizarnos. «No pasa nada, tranquilos, no pasa nada», decía, mintiendo. «¿Aquí es donde se escondían?», preguntó uno de ellos. Mi padre asintió sereno, pero el soldado quiso oír de su boca las palabras, humillarlo, y apuntó con su arma a la sien de mi padre: «¡Dilo!». Volvieron a oírse cuatro gritos. «Sí, es aquí donde se escondían los soldados republicanos. Pero no sé dónde se han ido, os lo juro», contestó mi padre.

Todo lo malo duró escasos segundos. El soldado esbozó media sonrisa y, desafiante, dio un paso adelante y le escupió en la cara a mi padre. El Sefardí aguantó estoico el ultraje, se llevó la túnica a la cara e intentó limpiarse, pero ya no dio tiempo a más. «Esto es para que sepas que a don Lucrecio no se le puede engañar», y luego una ráfaga de metralleta que tumbó a mis hermanas y a mi madre. Otra, dirigida a mí, la acaparó mi padre, que, como un escudo, me salvó de las balas con su enorme cuerpo. Cayó tumbado junto a mí, boca arriba, y vi la muerte en sus ojos y en las bocas de esas armas que acto seguido me apuntaron. Los soldados rieron. Supongo que reían del absoluto pavor con el que los miraba. Cerré los ojos, esperando oír nuevos disparos. No tardaron en producirse, primero uno, luego varias ráfagas. Supuse entonces que era ya un cadáver. Que había muerto. Pero oí caer a aquellos hombres como cayó mi padre hacía escasos segundos. Como el árbol talado. Abrí los ojos y contemplé los cadáveres de los soldados frente a mí. No comprendía nada. Luego alcé la vista y entendí qué había pasado. Los vi, bajo el marco de la entrada al almacén. Aquellos tres soldados republicanos a los que sorprendí con Marina aquella funesta tarde. Sus fusiles aún apuntaban a los cadáveres de aquellos cuatro soldados muertos, por si alguno osase levantarse, supongo. Y todavía exhalaban el calor de la metralla. Luego rompí a llorar hasta que una voz fantasmal me interrumpió. «Daniel, ¿estás bien?» Era el Sefardí, mi padre. La vida aún no se le había ido del todo. «Escúchame, hijo, tienes que ser fuerte, ¿me oyes?» La voz se le iba apagando a medida que hablaba, con su último hálito de vida. Tosió sangre. Intentó sonreírme, pero apenas acertó en el gesto. Tiritaba. Y yo lloraba junto a él, rodeado de los cadáveres de mi familia. El Sefardí alzó la mano temblorosa y se la metió por dentro de la túnica. Tardó un millón de segundos. Y sacó una llave. Nunca había conocido a mi padre sin esa llave que ahora levantaba, esa preciosa llave atada a una cadena rematada con la menorá y que, decía, simbolizaba aquella llave de la familia Nahman que habría pasado de generación en generación y que identificaba a los linajes sefardíes que hace siglos fueron expulsados de España. «Escucha, Daniel, toma esta llave, vete de aquí, y cuando estés a salvo, cuando todo haya acabado vuelve a esta casa. Prométemelo, hijo.» Sostuve la llave y saqué la cadena de su cuello. Volvió a toser sangre. «Pero ¿qué abre, padre?», pregunté. Y me contestó a punto de traspasar el umbral con tres palabras a las que aún no sé darle sentido.

«La oveja Navit.»

Y los ojos de mi padre se fueron a los de su mujer y sus hijas. Y murió.

Uno de los soldados me separó del cadáver de mi padre y, como un guiñapo, me puso en pie. «Siento que no hayamos llegado a tiempo, muchacho. Tu padre fue bueno con nosotros. Nos ocultó cuando estaban a punto de darnos caza...» El soldado se agachó y me habló a un palmo. Yo seguía llorando con un llanto hiposo. «Así que le debemos la vida.» Me secó las lágrimas y me rodeó con sus brazos. «Te prometo que cuidaré de ti siempre. Se lo debemos a tu padre. Ahora tenemos que irnos, muchacho. No tardarán mucho en llegar. ¿Quieres llevarte algo de aquí?»

Asentí. Entré en la Casa Ladina, subí las escaleras y accedí a mi habitación. Cogí aquella fotografía de la familia junto a la encina y después bajé al recibidor. Nada más merecía la pena llevarme. Tiré de esa puerta por última vez y salí afuera, donde los soldados republicanos me esperaban. El mismo soldado me preguntó: «Eres Daniel, ¿verdad?». Caminábamos en dirección a los robles del fondo, donde estaban los montes. «Sí, me llamo Daniel», confirmé. «Siento mucho lo que ha ocurrido, Daniel. De verdad. Me llamo Macario Garay.»

Se lo expliqué todo a mi hermano. Y a la luz del candil vi un cuerpo al que la fuerza, de pronto, parecía habérsele ido. En su expresión había espanto, desencanto y pena. También un asco que casi le hizo levantarse del montón de paja como si de repente aborreciese todo cuanto pertenecía a aquel hombre en torno al que su vida parecía girar. Volví a pronunciar las palabras que, según vi, le habían provocado esa expresión: «"Esto es para que sepas que a don Lucrecio no se le puede engañar." Eso dijo el soldado que mató a nuestro padre». Unas palabras que entraron en Adif Manuel como frías puñaladas de una hoja oxidada. Más tarde me enteré de que, una vez cayó el frente de Asturias y la guerra terminó en toda esta zona del país, Adif Manuel —ahora Manuel a secas—, pasó a convertirse en el cabecilla de la guardia privada de don Lucrecio. En aquel mismo escenario, la caída del frente de Asturias, centenares de combatientes se tiraron a los montes, como Baldomero Jiménez. Y nació la guerrilla.

«Esto es para que sepas que a don Lucrecio no se le puede engañar», repitió para sí Adif Manuel. «Eso dijo», volví a decirle yo. Mi hermano intentaba encontrar un sentido a esas palabras que no fuese el evidente, una razón que eximiese al padre de su pareja de la culpa de la muerte de casi toda su familia. «No puede ser, no puede ser», se repitió varias veces, sacudiendo la cabeza. Levantó la vista: «Don Lucrecio me dijo que fue Macario el Gato el que asesinó a toda la familia. Incluido a ti».

Pues no. Yo no estaba muerto. Y Adif Manuel se dio cuenta, entonces, de quién tenía enfrente. Nos miramos y de un lado al otro de esa mirada se atisbó el calor de los recuerdos, la añoranza del tiempo pasado. Adif se levantó del montón de paja y abrió los brazos. De pronto ya no era el soldado con rala barba y guerrera, sino ese muchacho que despertaba al alba para liberar al ganado del establo y que luego jugaba conmigo. Nos abrazamos, y aquel fue el mejor abrazo que jamás alguien me ha dado en la vida.

Reímos y lloramos, y convertimos aquel oscuro y frío pajar, durante algunos minutos, en una especie de pequeña Casa Ladina. Hasta que se oyó un ruido. De repente, separó sus brazos de los míos y volvió su gesto serio y recio a su rostro. «Tienes que irte, Daniel. Rápido», me dijo, apresurado. «¿Por qué?», le pregunté. Una luz se atisbó por debajo del marco de la puerta. «Ahí viene. Ahí viene don Lucrecio...», acertó a decir mi hermano. Yo me giré y vi la luz. «Íbamos a tenderle una emboscada a Macario... Creí que vendría contigo.»

Esperamos a que el pomo se abriese. Yo alcé mi fusil. Aunque aún no había matado a nadie durante la guerra, sí había alguien a quien sabía que debía dar muerte. Por justicia. A pesar de que mi padre nos había enseñado que el odio era el peor de los sentimientos, que oscurecía y perturbaba a las personas y las hacía ruines, yo jamás pude evitarlo. Jamás se desvaneció en mí el odio hacia don Lucrecio, y creo que por ello al final dejé de creer en todo cuanto el Sefardí nos enseñó en la infancia.

Porque nunca pude desprenderme del odio que sentía por esas manos decrépitas y huesudas, ese cuerpo enclenque que apareció bajo el quicio de la puerta tras la luz de un candil. ¿Cuánto tiempo había fantaseado con matarlo de las más terribles formas posibles?

Sonreía, pero la sonrisa se le borró enseguida, a poco que se vio sorprendido frente al cañón de mi fusil. «¡Qué haces!», gritó. Mi hermano se me adelantó: «Dígame, don Lucrecio, ¿ordenó usted matar a mi familia?».

El cacique me pidió que bajase el arma, pero no le hice caso. Entonces se dirigió a mi hermano: «Pero ¿quién te ha dicho eso, muchacho? ¿Este? ¿Tu hermano el asesino?». Me miró e intentó exculparse en mis ojos temblorosos. Sonó la voz de Adif Manuel en este tenso silencio. «Baja el arma, Daniel —dijo—. Déjame a mí.»

Volvía a ser, de pronto, mi hermano mayor, y como hermano mayor, me protegía.

«¿Mató usted a mi familia?», preguntó, apuntándole con su arma. Y no olvidaré la repulsiva sonrisa con que don Lucrecio recibió esa pregunta. «Verás, Manuel, no es tan sencillo como tu hermanito te ha contado. Todo tiene una explicación. Tu padre...» Adif Manuel lo interrumpió con un grito estremecedor, un grito que casi hizo temblar la luz de los candiles y debió de despertar a los animales y a las bestias que dormían en el establo contiguo: «¡Dígalo!».

A lo que don Lucrecio respondió: «Tu padre colaboraba con los rojos, muchacho, no tuve otro reme...».

«¡Dígalo! —gritó de nuevo mi hermano, haciendo temblar el cañón de su fusil—. ¡Confiéselo!»

«¡Sí! Yo lo ordené. ¡Lo ordené! ¿Contento? Tu padre había guarecido a varios asesinos en tu propia casa, con tu madre y tus hermanas. ¿No lo sabías? Era un rojo, ¡un comu...!»

Pero su voz se acalló, de pronto, cuando se oyó el estruendo de un disparo y el cuerpo descarnado de don Lucrecio Romero se desplomó contra el pajar.

Y luego el silencio.

Rafael el Cojo apenas puede leer. Achina los ojos y comprueba que, efectivamente, la letra de Daniel se ha hecho más irregular, como si la oscuridad le hubiese impedido coordinar sus ojos y su mano. El tabernero debe hacer un gran esfuerzo para seguir con la lectura, como el que descifra un jeroglífico. Continúa.

Adif Manuel tiró su fusil y le dio la espalda al cuerpo de don Lucrecio. Contemplé el cadáver durante largo rato, intentando darle luz al misterio de la muerte, que siempre me atrapaba. Hacía diez segundos, este hombre hablaba. Diez segundos después, era paja sobre la paja. «Daniel, tienes que irte.» Yo asentí. «La guerra está al terminar. La República no aguantará mucho. Espera en los montes a que la guerra termine y, entonces, vete de aquí. Al extranjero o a una gran ciudad. Invéntate una nueva identidad. Cuando la guerra termine, miles y miles de personas emigrarán a las ciudades.» El pensar en tirarme otra vez a los montes, y en soledad, me aterraba. «Vente conmigo», le pedí. Él se negó. «Mi hijo no puede crecer sin padre, Daniel.»

¿Su hijo?, me pregunté. Vaya, ¡era tío! Emocionados, nos dispusimos a salir del pajar. Rodeamos el cuerpo de don Lucrecio. Dejé que él saliese primero mientras le sonreía, pensando en cómo sería su hijo, si tendría los ojos de su abuelo, el Sefardí, o tal vez su porte de hombre serio. ¿Cuánto tiempo tendría? No mucho, apenas sería un bebé, y me dispuse a preguntárselo cuando otro estruendo me acalló.

No me di cuenta, pero había cometido el tercer gran error de mi vida. El cuerpo de mi hermano se desplomó. Macario lo había acertado con un diestro disparo en la frente a más de veinte metros de distancia, oculto, como el gato que era, entre unos arbustos. Me había seguido y esperaba a ver qué ocurría en el pajar. Lo contemplé ahí, en el suelo, con la cabeza abierta. Y apenas recuerdo qué ocurrió a continuación; me tiré a su cadáver y me abracé a él sin consuelo, y me revolví intentando que la vida volviese a su cadáver inmóvil.

Macario apareció de entre los arbustos y bajó hacia el pajar. El guerrillero al que había seguido por los montes durante dos años, aquel que me rescató de la Casa Ladina, había matado a mi hermano. A lo único que me quedaba. Vino a mí y le golpeé en la cara con rabia. Dos, tres veces. Jamás había golpeado a nadie con esa violencia. De hecho, de haber cogido mi fusil, le habría disparado sin duda. Pero no tenía fuerzas. El alma se me fue por el agujero de bala en la cabeza de Adif Manuel. Macario intentó excusarse. «Oí un disparo ahí dentro y, al verle salir, supuse que te había matado», pero yo apenas lo pude escuchar. Y continué golpeándole.

No sé cuánto tiempo estuve ahí, pero me pareció un mundo. Tanto que cuando quise darme cuenta, varias mujeres habían aparecido en la entrada del pajar lanzando gritos desgarradores. Alcé la vista y, a pesar de que eran tres, solo vi a Marina, de la que casi no quedaba nada de la chiquilla que años atrás me enamoró. Macario me apremió a que me escondiese, pero yo no podía moverme.

Marina y yo nos miramos durante un par de segundos. Y el mismo odio que le guardé a su padre durante más de dos años lo hallé, de pronto, en sus ojos. Un odio tan furibundo que me empujó hacia atrás y me hizo reptar hacia la oscuridad. Luego me di cuenta de que no fue el odio de Marina sino una mano clandestina de Macario lo que me llevó hacia la oscuridad y me escondió detrás del pajar para volver al monte. En el silencio frío e impasible del invierno, una voz se oyó en toda Villafranca del Bierzo como el tañer de las campanas que llaman a misa: «¡Podrás esconderte donde quieras, en los montes o en las ciudades, pero me gastaré hasta el último céntimo de la fortuna de mi padre en encontrarte!».

Huimos hacia los montes y, a pesar de la noche cerrada, el Gato se fue para un lado y yo para otro, sin apenas despedida. Solo un «lo siento» que yo acepté porque ya no podía caber más odio en mi cuerpo. En aquel momento, cuando nos separamos, la guerra terminó para mí, y nunca he sabido en qué bando luché en realidad, pues ambos me desgarraron el alma. Siempre fui un mero espectador y quizá por ello pude tirarme a los montes y esperar pacientemente, y en soledad, a que la guerra terminase, como Adif Manuel me dijo. Y resurgir como otra persona: Daniel Baldomero Fuentes Sánchez, natural de Burgos y huérfano de guerra. No tardé mucho tiempo en inventarme la historia de mi vida. El Bierzo quedó atrás y, con él, todo cuanto había sido.

Madrid se acerca.

El texto termina con casi la mitad de las hojas del cuaderno en blanco. El final del relato apenas puede entreverse, pues las letras se agolpan y las líneas se juntan y se separan sin orden alguno. Quizá Daniel no veía ya nada cuando la historia llegó a su final.

—Pobre canijo... —musita Rafael, estremecido—. ¿Acaso cabe en un muchacho tan joven un dolor tan grande? Le irá bien en El Bierzo, seguro, porque ya no puede sufrir más.

Acostado sobre su cama, el tabernero deja el cuaderno encima de su mesilla. Apaga la luz y cierra los ojos. «Le irá bien —se dice—. Seguro que sí.»

33

León, 10 de marzo de 1944

Estimado colega Manuel Alejandro Martínez-Touriño Picavía:

Aún se me encoge el corazón cada vez que paso junto a Torre. Tres días continuó ardiendo el túnel número 20. Y pasaron otros tantos hasta que la vía estuvo operativa por completo. Creo que no hay ningún pasajero de tren que no se estremezca cada vez que el ferrocarril se adentra en ese túnel e imagina cuánto sufrimiento debió de acumularse en ese agujero excavado en la roca. Espero que Julita esté curándose de sus quemaduras y superando la tragedia poco a poco. Siento no haber podido personarme en el funeral en memoria de tu hermana Trinidad. Aunque recibí tu telegrama, me fue imposible viajar a Madrid a tiempo.

Hace ya más de dos meses del accidente y soy el único de

mis colegas que sigue investigando sobre lo ocurrido. La mayoría de los periódicos, tú lo sabrás bien, no han vuelto a tratar el asunto más allá de la nota de prensa de Renfe del 9 de enero, que, de seguro, habrás leído, donde se dijo, y cito textualmente: «De las averiguaciones practicadas hasta el momento, el desgraciado accidente parece ser debido a una extraordinaria coincidencia de causas, entre las cuales debe considerarse en su justo valor el largo uso del material móvil, aprovechado en trenes de marcha moderada, y la mediana calidad de los carbones, que no permiten sostener siempre la presión adecuada en las calderas de las locomotoras». Luego, sobre las causas del estado de las vías y de las máquinas, Renfe aludía a las siguientes: «Antes de producirse el Movimiento político liberador de España, los ferrocarriles adolecían de graves defectos en sus instalaciones fijas y en su material móvil [...]. La guerra mundial de 1914 a 1918, con su consecuente desequilibrio económico, agravó la situación de los ferrocarriles, y aunque el Estado acudió en su auxilio mediante el Estatuto Ferroviario, su eficacia se interrumpió al advenimiento de la República». Es decir, que escurrieron el bulto y echaron las culpas a la República. Manda narices. Más allá de esta breve explicación, ya no se investigó nada más. Te confieso algo: yo mismo he sufrido la censura en el periódico, que viene desde arriba, y me han prohibido escribir sobre el accidente. El régimen no quiere poner en evidencia, aún más, la deficiente situación de los ferrocarriles. Se aplicó la censura para que no saliera a la luz. Incluso desde Renfe siguen manteniendo, hoy en día, la hipótesis de que el accidente podría haber sido provocado por un acto de sabotaje. En concreto, en el seno del Consejo de Administración de la Renfe, un hombre llamado José María Rivero de Aguilar, militar, quien había organizado durante la guerra los servicios ferroviales de la zona nacional, pidió que investigasen los antecedentes políticos de todos los ferroviarios implicados en el accidente de Torre por si alguno tuviese algún pasado subversivo. Afortunadamente para ellos, ni los maquinistas ni los fogoneros habían pertenecido a ningún partido durante la República, ni habían luchado o colaborado con esta durante la guerra.

Todos los arrestados fueron puestos en libertad días después. Cuando al fin se extinguió el incendio y pudieron sacarse las locomotoras del túnel, se comprobó que los ferroviarios de la Americana del correo, así como los de la máquina de maniobras y los de la Santa Fe del carbonero, habían hecho todo lo posible por frenar sus máquinas. En la Americana, en concreto, se concentraban todas las sospechas. En la misma boca del túnel, y bajo la mirada de una gran multitud, los propios ferroviarios tuvieron que mostrar a las autoridades que, por todos los medios, intentaron frenar al correo. La palanca de cambio estaba a fondo, en la posición de marcha atrás, los frenos apretados al máximo y el regulador abierto. Sin olvidar tampoco que ambos operarios, Julio Fernández y Federico Pérez, permanecieron en su puesto de conducción hasta el final. Con esta demostración se les eximía de la hipótesis de sabotaje ferrovial y de la responsabilidad profesional y penal. A pesar de ello, creo que la sospecha sobre ambos aún seguirá persiguiéndoles algún tiempo. Tras la última declaración ante la Guardia Civil de Ponferrada, yo mismo comprobé que el maquinista y el fogonero tuvieron que soportar los abucheos de la gente que se apostaba en el cuartel a la espera de noticias.

No sé cuánto tiempo más podré seguir investigando y si alguna vez saldrá a la luz la realidad de este accidente que está intentando ser silenciado desde el régimen. A propósito de las víctimas, tú y yo sabemos que las cifras que se están dando son falsas. En un primer momento, el auto del juez de Ponferrada cifró el número de fallecidos en 58. Luego, tras las comparecencias y reclamaciones, Renfe admitió la cifra que ha quedado de manera oficial: 78 muertos y 75 heridos. Pero todos los que sufrieron la tragedia, y el pueblo de Torre entero, sabe que ese número es falso. Que son muchas más las víctimas que, a fuerza de censura, han quedado silenciadas en aquel túnel. Solo hizo falta recorrer Torre aquel día para contabilizar más de cien heridos. Los vecinos aún se estremecen por aquellas pilas de cuerpos en las trincheras y en la estación de ferrocarril, pero nadie se atreve a denunciarlo. Yo mismo me he propuesto encontrar una cifra que se aproxime más a la realidad, que a continuación te expongo. La gran mayoría de las víctimas del accidente eran pasajeros de los vagones que quedaron dentro del túnel. Como sabrás, fueron solo el furgón de la locomotora, los coches-correo, un coche de primera —donde tu hermana y tu sobrina viajaban—, el coche-bar de primera y el mixto, que quedó a medias en la boca del túnel. A pesar de que no hay constancia de cuántas personas viajaban en esos vagones del tren, sí sabemos que el tren iba completo por las fechas navideñas y la feria de Bembibre, con viajeros sentados en los pasillos, en las escalerillas de acceso a los vagones e incluso en las plataformas. Los coches de primera y el coche mixto debían de llevar en torno a los trescientos pasajeros. ¿Cuántos murieron en el accidente? Según mis inves-

tigaciones, mis entrevistas a vecinos de Torre y a expertos ferroviarios, la cifra de muertos debió de alcanzar, al menos, los
doscientos. Lo que significa que nos encontramos con más de
122 víctimas inexistentes, 122 familias que no han podido llorar la muerte de sus seres queridos porque oficialmente no
viajaban en ese tren y no perdieron la vida, por tanto, en ese
accidente. Como verás, aún queda mucho por salir a la luz.

Espero que hayas podido recuperar tu ritmo normal de
trabajo y que tu sobrina supere con arrojo y valentía la tragedia de la muerte de su madre. Desearía tener noticias vues-
tras. Yo continuaré investigando hasta que me dejen.

Recibe un fuerte abrazo.

Tu colega,

GABINO GONZÁLEZ CORRAL

Manuel Alejandro aparta la carta de Gabino González y
vuelve a su Hispano Olivetti. Desde que volvió a Madrid tras
la estancia en León con Julita, solo le relaja el tac tac de la máquina de escribir. Por ello ha aumentado su ritmo de trabajo.
La guerra mundial es su tema preferido. Escribir sobre las
últimas batallas de la contienda le hace olvidar, por momentos, la tragedia de Torre y la muerte de su hermana. «Los alemanes atacan para reducir aún más la cabeza de desembarco,
y los aliados para apoderarse de Cassino. Violentos ataques,
rechazados en Anzio. La encarnizada batalla alrededor de la
abadía de Montecassino ha dejado...»

—Manuel Alejandro, por Dios, vete a casa ya.

Marta aparece por detrás con su sigilo femenino y posa
sus manos sobre los hombros del periodista.

—Está bien.

Termina la noticia sobre la batalla de Montecassino y se levanta de su mesa. En la redacción solo quedan don José Luis y su esposa Marta. Se despide de ambos y sale a la calle, donde la temperatura sigue sin dar tregua, pues una ola de frío azota Madrid y casi toda España. Atraviesa el paseo de la Castellana y cruza hasta la calle Serrano. Ahora vive, de nuevo, en la casa familiar, ayudando en su día a día a Julita y a la abuela Martina. Entra en casa con las mismas palabras de cada tarde.

—¡Ya estoy en casa!

La chimenea está encendida y su calor abriga todas las habitaciones.

—¡Hola, tito!

La muchacha lee junto a la chimenea. Pasa las páginas de ese libro con dificultad, pues apenas puede utilizar las manos por las quemaduras. Los médicos que la tratan, los mejores de la ciudad, esperan que con el tiempo la joven pueda recuperar por completo la movilidad y la fuerza de las manos y los dedos, a pesar de las irremediables cicatrices con las que tendrá que convivir el resto de su vida.

—¿Qué lees, Julita?

—He retomado el trabajo de literatura. Mis compañeros me han traído estos libros. ¡Tengo tanto que leer ahora!

Manuel Alejandro sonríe. Es una de las primeras sonrisas que puede permitirse esbozar desde hace más de un mes.

—¿Necesitas ayuda?

—No, me apaño sola. Por ahora.

El periodista se encamina a la que ahora es su habitación, aquella que permaneció cerrada durante los años en que vivió en su piso de Goya. Se desviste y se sienta en su cama mientras piensa en su sobrina. Es la primera vez que, tras llegar a casa de la redacción, la ha sorprendido ocupada en sus labores. Hasta ahora, las tardes de la muchacha se limitaban a ver pasar las horas en el reloj de su habitación, tumbada en la cama y junto a un pañuelo que siempre acababa empapado al terminar el día.

El periodista sonríe. Acaba de tener la sensación de que Julita ha dado el primer paso para intentar superar la tragedia.

34

Es una noche cualquiera de rudo y frío invierno, y detrás de la barra solo queda uno de sus parroquianos, el barbero Román, que siempre apura el último chato de vino antes de llegar a casa y enfrentarse a su mujer. El barbero usa esa palabra, «enfrentarse», porque para él su matrimonio es como una guerra. «¿Y sabes qué, Cojo? Que la taberna es mi trinchera.»

El barbero continúa hablando —«Mi mujer, me cago en la leche, como la quiero y como la odio...»—, pero Rafael, al otro lado de la barra, asiente sin atender a esas palabras recurrentes, tantas veces enunciadas bajo el bigote de su parroquiano. Y le devuelve las respuestas comunes: «La vida, Román, es la que es, y punto...», mientras limpia unos vasos bajo el caño de agua.

Algunos minutos después, el barbero se pone su sombrero y aborda la puerta de la calle asiendo las solapas de su abrigo.

—Cómo rasca el frío fuera, Rafael. No se va, el hijoputa.

—Paciencia, Román. Ya se irá. Hasta mañana.

Y se queda solo. Bernarda se fue hace una hora, cuando

Román y Pepito, los de siempre, divagaban sobre fútbol con una copa de vino en la mano. Rafael sale de detrás de la barra y comienza a recoger las mesas. Su mujer ya limpió el suelo, por lo que ahora no tiene mucho más que hacer. Ordenar todo un poco y hasta mañana. Y zigzaguea por las mesas hasta que alguien irrumpe en la taberna, de pronto, cuando el tabernero ya no esperaba a nadie más.

—Buenas noches, Cojo.

Rafael levanta la vista y, detrás de las patas de unas sillas bocarriba sobre sus correspondientes mesas, advierte el fulgor de una camisa azul tras un abrigo y la largura de unas patillas sobre esas mejillas.

—¿Querías algo?

El falangista toma asiento en uno de los taburetes frente a la barra. Hace casi mes y medio este hombre entró en esta misma taberna a gritos, buscando a un perro judío sefardí llamado Daniel Baldomero. Maldice para sí.

—Me vas a poner un vinito. El mejor que tengas.

A regañadientes, el Cojo va hacia unas vitrinas y rebusca una botella. La descorcha sobre la barra y la sirve en uno de los vasos recién fregados.

—Aquí tienes.

El hombre da un largo sorbo.

—¿Esto es lo mejor que tienes? Pues menuda mierda.

No hay réplica tras la barba del Cojo.

—¿Querías algo? Iba a cerrar.

—Creo que te vas a tener que esperar un poquito.

El falangista ajusta el taburete bajo su trasero y, con un gesto, hace ver lo incómodo que le resulta.

—Verás, esta mañana llegó a la oficina de correos de Madrid una carta dirigida a ti.

El tabernero muestra un gesto de sorpresa.

—Sí, a ti. El remitente era un tal Antonio Rodríguez, aunque no especificaba dirección de remite. Como desde hace algún tiempo tú estás siendo vigilado por la Social, con la que yo colaboro, los de correos llamaron y decidimos requisar la carta.

Rafael no mueve los labios. El falangista echa mano al abrigo y saca un sobre arrugado.

—Querrás saber quién es Antonio Rodríguez y qué dice, ¿no?

—No lo conozco.

—Sí, sí lo conoces, créeme.

Da un trago al vaso de vino.

—La carta llegó a mis manos y me apresuré a abrirla. Cuando comencé a leerla, no podía creer quién era ese Antonio Rodríguez. ¿Sabes, Rafael? ¡Era Daniel Nahman, o Daniel Baldomero, como prefieras! ¡No murió en aquel accidente! Escapó a El Bierzo y se instaló en su vieja y ruinosa casa familiar. La Casa...

Rafael el Cojo no puede disimular su sorpresa.

—Ladina. La Casa Ladina.

—Así es. ¿Ves cómo conocías a Antonio Rodríguez? Aunque en ningún momento dice su nombre en la carta, sé, y tú me confirmarás, que el remitente es él.

¡Está vivo! Algo dentro de él se lo decía. Aquellas páginas en blanco del cuaderno aún debían ser continuadas.

—Qué hijo de puta el canijo, así que estaba vivo... —Sonríe.

—Pero ahora tenemos un problema, Rafael.

Vuelve la seriedad a su rostro.

—Tú dirás.

El camisa azul da un largo trago al vino.

—Verás, solo tú y yo sabemos en Madrid que Daniel Nahman no murió en el accidente de tren, ¿no? Con una simple llamada mía, decenas de guardias civiles cercarán la Casa La..., esa, como se llame, y darán caza al muchacho.

—¿Y qué quieres? Ve al grano...

El falangista empina el codo y da un último y violento trago al vaso de vino, que vuelve vacío a la barra. Con un gesto, le pide otro.

—Podemos llegar a un acuerdo. La carta podría quedarse aquí y Daniel Nahman seguiría estando muerto. Y nadie, a no ser que el muchacho vuelva a cometer otra torpeza, sabría de su existencia.

—¿Y qué quieres a cambio?

El hombre se pone en pie y, bajo la atenta mirada de Rafael el Cojo, da una vuelta por la taberna. Cuando vuelve a la barra, mira al tabernero a los ojos y le hace su oferta:

—Esta taberna. Quiero cerrar tu sucio negocio, nido infecto de borrachos y rojos, y montarle un negocio a mi sobrina. Su taller de costura quedaría aquí genial.

Minutos después, una carta arrugada sobre la barra de la taberna da cuenta del trato recién cerrado.

Estimado Rafael:

Supongo que habrás tenido noticias del accidente ocurrido en el tren en el que yo viajaba. Alégrate, pues pude sobrevivir. Sufrí algunas heridas y quemaduras que ya se han convertido en cicatrices, aunque las auténticas heridas, las de dentro, aún no están cerradas y tampoco creo que se cierren de aquí a algún tiempo. Me imagino que ya habrás leído el cuaderno sobre mis desventuras, y que ya conoces quién soy yo y por qué mi vida es una constante mentira. La mentira de ahora se llama Antonio Rodríguez, aunque creo que las cosas me están yendo bien. Permíteme que te cuente.

Una semana después del accidente de Torre pude llegar al fin a la Casa Ladina. Antes hice una breve parada en Villafranca del Bierzo y volví a aquellos montes y a aquel pajar que precipitaron la muerte de mi hermano. Quizá aún continúen por estas tierras Macario el Gato u otros guerrilleros, pues no ha habido noticias de sus capturas.

Esperé durante horas oculto en unos matorrales, viendo cómo la casa del cacique don Lucrecio había recuperado la vida tras aquellos trágicos sucesos. Esperé hasta que al fin lo vi. Tenía siete años e irradiaba vida. Mi sobrino era un calco de su padre. Marina, su madre, iba detrás. Era casi una anciana, tanto había envejecido tras las muertes de aquel día. No le guardo rencor alguno, pues ella fue otra víctima de la guerra al igual que yo. Que tantos.

Continué mi camino por los montes de El Bierzo hasta que, junto a los robles, contemplé una ruina de otro tiempo. Millones de sensaciones me afloraron al verla, y corrí a pesar de que no tenía apenas fuerzas, atravesando las tierras del Sefardí hasta la Casa Ladina. Un chochín, uno de mis pájaros preferidos, se posó sobre una rama de la encina, coleteó de esa rama a otra, alzó el vuelo de repente y entró en la casa por la ventana rota de la que era mi habitación.

Comprobé que debajo de la encina seguía haciendo bueno. El tiempo parecía no haber pasado para el árbol, pues seguía dando bellotas y sus ramas seguían siendo el hogar de los pajarillos y pasaje de las ardillas que correteaban en busca de los frutos. Y, bajo la poderosa encina, la Casa Ladina parecía, si cabe, más ruina. La fachada estaba curvada y la cal vencida, y del suelo al tejado serpenteaban algunas grietas que amenazaban la verticalidad de la casa, a la que no tumbaron ni las tormentas ni las lluvias ni los movimientos de tierra. Aunque sí lo hizo, casi, el olvido. Me adentré por esa puerta que, durante mi infancia, abrí y cerré un millón de veces. La Casa Ladina había sido saqueada. Habían entrado para llevarse aquello que quedase de valor. Los asaltantes no dejaron siquiera el mármol con que el Sefardí sustituyó el terrazo original de este viejo pazo que compró a su llegada a España. Sí dejaron las fotografías, aunque se llevaron los marcos. Recorrí los pasillos ruinosos contemplando esos viejos recuerdos empapelados: mis hermanos entre las ovejas, yo bajo la encina, el Sefardí, con su talit y su kipá, mi madre entre fogones, sonriente. Miré hacia el techo. La techumbre de la casa amenazaba con caerse, había goteras y aberturas, y también montones de nidos de pájaros que habían hecho su hogar allí. Ese nido junto a la chimenea era de un mirlo, lo supe por la densidad de ramitas con que estaba construido, más que el de ningún otro pájaro. Los otros no pude reconocerlos.

En mi habitación no habían dejado ni un libro, cosa que agradecí, pues, de seguro, me habría puesto mucho más nostálgico recordar aquellas historias que leí de pequeño. Recorrí todas las estancias y me empapé de recuerdos. Luego, me vino a la cabeza el más importante de todos, el que me había llevado de nuevo hasta ahí: la llave con la menorá y la promesa que le hice a mi padre antes de morir: «Toma esta llave, vete de aquí, y cuando estés a salvo, cuando todo haya acabado vuelve a esta casa». Nunca olvidaré esas palabras.

Perdí muchas cosas durante el accidente, pero, afortunadamente, no perdí la llave. Por cierto, la chaqueta, la camisa y la corbata que me diste se quedaron en aquel túnel. Prometo pagártelas algún día. Rebusqué entre las ruinas de las propiedades de mi padre por si podía usar la llave en alguna cerradura, pero fue en balde. Pensé que podía ser de su caja fuerte, que guardaba en un falso suelo de su dormitorio, pero no entraba en una cerradura reventada por los saqueadores, que debieron de llevarse todo lo que había dentro. Pasaron muchas horas y seguía sin saber qué hacer con ella. «Toma esta llave. Toma esta llave.» Estaba claro que algo debía de abrirse con esa llave, pero ¿qué? Recorrí la soledad de la casa y de las tierras de mi padre intentando resolver el enigma. Qué grande se veía el establo sin ovejas y el almacén de lana sin género. Al segundo día de haber llegado a la Casa Ladina, extenuado por el hambre y la pesquisa infructuosa, mientras buscaba algo para comer entre los matorrales detrás de los huertos fantasmales que tantos frutos dieron en su día, me di de bruces de repente con una pequeña lápida en la que se leía «Navit». Sí, la recordé enseguida. Hace más de diez años, quizá quince, yo levanté esa lápida para enterrar a la oveja Navit, mi oveja preferida de pequeño, a la que mataron unos lobos una noche estrellada. Esa pequeña lápida había logrado permanecer en pie a pesar del olvido y de la ruina. Solo entonces recordé que a las palabras de mi padre antes de morir les siguieron lo que creí que habían sido las divagaciones de quien estaba a punto de expirar. «La oveja Navit», dijo, cuando le pregunté que cómo podía usar esa llave. No sé muy bien por qué, pero hinqué las rodillas en tierra y comencé a escarbar. Ahí debajo debía de estar el cadáver decrépito de la oveja. Sin apenas fuerza, tan endeble y ruinoso como la Casa Ladina, escarbé hasta que, veinte o treinta centímetros bajo tierra, di con una superficie de madera. Sé que el cadáver de la oveja estaba envuelto en una manta y fue enterrado a más de un metro, en un gran hoyo que mi padre cavó con una pala, por lo que debía de estar más abajo. Palpé la superficie de madera y hallé sus bordes. Continué escarbando hasta que me di cuenta de que era un cofre de madera. Lo reconocí enseguida: una vez lo vi en la caja fuerte de mi padre.

Tardé algún tiempo en poder desenterrarlo por completo. Su tamaño era, cómo decírtelo, como el de aquellas cajas de carne y arroz del mercado negro que guardabas en el almacén de tu taberna. Estaba decorado con un precioso friso dorado que rodeaba todos los bordes. Lo saqué de las entrañas de la tierra y utilicé la llave, como mi padre me dijo. A pesar de que aquella cerradura debía de llevar casi ocho años sin ser usada, la llave encajó a la perfección y el cofre se abrió. Comprobé, expectante, qué contenía: cartas y fotos de mis antepasados, papeles y enseres. Ahí estaba mi padre, de pequeño, en su Bar Mitzvah, en una foto casi desintegrada por el tiempo. Y un broche que perteneció a mi abuela, la madre de mi padre, Esther, de quien apenas guardo más en mi memoria que una sonrisa y un abrazo antes de partir a España. Aparté el cofre a un lado y miré hacia el hueco de la tierra que había dejado el cofre. ¿Habría algo más ahí abajo? Continué escarbando sin dar con el cadáver de la oveja Navit. Mi padre debió de sustituirlo por estos recuerdos para resguardarlos del horror de la guerra. Me desgarré las uñas. Unos veinte centímetros más abajo hallé una enorme bolsa de tela, que ocupaba mucho más hueco que el cofre. La abrí con cuidado y me llevé la mano a la boca. Ahí había decenas, centenares de miles de pesetas en billetes, toda la fortuna que mi padre atesoró durante décadas y que ocultó de aquellas manos que acabaron con su vida.

Nunca he ansiado el dinero, pues el Sefardí nos enseñó que el dinero siempre trae la codicia y la ruindad, y que todos los males del mundo habían venido, desde hacía milenios, por el dinero. Por eso guardaba toda su riqueza y vivimos siempre una vida sosegada y sin excesos. Yo no quiero el dinero para hacerme rico, pero ahora, al menos, podré huir tranquilo. Nadie molesta a un hombre que tiene dinero. Desearía quedarme aquí y volver a llenar de ovejas el establo y rehacer la Casa Ladina, pero acabarían descubriéndome tarde o temprano. Villafranca del Bierzo y aquellas muertes están aún muy cerca. Quizá vaya a Grecia, pues sé que tengo familia allí. Aunque Grecia está ahora en guerra y no es nada segura. No sé. ¿Sudamérica, México quizá? Dicen que ahí no hay censura, que la gente puede leer libros sin miedo.

Llevo una semana en esta casa y todavía no sé qué hacer con el dinero. No me atrevo a viajar a Villafranca, y solo he mantenido contacto hasta el momento con algunos pastores que aún recuerdan —y honran— a mi padre. Esta carta te llegará a través de ellos. Espero que todo esté bien por ahí.

Un abrazo y mis mejores deseos.

Antonio Rodríguez

35

No es muy común que un hombre solo entre en un taller de costura. Avanza y, pasmado, mira en derredor. Varias modistas rodeadas de telas y agujas hablan sobre la última portada del *Hola*, sobre el nuevo romance del torero Antonio Bienvenida. Hacen silencio al verlo. El hombre, enfundado en un sobrio traje oscuro y ocultando la mirada bajo un sombrero de ala ancha, no se mueve. Y no cierra la boca, sorprendido.

—¿Quería algo?

No atiende a la modista, quien lo observa como a una aparición; lleva una pulcra y cuidada barba que cubre la mitad inferior de su cara y algunas cicatrices que le cruzan el rostro. El hombre, un muchacho en realidad ahora que pueden verlo mejor, da algunos pasos absorto, sin mirar nada en concreto. Sí lo hace cuando le llama la atención el recorte de periódico que, enmarcado, engalana una de las paredes del taller. Un recorte del *ABC* de Madrid del domingo 16 de abril de 1944. De hace un par de semanas.

«La mejor moda de París al mejor precio.» Así se ha presentado en el barrio de Delicias un nuevo taller de costura que promete traer a Madrid la inspiración de los grandes modistos internacionales a un precio asequible. En la inauguración del día de ayer, decenas de mujeres abarrotaban el taller entusiasmadas por las creaciones de su joven regenta, la señorita Rosa Martín Quiroga, perteneciente a la Sección Femenina y conocida en la sociedad madrileña por su incansable labor en el Auxilio Social. ¡Señoras de Madrid, la mejor moda al mejor precio en el barrio de Delicias!

El muchacho avanza por el taller y aborda a otra costurera, que, con una tijera en la mano, corta una tela.

—¿Aquí no había una taberna? —le pregunta.

La mujer asiente. Aparece junto a ella Rosa, la propietaria, que le ofrece la mano al muchacho.

—Rosa Martín, encantada. La taberna cerró hace unos meses. Ahora esto es un taller de costura.

Él, atónito, vuelve a recorrer el local con la mirada.

—Sí, ya veo.

—¿Quería algo?

—No. Ya no...

Da media vuelta y va hacia la puerta. Luego, se gira de manera brusca.

—Bueno, sí. ¿Podría hacerme un traje de caballero?

La propietaria, confusa por la extraña actitud del muchacho, deja la tela sobre una mesa de costura y va hacia el mostrador del otro lado del taller. Coge un lápiz y apunta en un papel.

—¿Es para usted?

—No, no es para mí.

Suena el timbre de la puerta. Rafael el Cojo se levanta del sillón y, tambaleante e inestable, con la cojera más acusada y con la barba más larga y descuidada que nunca, va hacia el recibidor para abrir la puerta. Frente a él, de pronto, un muchacho, que carga en una mano con una gran bolsa de tela con el rótulo «Rosa Martín. Taller de Costura» y, en la otra, con un maletín de piel. Lo reconoce al instante. A pesar de que parece haber ganado algunos kilos, a pesar de esa barba, a pesar del sombrero y el elegante traje que lleva, no ha dudado ni un segundo. Porque sus ojos siguen siendo los mismos.

—Hola, Rafael.

También su voz es la misma que la de aquel chiquillo que hace años entró en su taberna pidiendo un poco de leche para su cachorro.

—¿Daniel?

Se iluminan sus rostros. Titubeos. «N-no, no puede ser...» hasta que se encuentran en el abrazo de dos viejos amigos que nunca dejaron de pensar en el otro. Para Daniel, Rafael fue lo más parecido a un padre tras la muerte del Sefardí y de toda su familia. Para Rafael, Daniel fue como el hijo que le arrebató aquella mala pulmonía.

—Pero... m-me cago en la leche...

Lo mira de arriba abajo, estupefacto. Le cachetea las mejillas, como si no creyese aún que fuese algo real. No pocas veces lo han visitado los fantasmas del pasado en sueños, que se esfumaban a los pocos segundos. Le toquetea el pelo.

No está soñando. Es real. Es su canijo.

Lo abraza de nuevo.

—Pero ¡qué alegría verte! ¿Cómo tú por aquí?

—Iba de paso —contesta Daniel, bromeando—. En realidad, tenía una cuenta pendiente contigo que no sé si alguna vez podré saldar.

Levanta la bolsa del taller de costura y la deposita en sus manos.

—Te traigo el traje que te debía. Si no te está bien, pueden arreglártelo.

Rafael no acierta a decir palabra. Sorprendido, lo invita a pasar.

—Por cierto, ¿qué ha pasado con la taberna? ¿Cómo es que la has cerrado?

El Cojo se excusa.

—Ah, sí, sí. ¿Sabes? Ya estaba cansado de que no diese dinero. Así que me dije, a tomar por culo, la cierro, que ya estoy viejo, y...

Pero el muchacho lo interrumpe con un gesto.

—No, Rafael. Me refiero a la verdad.

Ha hecho énfasis en esas palabras. «Me refiero a la verdad.» El Cojo titubea con un gesto de duda, pero Daniel no quita esa sonrisa. Alza el maletín de piel que llevaba en la mano izquierda y se lo ofrece.

—Con esto te devuelvo aquel billete de tren que me compraste. Es lo mínimo que podía hacer.

—¿Qué es, canijo?

—Una nueva taberna.

Las anécdotas y los recuerdos van y vienen en la cocina del piso de Rafael, donde siempre se ha reunido con sus visitas. El Cojo ha sacado su mejor vino y ya van camino de terminarse la botella tras varios brindis por la nueva taberna. Y durante algo más de una hora, las risas rememorando aquellas viejas historias se entrelazan con el relato del accidente de tren de El Bierzo, que Rafael oye consternado de boca de Daniel. Y ahora se da cuenta el Cojo, de pronto: aunque sus ojos y su voz pareciesen seguir siendo los de aquel muchacho, este, en realidad, ya no es aquel a quien compró un billete para El Bierzo hace varios meses. Es como un hombre hecho. Como un hombre nuevo.

—¿Sabes, Rafael? En el tren conocí a una chica que se salvó en el accidente. Hice muy buenas migas con ella y la ayudé a salir del túnel. Y vive aquí, en Madrid.

Lo ha dejado para el final. Hablarle de Julita. Y no ha podido evitar soltar una pequeña sonrisa al recordarla.

—Pero ¿qué me dices, bribón? —Rafael se incorpora para darle una palmada en la espalda—. ¿Vas a ir a verla?

Daniel titubea.

—Sí, bueno, no sé. ¿Se acordará de mí? Ella es de buena familia... y yo, en fin, ya sabes dónde he vivido todos estos años. Y de dónde vengo.

El Cojo esboza un gesto de indignación, como un bufido.

—Me cago en la leche, canijo. ¿Es que no has aprendido

nada con todo lo que has vivido? Si la sacaste de aquel túnel, ¿cómo no va a recordarte? Aquel accidente os unirá para siempre. Además, parece mentira, macho. Cualquiera en tu lugar habría tirado la toalla hace mucho. Pero tú, en cambio, mírate. Te has sobrepuesto a todo hasta parecer al fin un hombre de bien. A estas alturas debes saber que ya no hay nada que se te resista.

Daniel sonríe. Sí, espera que Julita lo recuerde, pero ¿qué tipo de recuerdo le quedará de él? ¿Querrá verle, o no? ¿Y si ha vuelto con aquel patán que tenía por novio? ¿Y si ha dejado la universidad y abandonado la poesía?

Y si es así, ¿le gustará el regalo que le ha traído desde su tierra? Echa mano al bolsillo interior de la chaqueta y saca un pequeño libro en una edición de bolsillo.

—Le he comprado un regalo. Creo que a Julita le hará más ilusión esto que unas flores. Era una ávida lectora de poesía y estudiaba Letras en la universidad. Es por eso por lo que pensé en llevarle este libro. Creo que podrá ayudarla en sus estudios. Me lo consiguió un librero de Ponferrada. ¿Sabes? En Galicia hay mucho contacto con México y se traen para acá libros censurados.

Rafael el Cojo lee el título. *Filosofía y poesía*, de María Zambrano. Abre la primera página, que está en blanco, y esboza un gesto de asombro.

—Vaya, pero ¿no piensas dedicárselo?

—¿Dedicárselo?

Rafael se pone en pie y da un paso cojo hacia un cajón bajo la encimera de la cocina, de donde saca una pluma.

—Toma. Escríbele algo bonito.

—¿Y qué le escribo?

—Pues no sé. No hace falta que sea muy largo. A veces con una sola frase basta. Cuéntale, por ejemplo, qué es lo que ha sido ella para ti todo este tiempo.

Daniel sostiene la pluma y hace ademán de escribir, pero duda, y la punta de la pluma vacila a escasos milímetros del papel. Hasta que, segundos después, una frase toma forma y escribe con la preciosa y esmerada caligrafía que, hace tantos años, le enseñó el Sefardí bajo la encina de la Casa Ladina.

Un tranvía hace su parada en la calle Serrano atestado de viajeros. Algunos, los más pícaros, colman los topes y marchan sin pagar el boleto de viaje. Madrid, radiante en esta primavera, ya dejó atrás el frío del invierno, uno de los más crueles desde la guerra, de la que hace un par de semanas se celebró el primer lustro de la Victoria. Una muchacha cargada de libros se baja del tranvía y toma Serrano. Camina mirando hacia los escaparates, despreocupada.

—¡Buenas tardes, Julita!

Julita levanta la mano enguantada y saluda a una mujer. Todos cuantos la conocen saben cuál es la razón por la que, aun en primavera, con este calor, la muchacha va siempre con guantes. La joven entra en casa y aborda a su abuela con dos sonoros besos en las mejillas. Deja los libros sobre la mesa de la cocina y se sienta junto a ella. Martina terminaba de cocinar en una enorme cacerola.

—¿Qué tal en la universidad?

—Bien, abuela, ¡ya estoy a punto de terminar el trabajo de Literatura!

La muchacha aún sigue ocupada en ese trabajo, que debía haber terminado el mes pasado pero cuya entrega, por el accidente de tren, le prorrogaron hasta mayo. Apenas le quedan unos días y ya está perfilando la memoria final.

—¡Qué bien huele la comida!

—Gracias, hija. ¿Qué tal el tiempo? Hoy mejor, ¿no?

—Estupendo, abuela. Hasta parece verano.

Mira hacia la ventana, de donde se cuelan los rayos de sol entre los barrotes y las macetas de coloreadas flores. Sí, parece verano.

—Ah, por cierto, Julita. Esta mañana llamó el abogado. ¿Sabes qué? La defensa de Jorge se ha echado atrás.

Hace un mes que dieron el paso. Denunciar a Jorge por intento de violación. Manuel Alejandro insistió y contrató un buen abogado con alguna que otra rencilla contra el bufete De Vicente. Perfecto para enfrentarse a ellos.

—¿Y eso?

La abuela deja a un lado la cacerola y se gira.

—Su padre, que ha decidido no defender a su hijo. Dice que Jorge no actuó como un caballero y que debe pagar por lo que te hizo. Qué sorpresa, ¿no?

—Bueno, está por ver cuáles son sus verdaderas intenciones. Ese hombre es muy listo, abuela. Quizá no quiera que haya juicio y que se haga público. Ya sabe cuán importante es la imagen para ellos.

La imagen. Todo fue siempre una cuestión de imagen. Jorge no la quería; ella solo era la muchacha rubia que iba junto a él. Que asentía y se callaba y le reía sus estúpidas bromas.

—Por cierto, hablando de Jorge, ¿sabes qué es lo que me han contado en la universidad? Que ha comenzado a salir con Cuqui. ¿Te lo puedes creer, abuela?

—¿Cuqui? La hija de los Figueroa, ¿no? —pregunta Martina.

—Así es. Al final ha cazado a una pazguata, como él quería. Pobre chica... En el fondo le tengo lástima.

Jorge lo consiguió al final. Una chica que no piense mucho y que dé el pego. Y durante algunos segundos se ve a ella siendo esa pazguata si todo hubiese ocurrido como habría tenido que ocurrir. Si hubiese callado ante el intento de violación. Si no hubiese subido a ese tren. Si su madre no se hubiese quedado allí.

Y la ve, de repente. A Trinidad. Y baja la vista y la recuerda hasta que suena el timbre de la calle.

—Ve a abrir a Manuel Alejandro, Julita, que debe de ser él.

La muchacha se pone en pie y atraviesa el pasillo para ir al recibidor. Pone buena cara, en un intento de despejar los recuerdos. Como solo esperan a su tío, abre sin poner el ojo en la mirilla.

Y se queda muda.

A un lado y al otro del marco de la puerta, dos corazones, al unísono, se aceleran.

—Hola, Julita.

Desde hace más de tres meses no ha podido quitárselo de la cabeza. Él, el muchacho que le salvó la vida. Su recuerdo era lo único que podía dar algo de luz a las tinieblas de aquel túnel y a la muerte de su madre. No puede creerlo.

—¿Daniel?

Sonríe. Ella no se asusta de sus cicatrices, que le bajan de la mejilla a la barba y le atraviesan el cuello. A pesar de ello, y de su cambio de imagen, lo ha reconocido al instante. Sí, es él.

Lleva un libro en la mano derecha. Se lo ofrece.

—Toma.

—¿Y esto?

—Un regalo.

Julita lo sostiene con sus manos enguantadas y lee el título: *Filosofía y poesía*, de María Zambrano. No puede creer aún que este muchacho sea él. Sonríe con los ojos.

—Creo que te irá muy bien para tu trabajo. Me lo han traído de México. Allí es donde ahora se publica a los autores españoles. Ábrelo, hay una sorpresa.

La joven, fascinada por este inesperado regalo, abre el libro por su primera página. Bajo el título del libro y el nombre de la autora, hay una dedicatoria escrita con una esmerada letra cursiva.

No he dejado de pensar en ti ni un solo día.

Daniel

Se recrea en ella durante varios segundos. En su trazo recto y firme. En cómo se rematan cada una de las palabras con un rabillo curvado. La lee una y otra vez. Nadie jamás le había escrito nada parecido. Nadie le había hecho sentir lo que está sintiendo ahora.

Levanta la vista y lo mira. Sus ojos brillan. Los de ambos.

Solo acierta a decir dos palabras:

—Yo tampoco...

Para luego invitarle a pasar con un simple gesto, porque su enorme sonrisa apenas la deja hablar. Antes de que él cruce el recibidor, ella, en un gesto espontáneo, se tira a sus brazos. Y bajo la atenta mirada de la abuela, que los observa, sorprendida, bajo el marco de la puerta de la cocina, ambos se funden en un abrazo infinito.

Nota del autor

Esto que tienes entre manos no es solo un libro. Es en realidad mucho más. Por ejemplo: el sueño de un niño de siete u ocho años que empieza a crear historias y no sabe muy bien por qué. Y en realidad todavía sigo sin saber muy bien el porqué, pero ese impulso, el deseo irrefrenable de escribir, nunca me ha abandonado. A lo largo de tantos años, muchas personas han pasado por mi vida para ayudarme a cumplir este viejo anhelo. A algunas de ellas (¡y me dejo tantas!) van dirigidas las siguientes palabras de agradecimiento.

Agradecimientos

A Irene, por ser mi luz y el hueco de mi refugio. A Meli, porque esto es tan mío como suyo. A quienes me ayudaron a darle forma al primer manuscrito: en especial a Carlos Peinado, poeta y profesor de la Universidad de Sevilla, y al escritor Daniel Heredia. A mi agente Sandra Bruna y a Júlia Arandes, por abrirme la puerta al mundo de la literatura y dejarme pasar. A Clara Rasero y a Carmen Romero, por ser las editoras con las que siempre soñé encontrarme, y al magnífico equipo de Ediciones B y Penguin Random House que ha hecho todo esto posible. A mi paisano Felipe Benítez Reyes, por hacerme entender que escribir no es otra cosa que un ejercicio de perseverancia. A Almudena Grandes y a Ángeles Aguilera, por su ayuda y sus consejos con vistas a un atardecer de verano. A mi familia, a mis amigos y a los vecinos de mi pueblo, Rota, por su apoyo y cariño.

Y por último, y en especial, a mi padre, porque no hay nadie en el mundo a quien admire más que a él.